DUNKLE FOLKLORE

Das Herz des Menschen
ist ähnlich wie das Meer,
es hat seine Stürme,
es hat seine Gezeiten
und in seinen Tiefen
hat es auch seine Perlen.

Vincent van Gogh

Andreas Hagemann ☠ Anne Glunz

Ben Lesser ☠ Benjamin Spang ☠ Bruno E. Thyke

Christian Künne ☠ Elea Brandt

Karin Jacob ☠ Karla Frida Sommer

Melanie Schneider ☠ Nina C. Hasse

Rafaela Creydt ☠ Stefan Barth

Thomas Williams ☠ Wolfgang Lamar

NACHTMEER

DUNKLE FOLKLORE

Herausgegeben von

Nina C. Hasse und Wolfgang Lamar

Herausgeber:in: Nina C. Hasse ☠ Wolfgang Lamar

Nina C. Hasse, Geiststraße 63, 48151 Münster

Lektorat: Nina C. Hasse ☠ Wolfgang Lamar

Korrektorat: Ben Lesser ☠ Coverdesign: Benjamin Spang

Satz: Wolfgang Lamar ☠ Umschlagtext: Karin Jacob

Illustration: Aileen J. Graf (aileen-graf.de)

1. Auflage

Content Notes auf der letzten Seite

Inhalt

Vorwort der Herausgeber:in

Ah, wir sehen, ihr konntet dem Hafermann entrinnen! Das freut uns sehr! Dann dürft ihr euch nun entspannt zurücklehnen und ... Ach, ihr lechzt schon nach neuen Abenteuern? Nun gut, die könnt ihr haben! Von den Feldern der»Erntenacht« nehmen wir euch mit aufs offene Meer. Doch seid gewarnt: Das hier wird kein entspannter Angelausflug. Wir erwarten schweren Seegang.

Die Crew ist allerdings sturmerprobt: Nach der tollen Zusammenarbeit während der ersten Anthologie und dem großartigen Feedback unserer Leser:innen war vielen von uns klar: Die»Erntenacht« war erst der Anfang, wir wollen mehr »dunkle Folklore«! Das Ergebnis dieser neuerlichen Kooperation haltet ihr nun in den Händen.

Sehnsuchtsort, bedrohtes Ökosystem, Verkehrsweg, nasses Grab und Lebensgrundlage – die Geschichten in dieser Anthologie thematisieren die ambivalente Beziehung zwischen Mensch und Meer. Zahllose Legenden und Geschichten ranken sich um die älteste Landschaft der Welt. Seit jeher sind wir fasziniert vom unendlichen Blau, das unseren Blick sehnsüchtig zum Horizont lenkt. Urlaub am Meer – was gibt es Schöneres?

Das Meer ist ebenso schön wie unberechenbar. Dies macht einen nicht geringen Teil seiner Anziehungskraft aus. Gigantische Wellen, steigende Meeresspiegel und verheerende Sturmfluten sind nur ein Bruchteil der Gewalten, mit denen es uns regelmäßig an seine Macht erinnert. Doch auch wir haben großen Einfluss auf unsere Ozeane: Überfischung, Übersäuerung, ganze Inseln aus Plastikmüll, Ölkatastrophen – die Liste ist lang.

Von Geisterschiffen über verlassene Leuchttürme bis zu in der Tiefe lauernden Ungeheuern haben wir reichlich Seemannsgarn gesammelt und zu Papier gebracht, um

damit einen kleinen Beitrag zum Erhalt unserer Ozeane und seiner Bewohner zu leisten. Deshalb fließt der gesamte Erlös in Form einer Spende an
https://www.schutzstation-wattenmeer.de/

Ein kleiner Beitrag, der hilft zu retten, was wir lieben. Wir Autor:innen danken euch von Herzen für eure Unterstützung. Und nun hissen wir die Segel und stoßen vor in unbekannte Gefilde: Willkommen an Bord!

Nina C. Hasse & Wolfgang Lamar
im Januar 2021

Danke sage ich an Claus Kullak, Inkognitophilosophin und Nika Sachs und den Dunklen Folkloristen.
Wolfgang Lamar

An Bord der Orion

Nina C. Hasse

In finsterer Nacht auf stürmischer See,
die Winde zerr'n von Luv und nach Lee.
Vom Heck brüllt's:»Holt die Segel ein!«
Alles ist Ächzen, Schnaufen und Schrei'n.

»Sturm voraus!«, ruft der Erste Maat,
die Welle von Backbord trifft die Orion hart.
Das Ruder bricht, das Rad dreht durch,
uns Männer ergreift die lähmende Furcht.

Das Schiff, es schwankt, es zittert und bebt.
Gott sei dem gnädig, der das überlebt.
Es bersten die Planken, der Hauptmast – er bricht!
Und dort in der Ferne: ein gleißendes Licht.

Die Wogen geglättet, der Himmel ganz klar.
Ist unsere Rettung tatsächlich so nah?
Wir blicken nach Backbord, gebannt, fasziniert,
auf das, was sich dort in der Gischt man'festiert.

Glänzende Segel, wie Taglicht so hell,
voll aufgetakelt, wie ein Walfisch so schnell.
An Bord keine Seele und niemand an Deck –
doch, seht nur! Dort, ein paar Gestalten am Heck!

Sie blicken herüber und starren uns an,
als hätten wir ihnen ein Leid angetan.
Die Augen ganz leer, die Wangen ganz bleich –
wie Geister aus dem Totenreich.

Das Bild löst sich auf, war bloß Lug und Trug;
Schnell erhasch' ich noch einen Blick auf den Bug.
Und was ich dort lese, lässt mein Blut gefrier'n:
Das Schiff trägt den Namen des Dreigestirn'.

Es ist nur ein Spiegel, ein schauriger Schein.
Wie ist das möglich? Wie kann das bloß sein?
Mit Grauen im Herzen dämmert es mir:
Die Geistermannschaft – das sind wir.

Die letzte Fahrt

Bruno E. Thyke

1708 A. D.,
Karibisches Meer, 16°10'51.233" Nord, 62°32'43.9" West

Captain James Hockwood balancierte über die Bohlen der HMS Sovereign zur alten Pinasse, die ziellos im Meer umhertrieb. Die Unterbrechung war ein Ärgernis. Sie waren nicht mehr weit von Nelson's Dockyard entfernt und dort anzukommen, bedeutete für ihn das Ende seiner aktiven Zeit bei der Navy. Er hatte sich auf wenig in seinem Leben so gefreut wie auf diese letzte Fahrt. Aber Pflicht blieb Pflicht und sie konnten diesen Kahn nicht einfach so vor britischem Hoheitsgebiet herumdümpeln lassen.

Lieutenant-Commander Ramsdale fing ihn ab, als er das Schiff betrat.

„Captain!"

„Erstatten sie Bericht, Lieutenant-Commander."

„Sir, wir ..." Ramsdale kratzte sich die Stirn. „Es gibt einen Überlebenden."

„Und?"

„Hier ist etwas Brutales geschehen, Sir."

Hockwood zog eine Augenbraue hoch und sah sich um. Da waren Reste von Blut am Oberdeck. Blut und etwas anderem.

„Ich sehe schon. Was ist das?"

„Scheint Gedärm zu sein, Sir. Blut und Gedärm."

Sie gingen zur Mitte des Oberdecks, wo eine Gruppe Soldaten sich um etwas versammelte, das Hockwood nicht erkennen konnte.

„Wo ist dieser Überlebende?"

„Unter Deck."

„Lassen Sie ihn holen. Ich will mit ihm reden."

„Jawohl, Sir."

Ramsdale wich im Herumdrehen einer Holzkiste aus und eilte davon. Hockwood schritt auf die Soldaten zu. Noch hatte keiner der Männer ihn bemerkt. In seinen vielen Dienstjahren hatte er gelernt, unsichtbar zu sein. Das war von Zeit zu Zeit notwendig, wenn er wissen wollte, was an Bord vorging. Darum nannten sie ihn „den Geist". Doch auch dieser Name würde bald Vergangenheit sein. Er blieb hinter der Gruppe stehen. Die Männer redeten aufgeregt miteinander.

„Mann, wie viel ist das?"

„Genug für eine gute Partie, wenn wir wieder in England sind."

„Eine gute Partie? Damit kannst du King Georges Mätresse persönlich zur Gattin nehmen."

Die Soldaten lachten. Hockwood räusperte sich.

„Meine Herren."

Die Männer fuhren zusammen und nahmen Haltung an.

„In meinem Alter leidet das Gehör. Gehe ich recht in der Annahme, dass ich soeben nicht Zeuge einer Majestätsbeleidigung geworden bin?"

Die Männer murmelten betreten.

„Was haben Sie hier?"

„Gold, Sir. Sehr viel Gold", stammelte ein schlaksiger Rotschopf, der seine erste Fahrt unter Hockwoods Kommando machte. Wie hieß er noch gleich?

Hockwood umrundete die Kiste. Sie war so groß wie ein Sarg und bis zum Rand gefüllt mit Gold, das in der Sonne funkelte. Er pfiff anerkennend.

„Sichern Sie das!"

„Aye! Aber wir können es kaum bewegen, Sir. Es ist zu schwer."

„Captain!", sagte Ramsdale hinter ihm. Der Lieutenant-Commander stand neben einem schmächtigen Mann, dessen zerschlissene Kleidung vor Dreck und getrocknetem Blut starrte. Sein Gesicht wirkte wie ein Totenschädel, über den man etwas Haut gezogen hatte. In seinen Augen lag Trauer – und ein Schimmer Hoffnung.

„Das ist der Überlebende."

„Willem van der Meer", sagte der Mann und massierte seine Fingerknöchel. Sein Blick huschte zu Boden, als hätte er etwas Unerhörtes gesagt.

Zweifellos ein Feigling, der sich bei den ersten Anzeichen eines Konflikts hinter irgendein Fass geworfen hatte. Doch allzu oft überlebten die Feiglinge und die Mutigen starben, insofern mochte der Herrgott die Feigheit mit einer Prise Gewitztheit gewürzt haben. Hockwood würde auf seiner letzten Fahrt niemanden mehr wegen Feigheit verurteilen. Er verspürte Mitleid mit dem Mann, der zu seiner besten Zeit sicher mehr gewesen war als ein verhungertes Gerippe. Doch die Pflicht zwang ihn zur Aufklärung, da spielten Gefühle keine Rolle.

„Ramsdale, bringen Sie dieses wandelnde Elend und das Gold auf die Sovereign. Ich will mit dem Mann sprechen und zwar ausführlich."

„Sir!", rief einer der Soldaten. Hockwood ignorierte den Störenfried.

„Und schicken Sie nach Warrant-Officer Godfrey, ich brauche ein paar seiner speziellen Fähigkeiten."

Ramsdale nickte knapp.

„Sir!" Die Stimme des Soldaten klang nun eindringlicher.

„Was?"

„Die Kiste, Sir."

„Was ist damit?"

„Sie bewegt sich!"

Die Bewegung war kaum vom Seegang zu unterscheiden, dennoch: Der Matrose hatte recht. Die

Truhe bewegte sich. Auf das schwache Rütteln folgte ein Kratzen.

Die Männer ächzten, als sie den hölzernen Sarkophag zur Seite schoben. Wie viel Gold mochte das sein? Die Münzen waren von unbekannter Prägung, keine Laurels oder Unites oder gar Guinees darunter. Nur der Herrgott wusste, was diese Kiste wert war. Mit etwas Glück überließ die Krone ihm davon ein wenig für seinen Ruhestand.

„Da hat jemand ein Loch ins Deck geschlagen." Die Männer ließen die Kiste los und starrten in das halb aufgedeckte tiefschwarze Nichts.

„Was für ein Gestank!" Der Mann zuvorderst drehte angewidert den Kopf zur Seite. Hockwood trat näher an das Loch heran. In die salzige Brise mischte sich der Geruch von Pisse, Blut und Schweiß. Er sah jedoch nichts. Oder doch, da war etwas Helles ...

Die Köpfe der Männer neigten sich langsam nach vorn und zuckten im nächsten Moment synchron wie ein Fischschwarm zurück, als ein blasser Arm auf die Planken des Boots klatschte. Hockwood stolperte rückwärts. Blau angelaufene Finger krallten sich in das Holz. Ein zweiter Arm folgte. Dann ein Kopf, an dem nasse schwarze Haare klebten. Die Männer richteten ihre Gewehre auf die Gestalt. Hockwood hob den Arm.

„Senkt die Waffen."

Sie folgten dem Befehl, allerdings zögerlich.

Dem Kopf folgte ein Körper in ein dreckiges Leinenhemd gewandet, dürr und ausgemergelt. Ein Mädchen oder eine Frau? Sie zog sich mühsam aus dem Loch, die Männer wichen Stück für Stück zurück. Nachdem sie die blassen nackten Füße aus dem Loch gezogen hatte, blieb sie liegen.

Hockwood zögerte. Auf See konnte jedes Zögern den Tod bedeuten. Ein Kapitän geht voran, immer. Er wusste das, er war nicht umsonst der dienstälteste aktive Captain in der Karibik. Die Männer durften es ihm nicht anmerken, aber etwas beunruhigte ihn an diesem ... Ding.

„Howeson! Drehen Sie sie um!"
„I-Ich, Sir?"
Hockwood starrte den Soldaten an. Der schluckte und machte einen zögerlichen Schritt. Vorsichtig stieß er mit der Fußspitze gegen ihre Schulter. Sie reagierte nicht. Er wiederholte den Stoß energischer. Wieder nichts. Howeson blickte fragend in die Runde, ehe er sich ein Herz fasste und ein drittes Mal gegen das Mädchen zutrat, diesmal kräftig. Ein Arm schnellte vor und packte Howesons Fuß. Der Soldat schrie erschrocken auf und schlug mit dem Kolben seines Gewehrs zu.
„Halt!", rief Hockwood. Er verfluchte sich. Das war seine Schuld, sein eigenes verdammtes Zögern. Er eilte auf das Mädchen zu, kniete sich neben sie. Vorsichtig drehte er sie herum.
Der Verstand neigt dazu, Dinge zu vereinfachen. Ein Kapitän muss auf diese Dinge achten, aufmerksam sein. Hart am Wind zu segeln, ist eines der ersten Dinge, die man lernt, auch wenn der Verstand es zunächst nicht fassen kann, dass ein Schiff bei Gegenwind vorwärtskommt.
Jetzt brauchte sein Verstand ebenfalls einen Moment. Er wusste nicht, was er erwartet hatte; jedenfalls nicht das. Ein junges Mädchen, vielleicht fünfzehn Jahre alt. Das Gesicht beschmutzt von Dreck und Blut, die Züge aber sanft und unschuldig. Sie sah aus, als schliefe sie friedlich. Er berührte ihr Haar an der Stelle, wo Howeson sie getroffen hatte. Es klebte vom Blut.
„Bringt sie in meine Kajüte und holt den Doc."
Zwei Männer hoben das Mädchen hoch und trugen sie zur Sovereign.
Blut, Gedärm, Gold. Ein junges Mädchen in einem Loch. Er fuhr mit der Zunge über seinen rechten Backenzahn, wie er es stets tat, wenn er nachdachte. Ein Goldzahn, den ihm einer dieser modernen Zahnärzte eingesetzt hatte, als er in Europa war. Er brauchte einen Kaffee. Am besten mit einem Schuss Whisky.

„Nein! Nicht dieses Ding. Nein! Nein!"

Der Lärm kam aus der Nähe der Planken, die das Pinassschiff mit der Sovereign verbanden. Dort stand Willem van der Meer, flankiert von zwei Soldaten, die ihn an den Armen gepackt hatten. Van der Meer wehrte sich panisch gegen den Griff seiner Bewacher, doch er war zu schwach und gab auf. Stattdessen wechselte er in ein weinerliches Flehen.

„Nicht dieses Ding. Bei der Heiligen Maria, ihr wisst nicht, was ihr tut!"

Die Männer zogen ihn fort und machten den Weg für die Soldaten mit dem Mädchen frei.

Hockwood sah ihnen einen Moment lang schweigend hinterher. Es würde ein langer Abend werden, eine lange Nacht mit vielen Fragen an die beiden Überlebenden. Die Antworten würden kommen. Er bekam immer, was er wollte – wenn man einmal von Lady Francine absah. Aber das war mittlerweile vierzig Jahre her.

Kajüte des Captains

„Sie wird bald aufwachen. Eine Kopfwunde blutet häufig sehr stark, aber im Grunde ist das nur ein Kratzer."

Der Doc wischte sich die Hände ab und schob das Rasiermesser, mit dem er die Haare um die Wunde abrasiert hatte, zurück in den Lederkoffer. Dann stand er auf und rieb sich etwas getrocknetes Blut von seiner Lederhose.

„Was ist das für eine Geschichte mit diesem Mädchen, James?", fragte er.

„Das werden wir herausfinden."

„Ramsdale verhört diesen Holländer?"

„Ramsdale und Godfrey, ja."

Der Doc nickte. Dann setzte er sich auf den schweren Holztisch.

„Da liegen Karten, Doc. Pass auf, dass du die mit deinem Arsch nicht unleserlich machst. Ich will, dass alles seine Ordnung hat, wenn ich das Schiff übergebe."

Der Arzt zog eine der Seekarten unter seinem Oberschenkel hervor und betrachtete sie. „Ich vermisse England."

„Ich auch. Man wird uns zu Rittern schlagen, wenn dieser Schatz dort angekommen ist."

„Man wird dich zum Ritter schlagen. Ich werde mit ein paar Schilling abgespeist."

„Auch was?" Hockwood hielt ihm die Whiskyflasche hin.

„Schotte?"

„Highland."

„Ach, warum nicht. Wirst du zurückgehen?"

Hockwood zuckte die Schultern.

„Erst einmal werde ich meine Freiheit genießen – wo auch immer."

Der Doc lächelte und prostete ihm zu. „Ich werde dich vermissen, alter Freund."

Das Mädchen stöhnte leise. „Wo bin ich?", fragte sie, ohne die Augen zu öffnen. Sie sprach mit dünner, angenehmer Stimme. Kein Dialekt, was selten war in diesen Breitengraden.

Doc stellte den Whisky ab und legte ihr eine Hand auf die Stirn.

„An Bord der HMS Sovereign."

„Mein Kopf tut weh."

„Das wird sich geben. Woran erinnerst Du Dich?"

Ihre Augäpfel zuckten unter den Lidern, der Atem ging schneller und schneller.

„Ich … es …"

„Was hat sie?", fragte Hockwood.

„Sieht aus wie eine Art Fieberwahn, ich kann es nicht genau sagen. Hey, Mädchen? Wie heißt Du?"

„Er wird euch töten! Er wird uns töten!"

Ihre Finger krümmten sich. Dann fuhr sie hoch, die Augen weit aufgerissen. Doc stolperte zurück.

„Das Gold! Es wird euch alle töten!"

Unter Deck

„Das ist deine Geschichte?“

Der Holländer hatte die Hände zusammengekettet und lächelte sein räudiges Lächeln. Vor ihm stand eine Schale mit Essen, das er während seines Berichts beidhändig in sich hineingeschlungen hatte. Ramsdale hätte ihn gerne getreten wie einen streunenden Köter. Doch das war Godfreys Aufgabe, nicht seine und Hockwood hatte unnötige Gewalt untersagt. Er hatte dem Captain angesehen, dass irgendwas an diesem Kerl sein Mitgefühl erregt hatte. Was immer das war, er konnte es nicht sehen. Aber der Captain wurde nun mal alt.

„Ein Teil davon.“ Wieder dieses Grinsen. Und dieser Dialekt. Was war dieses Holländisch eigentlich für eine Sprache? Das D klang wie ein T, das T wie ein D. Ramsdale ballte die Finger. Das beruhigte.

„Was ist mit dem Mädchen?“

„Kennt Ihr die Geschichte von McCormack dem Kannibalen?“ Das Grinsen verschwand aus seinem Gesicht.

„Jeder kennt dieses Ammenmärchen.“

„Was, wenn es kein Märchen ist?“

„Was, wenn dir der Herr Jesus höchstpersönlich den Arsch versohlt?“

„Was glaubt Ihr denn, Lieutenant?“ Van der Meer lehnte sich zurück und sein ausgemergelter Körper verschwand aus dem spärlichen Licht der Öllampen.

„Soll ich ein bisschen nachhelfen?“, fragte Godfrey. Der Warrant-Officer wirkte gelangweilt. Godfrey war ein Folterknecht erster Güte, doch es schien ihm keinerlei Freude oder Befriedigung zu verschaffen. Der Mann liebte Musik und Kunst. Bei Landgängen lief er stundenlang allein herum, um Insekten zu beobachten oder Pflanzen in seinem Notizbuch zu skizzieren. Dass er sich so hervorragend auf Schmerzen verstand, war wohl Gottes seltsamer Humor.

„Nein, nein. Was ist das mit dem Piraten McCormack?“, sagte Ramsdale.

„Denkt doch mal nach. McCormack hat angeblich den größten Schatz der gesamten Karibik versteckt. Wofür haltet Ihr diese Ansammlung von Reichtümern da draußen auf eurem Schiff? Woher, glaubt Ihr, kommt das ganze Gold?"

Die Fragen waren in der Tat berechtigt. Ein derartiges Vermögen musste über Jahrzehnte angehäuft worden sein. Aber es gab keinen Piraten mehr, der so mächtig war. Dafür sorgten die Spanier, die Franzosen und natürlich His Majesty´s Ships. Und manchmal sogar die nichtsnutzigen Holländer mit ihrer zweiten WestindienKompanie.

„Erzähl es mir."

„McCormack. Ihr habt den Schatz des Kannibalen. Und mit dem Schatz habt Ihr Euch den Fluch an Bord geholt, ihr Narren."

Er zog die Beine enger an den Körper und hustete. Nein, er lachte. Ramsdale wollte seine Angst nicht zeigen, aber über seine Arme breitete sich Gänsehaut aus. So ein verfluchter Irrer. Irre und Frauen an Bord – das war keine gute Mischung. Sie sollten sie einfach ins Meer werfen. Alle beide.

„Was soll das für ein Fluch sein?"

„McCormack lässt sich nicht bestehlen. Er war der raffgierigste, hinterhältigste Bastard, der je gelebt hat. Wisst Ihr, wieso man ihn ‚den Kannibalen' nennt?"

Ramsdale hatte davon gehört. Aber er gab nichts auf Seemannsgarn. Geschichten von Riesenwalen, Meeresungeheuern und Geisterpiraten waren etwas für Reisende oder abergläubisches Pack, aber nichts für die königliche Marine. Sie besaßen die besten Schiffe der Welt und ihm fehlte wahrlich die Fantasie, wie man jemals noch bessere Schiffe bauen sollte. Hier regierten Vernunft und Handwerkskunst, kein Spuk. Aber der Holländer wollte ein Spielchen spielen. Es schadete nicht, hier und dort mitzugehen, ehe Godfrey sich um die Details kümmerte.

„Man sagt, er fraß die Besatzung der gekaperten Schiffe und ließ nur einen übrig, der davon berichten sollte."

Van der Meer nickte.

„Genau. Und wenn es nichts zu holen gab, nahm er diesen einen mit an Bord seines Schiffes und quälte ihn, bis dieser ihm von irgendwoher mindestens einen Schilling besorgte. Sein Schatz wuchs mit jedem Beutezug, er wurde immer größer, nie weniger."

Ein verlockender Gedanke, falls sie tatsächlich einen solchen Schatz gefunden hatten.

„Und was hat diese Geschichte mit dem zu tun, was auf deinem Schiff passiert ist? Bist du etwa dieser letzte Überlebende?"

„Könntet Ihr die Ketten lösen? Ihr seht, ich bin keine Gefahr für Sie und diesen stattlichen Herrn." Er nickte in Godfreys Richtung, der so reglos dastand wie eine Wachsfigur. „Aber ich möchte gerne von Bord springen oder mich verstecken können, wenn es darauf ankommt. Darin bin ich gut, ich hoffe, das beantwortet Ihre Frage."

Ramsdale überlegte einen Moment.

„Zuerst erzähl, was passiert ist, dann löse ich die Ketten."

Kajüte des Captains

Das Mädchen trank Whisky, als wäre es Wasser. Auch nach dem dritten Glas zitterten ihre Hände noch immer.

„Jetzt sag das noch einmal. Was tötet uns? Wieso?"

„Der Schatz. Oder der Fluch."

Sie hatte Tränen in den Augen. Sie erinnerte ihn an seine Nichte, die bezaubernde Eleonore. Sie war ebenso schön und schroff wie Cornwalls Küste. Er hatte sich ihr gegenüber stets wie ein großer Bruder gefühlt und das Gleiche spürte er auch jetzt.

„Ganz ruhig." Er legte seine Hand auf ihre Schulter und sie zuckte zusammen. Er hob die Hände.

„Schon gut, ich wollte nicht ..."

„Hat jemand überlebt?", fragte sie.

„Einer. Ein Holländer."

„Van der Meer?"

Hockwood nickte.
„Tötet ihn. Ihr müsst ihn töten! Jesus Maria, ihr müsst ihn töten! Sofort!“
„Wir sind ein Schiff der Royal Navy. Wir töten niemanden ohne Verfahren.“
„Was hat er dir angetan, Kind?“, fragte Doc, der sich das Schauspiel mit wissenschaftlichem Interesse ansah.
„Er ist der verdammte Fluch!“
Die Männer tauschten Blicke. Ein Schatz, ein Fluch. Was kam als Nächstes? Riesenkraken? Hockwood lächelte mild.
„Von was für einem Fluch sprichst du?“
„McCormacks Fluch. Der Fluch des Kannibalen.“
„Aber sagtest du nicht, der Schatz bringe uns alle um?“
„Das ist das Gleiche!“
„Der Holländer ist der Schatz?“
„Van der Meer ist verflucht. Er hat etwas von McCormacks Schatz gestohlen. Jetzt muss er töten und fressen, wie McCormack es getan hat. So lange, bis es ihm gelingt, den Schatz zu vergrößern.“
Alles in Hockwood sträubte sich gegen diese Geschichte. Was für ein hanebüchener Unsinn! Aber da war noch das Schiff. Eine Pinasse dieser Größe dürfte fünfzig Mann Besatzung gehabt haben, mindestens aber zwanzig. Wie sollte dieser ausgedörrte Holländer zwanzig oder mehr gestandene Seemänner getötet und über Bord geworfen haben? Und die Trauer in seinem Blick? Sah so ein menschenfressendes Monster aus?
„Doc? Sieh dir bitte einmal unsere Aufzeichnungen an und frage die Männer an Bord. Ich will mehr über diesen Fluch wissen.“
„Aye, Sir!.“
Der Doc verließ die Kajüte und Hockwood wandte sich wieder dem Mädchen zu.
„Und du erzählst mir jetzt genau, was passiert ist.“

An Deck

Ramsdale kletterte die schmale Leiter zum Deck hinauf. Er hatte sein Versprechen gehalten und die Ketten des Holländers gelöst. Seine Geschichte war verrückt, so verrückt wie der ganze Kerl. Aber er wollte sie dem Kapitän mitteilen, sicher war sicher. Vor allem aber, weil er dieses seltsame Gefühl nicht loswurde. Irgendetwas ging hier nicht mit rechten Dingen zu. Er eilte an den Soldaten vorbei, warf einen Blick auf die Schatztruhe, die verschlossen an Deck stand. Letztlich hatten sie das Gold mit Seilwinden, Blut und Schweiß verladen. Die Truhe sah mehr denn je aus wie ein Sarg. Auf dem Weg zur Kapitänskajüte kam ihm der Arzt entgegen.

Ramsdale deutete einen Salut an, mehr aus Höflichkeit, denn der Doc stand im Rang unter ihm.

„Ramsdale! Ihr kennt euch nicht zufällig mit dem Fluch von McCormack dem Kannibalen aus?"

Kalter Schweiß trat ihm auf die Stirn.

„Wieso fragt Ihr das?"

„Dieses Mädchen ... Es behauptet, der Schatz sei verflucht und der Holländer habe sämtliche Männer an Bord der Pinasse gefressen. Ziemlich verrücktes Zeug, wenn Ihr mich fragt."

„Der Holländer behauptet das Gleiche. Nur, dass das Mädchen die Leute gefressen hat. Nur durch einen Trick habe er es geschafft, sie unter Deck einzusperren."

Der Doc lachte.

„Das Kind wiegt vielleicht fünfzig Pfund. Ich sage euch, die halten uns zum Narren."

Ramsdale lachte nicht. „Wie lautet der Befehl?"

„Wir fragen die Besatzung. Ich würde die Geschichte von diesem Fluch gerne von einem Dritten hören."

Der Doc schob sich an Ramsdale vorbei an Deck. Er ging zu einem der Matrosen und sprach mit ihm. Der Soldat reagierte recht zögerlich auf die Bitte, dann ging er jedoch los und sprach mit den anderen Männern. Der Doc kam lächelnd zurück.

„Gehen wir zum Captain."

Kajüte des Captains

Doc kehrte mit Ramsdale zurück. Der Lieutenant-Commander wirkte irgendwie kränklich.

„Alles in Ordnung, Lieutenant-Commander?"

„Ramsdale hat ebenfalls von diesem Fluch gehört. Vom Holländer", sagte Doc, legte seinen Arm um Ramsdales Schultern und rüttelte den Lieutenant-Commander.

„Was sagt van der Meer dazu?", fragte Hockwood.

Ramsdale starrte das Mädchen an. „Der Holländer sagt, sie sei der Fluch, Sir."

„Und? Glaubt Ihr ihm?"

„Ich glaube nicht an Flüche, Sir."

Dafür war er erstaunlich blass. Aber Ramsdale zählte in der Tat nicht zu den abergläubischen Kameraden.

„Wir haben hier also ein verlassenes Schiff, Überreste von Blut und Gedärm, einen Schatz und zwei Überlebende, die behaupten, der jeweils andere sei verflucht und schuld an diesem Massaker."

„Hat der Teufel schon jemals zugegeben, der Teufel zu sein?", mischte sich das Mädchen ein.

„Nein, aber auch das träfe auf euch beide zu", antwortete Doc. Es klopfte.

„Herein!"

Ein Soldat kam die Treppe herunter und salutierte.

„Sir, der Doc fragte nach der Legende von McCormack dem Kannibalen."

„Das ist korrekt. Was wisst Ihr darüber?"

„Ich kenne sie sehr gut, Sir. Der Bruder meines Großvaters gehörte zu McCormacks Crew."

„Tatsächlich? Erzählt, aber fasst euch kurz", sagte Hockwood und goss sich einen Whisky ein. Der Mann nahm seine Mütze ab und grub alle zehn Finger hinein.

„McCormack war der erfolgreichste Flibustier seiner Zeit. Er war Schotte und kaperte vorwiegend für die Franzosen, aber eigentlich überfiel er alles und jeden. Er war ein begnadeter Seemann, aber ein Geizhals und äußerst misstrauisch. Die Legende besagt, er habe die Mannschaften der gekaperten Schiffe aufgegessen, aber das stimmt nicht. Er aß nur den Kapitän."

„Äußerst beruhigend", sagte Hockwood. Doc lachte.

„Jedenfalls war er irgendwann zu alt oder zu gebrechlich für Kaperfahrten. Also suchte er einen Ort für seinen Schatz. Er fuhr mit seinen engsten Vertrauten zu einer Insel und vergrub ihn. Dabei fiel ihm auf, dass jemand etwas von seinem Schatz genommen hatte. Weil sich niemand schuldig bekannte, tötete er seine Begleiter und aß sie auf. Aber keiner von ihnen hatte ein Goldstück in seiner Kleidung. Über den Verlust seines Goldes und den Mord an seinen Freunden wurde er wahnsinnig und starb auf der Insel. Doch sein unruhiger Geist streift noch immer umher, gequält vom Unrecht, das er seinen Männern antat, und auf der Suche nach den fehlenden Goldstücken. Es heißt, wer den Schatz findet, werde von McCormacks Geist heimgesucht und erst freigelassen, wenn er dem Schatz mehr Gold zugefügt hat. So wuchs der Schatz über die Jahre weiter, angehäuft von den geschundenen Seelen, die von McCormacks Geist heimgesucht wurden. Sie mussten meinem Großonkel wegen Wundbrand das Bein abnehmen, darum war er bei dieser letzten Fahrt nicht dabei. Die Geschichte hat er uns so oft erzählt, dass …"

„Danke für diese spannende Erzählung", unterbrach Hockwood ihn. „Ihr könnt wegtreten."

„Aye, Sir!"

Der Mann setzte die Mütze wieder auf, salutierte und verschwand an Deck. Hockwood wandte sich an das Mädchen.

„Was genau tut jemand, der besessen ist? Und wenn es, wie du sagst, der Holländer ist, wieso wurde er nicht von den anderen getötet?"

Das Mädchen starrte auf den Boden. Sie hatte sich auf den Tisch gesetzt, ihre Beine baumelten lustlos herab.

„Man kann ihn nicht töten. Man kann ihm nur sein Gold geben und hoffen, dass es reicht. Habt Ihr Gold?"

Sie hob den Kopf und lächelte. Hockwood lief ein Schauer über den Rücken. Unwillkürlich fuhr er sich mit der Zunge über den Goldzahn.

„Ich will mit diesem Holländer sprechen."

Gefolgt von Doc und Ramsdale verließ er die Kajüte, nahm sich zwei Pistolen aus der Truhe neben dem Ausgang und raunte einem Matrosen den Befehl zu, auf das Mädchen aufzupassen. Er fühlte sich, wie Ramsdale aussah. Irgendetwas stimmte hier nicht. Doch was es auch war, der Fluch eines Kannibalen war es gewiss nicht.

Unter Deck

Sie gingen über Deck, wo die Matrosen seltsam wortkarg und merklich nervös ihrer Arbeit nachgingen. Der Wind stand günstig, bald würden sie in Nelson's Dockyard einlaufen. Als sie zu van der Meer hinabstiegen, kauerte dieser an der Holzwand. Seine Ketten waren gelöst. Godfreys Karabiner lehnte neben ihm an der Wand.

„Wo ist Godfrey?", fragte Hockwood.

„Er sollte eigentlich hier sein", sagte Ramsdale.

„Wo ist deine Wache, Holländer?"

Van der Meer zuckte mit den Schultern. „Pissen?"

Hockwood sah sich um. Der Raum lag im Halbdunkel und es gab keinerlei Dinge, die man für Möbel halten konnte. Fässer und Kisten standen herum, Seile hingen an den Wänden. Was er nicht sah, war Blut. Godfrey hätte sich niemals von diesem verhungerten Gerippe verletzen lassen, ohne zumindest eine nennenswerte Fleischwunde zu hinterlassen.

Hockwood ging auf den Holländer zu. Der Mann stank nach Pisse und leerem Magen.

„Wo ist Godfrey?"

Der Holländer hob den Blick. Seine Augen waren seltsam dunkel. Feine Fältchen deuteten ein Lächeln an.

„Sie sind hier der Kapitän. Ich bin nur ein Gefangener."

Der Mann verspielte seine Sympathien. Er sollte ihm die restlichen verfaulten Zähne einzeln ziehen. Dann würde er schon reden.

Plötzlich riefen Stimmen durcheinander. Menschen schrien und sie hörten das Getrampel vieler Füße über sich. Ein Schuss, dann lautes Gerumpel.

„Werden wir etwa angegriffen?", fragte Ramsdale. An Deck krachte etwas zu Boden.

Der Holländer lachte. „Es geht los, Gentlemen. Es geht los."

Doc rannte zur Leiter und kletterte sie hinauf, um einen Blick an Deck zu werfen. Schreie drangen durch die leicht geöffnete Luke.

„Was zum ...?"

„Was ist da los?"

„Ich kann nichts sehen. Nur Beine, Leute rennen herum." Wieder ein Tosen. Doc stürzte rücklings von der Leiter. Mühsam rappelte er sich auf. Hockwood konnte sein Gesicht nicht sehen.

„Alles klar, Doc?"

„Mein Gott!"

„Was ist los?"

Doc drehte sich um. Sein Gesicht war rot von Blut.

„Woher kommt das ganze Blut?"

Godfreys Karabiner! Hockwood griff nach der Waffe und warf sie Ramsdale zu. Er selbst zog seinen Säbel und ließ seine Pistolen, in seinem Gürtel. Ramsdale zog eine Papierpatrone heraus, biss die Papierhülse auf und stopfte sie in den Lauf. Er war schnell, das musste man ihm lassen.

„Wir müssen raus!"

Ein Knall. Die Matrosen an Deck schrien panisch durcheinander. Etwas platschte ins Wasser. War jemand über Bord gegangen?

„Das würde ich an Ihrer Stelle nicht tun“, sagte der Holländer. Er richtete sich auf. Hockwood machte unwillkürlich einen Schritt zurück.

„Setzten Sie sich wieder hin!“, befahl er. Aber van der Meer ignorierte ihn. Ramsdale legte das Gewehr an, der Holländer hob die Arme.

„Schon gut, schon gut.“

Doc kletterte die Leiter wieder hinauf und versuchte die Luke zu öffnen, doch etwas lag darauf. Er stemmte sich mit ganzer Kraft dagegen, doch die Luke bewegte sich nicht.

Endlose Momente sagte niemand etwas. Sie waren wie gelähmt. Eine kalte Furcht legte sich um Hockwood wie ein Mantel des Todes. Er wollte etwas tun, aber er wusste nicht, was. Alle lauschten auf das Getrampel, die Schreie und den Krach. Männer schossen und brüllten Befehle, doch mit jedem Atemzug wurde es stiller.

„Hört ihr das?“, fragte Ramsdale, den Lauf noch immer auf den Holländer gerichtet.

„Nein.“

„Ich auch nicht. Ich höre nichts.“

„Doc, versuch noch einmal, die Luke zu öffnen.“

„Ich weiß nicht, James.“

Sie starrten auf die Luke, die wie eine finstere Sturmwolke über ihnen hing. Schritte. Holzbohlen knarzten. Der Doc kletterte langsam die Stufen hinab statt hinauf. Die Schritte über ihnen stoppten und Doc sprang das letzte Stück von der Leiter. Niemand wagte beim öffnen der Luke zu atmen.

Die Männer bildeten eine Traube. Ein jeder klammerte sich an seine Waffe wie an Gottes Segen. Sie starrten auf die unheilvoll klaffende Luke. Etwas bewegte sich und Ramsdale drückte ab. Holz splitterte.

„Aber Captain!“, rief das Mädchen von oben. Sollte der Holländer etwa recht gehabt haben?

„Keinen Schritt, oder wir pumpen dich mit Blei voll.“

Sie lachte.

„Nur zu! Sie wären nicht der Erste, der das versucht.“

„Was willst du?“

„Ich würde gerne ein wenig essen.“

Wieder ein Lachen.

Ihre Optionen waren erschreckend eingeschränkt. Wenn dieses Ding dort oben die gesamte Mannschaft so weit gebrachte hatte, keinen Ton mehr von sich zu geben, mussten sie das ernst nehmen, egal wie sehr ihn dieses Gerede von einem Fluch auch störte. Seemänner waren seit jeher abergläubisch. Vielleicht war er es ja, der sein Leben lang falsch gelegen hatte? Was blieb? Sie mussten kämpfen. Ihre Position lag etwa bei sechzehn Grad dreißig Minuten Nord und zweiundsechzig Grad dreißig Minuten West. Montserrat oder Guadeloupe lagen am nächsten, aber noch immer knapp zwanzig Meilen entfernt, die Strömung war unberechenbar. Ohne Boot würden sie es nicht schaffen, selbst wenn sie irgendwie hier herauskämen.

„Essen haben wir. Du kannst dir nehmen, was du findest. Wir setzen dich sogar an Land.“

„Ich rieche Ihre Angst, Captain. Ihre und die der anderen. Wissen Sie, wie gut Fleisch schmeckt, wenn es von Angst durchflutet ist? Man sagt, sie mache das Fleisch bitter, aber das stimmt nicht.“

Einer von ihnen konnte sich hinter der Leiter verstecken. Irgendwann würde sie hinabkriechen und dann könnten Ramsdale und der Doc schießen und er könnte auf sie einhacken, bis Blut floss. Brach man Flüche auf diese Weise? Sie hatten keinen Geistlichen an Bord und in der Kirche wurde nie über so etwas gesprochen. Er machte eine Bewegung zu Ramsdale und der gab ihm das Gewehr. Langsam schlich er Richtung Luke. Ein Schuss ins Gesicht könnte funktionieren. Es hatte seinen Grund, wieso dieses Ding nicht direkt die Leiter hinunterstieg.

„Wieso bist du nicht gleich über uns hergefallen? Was sollte dieses Getue und die Geschichte mit dem Holländer?“

„Ich spiele gerne.“

Oder sie war zu schwach. Vielleicht konnte man sie aushungern.

„Du kannst den Schatz haben. Nimm ihn, wir setzen dich an Land und vergessen unser kleines Aufeinandertreffen."

Noch einen kleinen Schritt näher.

„Haben Sie nicht zugehört, Captain? Sie müssen dem Schatz etwas Wertvolles hinzufügen, um den Fluch zu brechen. Haben Sie Gold?"

„Nur ein paar Münzen."

„Das genügt wohl nicht."

Er glitt um die Leiter herum, riss den Lauf des Gewehrs nach oben und blickte in das Gesicht des Mädchens. Er hatte ein scharfzahniges Monster erwartet, doch sie war so hübsch und unschuldig wie zuvor. Er zögerte.

„Hallo, Captain", sagte sie sanft.

Dann drückte er ab und Funken stoben, als der Feuerstein auf das Pulver traf.

Ihr Kopf wurde nach hinten gerissen. Es polterte, als ihr Körper auf die Planken schlug.

„Doc! Komm her." Er stellte den Karabiner ab und zog eine seiner Queen-Anne Pistolen aus dem Gürtel.

Der Arzt löste sich aus der Traube.

„Sieh nach, ob sie tot ist. Ich gebe dir Deckung."

„Aye."

Der Doc kletterte die Leiter hinauf und verschwand durch die Luke. Hockwood starrte hinauf, die Pistole im Anschlag.

„Captain, das war ein Volltreffer."

Er atmete erleichtert aus, steckte die Pistole weg und setzte seinen Fuß auf die Leiter. An Deck passierte irgendetwas.

„Was zum …?"

„Alles okay, Doc?"

Ein Schrei.

Hockwood stieg zwei Sprossen hinauf.

„Verdammt! Was zur Hölle? Nein!"

Das kam von unten. Er blickte zwischen den Sprossen der Leiter hindurch. Der Holländer hatte den Arm um Ramsdale gelegt. Er ... biss ihn.

„Lass ihn los, du Scheißkerl!“ Hockwood sprang von der Leiter, zog eine Pistole und schoss. Blut spritzte, aber er konnte nicht erkennen, ob er Ramsdale oder Van der Meer getroffen hatte. Beide stürzten zu Boden, wo sie reglos liegen blieben.

„Lieutenant? Mr. Ramsdale?“ Hockwood ging langsam vorwärts, warf die leere Pistole weg und zog die zweite aus dem Gürtel.

„Doc?“

Keine Antwort.

Ramsdale bewegte sich, rutschte zur Seite. Van der Meer richtete sich auf und schob den Lieutenant-Commander von sich herunter. Im Kopf des Holländers klaffte eine Wunde, die einen Ochsen getötet hätte.

„Hockwood, Sie sind ein guter Schütze!“

„Ihr seid es beide!“

Er drückte ab. Van der Meer zuckte und fiel nach hinten.

„Das ist eine Turn-Off Pistole, nicht wahr? Sie sollten nicht Ihre ganze Munition verbrauchen.“

Hockwood drehte sich in Richtung der Stimme. Da stand sie. Auch in ihrer Stirn klaffte ein Loch. Blut färbte ihre Kleidung braunrot. Ihre Augen leuchteten wie schwarze Azra-Perlen.

Hockwood starrte auf seine Pistole. Um sie zu laden, musste er den ganzen Lauf abschrauben, die Kugel einlegen und die Pulverkammer füllen. Er hatte nicht einmal Pulver dabei.

„Ups“, sagte das Mädchen.

Sie kam näher und er wich zurück. Seine Fersen stießen gegen etwas Weiches. Ramsdale. Aus seinem Hals ragten Muskelfasern und Sehnen. Hockwood warf die Pistole weg und zog den Säbel.

„Ich hätte es wissen müssen!“

Das Mädchen lachte.

„Was für ein wunderbares Spiel, nicht wahr? Mit der Zeit wird einem so langweilig. Ich heiße übrigens Celeste." Sie machte einen Knicks.

Er folgte einem unguten Gefühl und drehte den Kopf. Van der Meer starrte ihn an, nur wenige Zentimeter von seinem Gesicht entfernt. Herabhängende Hautfetzen entblößten Teile seines Schädelknochens.

„Sie haben ja einen Goldzahn, Captain."

Ehe er sich versah, wurde sein Kopf nach hinten gerissen. Van der Meer packte den Zahn mit seinen Fingern. Dann schien er es sich anders zu überlegen und ließ von ihm ab. Der Griff lockerte sich.

„Sie dürfen ihn behalten, wenn Sie uns genug anderes Gold bringen. So ein Zahn soll ja Glück bringen. Und jetzt gehen Sie besser auf die Suche."

An Deck

Hockwood durchsuchte die Sovereign, bis der Mond aufging. Er trug zusammen, was er finden konnte. Jeden Kerzenständer, jede Münze aus den Taschen der Toten. Seine Peiniger hatten sich über die Leichen hergemacht, als wären sie ein Festbankett. Sie rissen ihnen die Herzen heraus und kauten auf ihren Knochen herum, während sie ihn bei der Arbeit beobachteten. Ihre Wunden schlossen sich mit jedem Bissen, den sie herunterschlangen.

Sein Verstand zerriss beim Anblick des jungen Mädchens, das auf den menschlichen Überresten herumkaute. Es waren wahrhaft die Fänge des Teufels, in die er geraten war. Er starrte auf den mickrigen Haufen Edelmetall, der im Mondlicht glänzte. Sie waren ein Marineschiff, kein Handelsschiff. Hier gab es kein Gold. Wie sollten sie feststellen, ob es genug war? Trieben sie nur ein weiteres, widerliches Spiel mit ihm? Es war seine letzte Fahrt, wieso in Gottes Namen mussten sie auf dieses verfluchte Schiff stoßen? Er tupfte sich den

Schweiß von der Stirn. Trotz der kühlen Brise war ihm heiß. Hatte er alles? Hatte er jeden Winkel durchsucht?

„Ich sehe, Ihr seid fertig“, sagte der Holländer.

„Vielleicht gibt es noch etwas, ich muss …“

Er hörte sich stammeln. Jeder Stolz war verflogen. Er würde vor ihnen kriechen, wenn es half.

„Nein, nein. Wir sollten uns beeilen, in dieser Gegend gibt es eine Menge Schiffe.“

Vielleicht konnte man sie töten, wenn von Anfang an klar war, was man tun musste. Wenn er den anderen ein Zeichen geben konnte. Van der Meer kramte in seiner Tasche, zog ein Blatt Papier mit einem gebrochenen Wachssiegel und entfaltete es. Dann trat er neben den Haufen Gold und betrachtete ihn einen Moment. Er nahm einen Kerzenständer herunter und behielt ihn in der Hand. Er legte das Papier auf das Gold und ging zurück zu dem Mädchen, nahm sie in den Arm und lehnte seinen Kopf an ihren. Sie waren blutverschmiert in Kleidung und Gesicht und starrten auf das Gold wie ein junges Paar in den Sonnenuntergang. Hockwood folgte ihrem Blick. Auf dem Papier erschien aus dem Nichts eine Schrift. Als das Blatt vollgeschrieben war, nahm der Holländer es und las. Sein Gesicht erhellte sich.

„Es fehlt nur noch ein Zehntel Ons. Bald sind wir frei.“ Celeste jubelte leise.

„W-Was heißt das?“, fragte Hockwood. Kein Mensch verstand die Maßeinheiten der Holländer. Soweit er wusste, benutzte jede der sieben vereinigten Provinzen ihr eigenes System.

„Der Fluch ist gebrochen, wenn wir dem Schatz mehr Gold zugefügt als gestohlen haben. Wie viel steht hier. Wir haben zehn Jahre gesammelt, bald sind wir frei. Dann hört er endlich auf, der Hunger.“

Celeste umarmte den Holländer. Dann drehte sie sich zu Hockwood.

„Es wird Zeit für den letzten Tanz. Leider hat es für Sie nicht ganz gereicht, Captain. Schade, ich mochte Sie.“ Sie klatsche einmal in die Hände.

„W-Was?“ Alles in seinem Magen zog sich zusammen. Er musste fliehen. Aber wohin?

„Was ist mit dem Kerzenständer? Ihr habt noch einen Kerzenständer aus Gold in der Hand!“

Van der Meer begutachtete den Kerzenständer interessiert. Plötzlich drehte er sich herum und schleuderte ihn ins Meer.

„Nein!“

Hockwood sprang ihm nach, bis die Reling ihn unsanft aufhielt.

„Ich habe schon das nächste Schiff ausgemacht. Sie werden bald hier sein. Wir müssen noch ein paar Vorkehrungen treffen.“

„Wieso habt ihr das getan? Wieso brecht ihr den Fluch nicht?“

„Sieh dich doch um. Stell dir vor, man findet uns auf diesem Schiff voller Leichenteile und wir sind so einfach zu töten wie jeder hier. Das wäre ein kurzer Moment der Freiheit, nicht wahr?“

„Ich lege ein gutes Wort für euch ein, wenn uns ein englisches Schiff aufnimmt. Ich berichte, es war ein Piratenüberfall.“

„Auf dem nächsten Kahn genügt mir eine einfache Münze und wir sind frei. Wir sind gestärkt, ein paar Tage lang schaffen wir es, den Hunger zu unterdrücken. Wir inszenieren uns als Überlebende, darin sind wir gut inzwischen. Und dann gehen wir einfach von Bord. Es wird unsere letzte Fahrt.“

Hockwood schluckte bei diesen Worten. Was konnte er noch tun gegen diese Teufel? Seine Zunge fuhr über den Goldzahn.

Der Goldzahn!

„Man braucht ein gewisses Feingefühl für diese Dinge“, sagte van der Meer und starrte über die Reling hinaus aufs Meer. Das Mädchen kicherte. Hockwood sah sich um. An der Reling hatte ein Matrose einen metallenen Pflock eingeschlagen, um dort Taue zu befestigen. Das wuchtige

Stück Eisen schimmerte im Mondlicht. Das war es. Jetzt oder nie! Er rannte los und schlug seinen Kiefer mit voller Wucht gegen den Pflock. Sein Schädel schien zu explodieren, als das Eisen sämtliche Zähne zerschmetterte.

„Was soll das, Hockwood?“, fragte der Holländer.

Blut quoll ihm aus dem Mund wie Wasser und er spürte die Bruchstücke von Zähnen auf der Zunge. Er spuckte sie in seine Hand. Da war der Goldzahn. Ein Zehntel Ons - vermutlich 0,1 Unzen. Es musste einfach reichen. Es musste. Er schleuderte die blutigen Zahnreste auf den Haufen. Der Goldzahn rollte ein Stück und blieb liegen.

Van der Meer starrte entsetzt auf den kleinen Klumpen.

„Was hast du getan?“ Er packte Hockwood und schlug ihn so hart, dass die Haut unter seinem Auge aufplatzte. Er ging rücklings zu Boden. Hektisch zog der Holländer den Zettel aus seiner Tasche und legte ihn auf den Haufen. Eine neue Schrift entstand.

Hockwood kroch auf dem Rücken liegend von den beiden weg. Irgendetwas musste er als Waffe benutzen können. Er stieß gegen die Leiche eines Matrosen und betastete den Körper. Ein Entermesser!

Wenn sie erst einmal normale Menschen waren, hatten sie keine Chance mehr gegen ihn. Sie sollten leiden. Jeder Schnitt sollte eine Genugtuung werden. Er spuckte einen Schwall Blut aus.

„Was steht da?“, fragte Celeste. Sie sah nervös zu Hockwood. Er betete zu Gott. Was wog ein Goldzahn? Es würden doch wohl eine kümmerliche Zehntelunze sein.

Van der Meer hob den Kopf.

„0,035 Ons. Es fehlen 0,035 Ons.“

Hockwood spürte die unendliche Tiefe, die sich unter ihm zu öffnen schien. Ein Stich fuhr durch seine linke Seite, dann ein Knacken. Es dauerte einen Moment, bis er Celeste neben sich registrierte.

Das Messer fiel zu Boden. Sie riss an seinem Arm. Überall Blut. Ihm wurde warm, dann kalt. Eiskalt. Er blieb liegen, unfähig sich zu bewegen. Doch seine Augen waren noch offen. Sein eigener Arm fiel vor ihm zu Boden. Er spürte einen stumpfen Schmerz in seinem Bauch, kalte Finger gruben sich in ihn hinein. Sein Körper wurde durchgerüttelt. Es schmerzte. Sie fraßen ihn. Sie fraßen ihn auf! Er weinte und sagte irgendetwas, doch er verstand seine eigenen Worte nicht mehr. Die Kälte wurde übermächtig. Sie zog ihn zu sich, in sich hinein. Hinein in ein leeres, totes Schwarz. Übrig blieb nur noch ein Gedanke:

Ich habe mich auf wenig in meinem Leben so gefreut wie auf meine letzte Fahrt.

Bruno E. Thyke kommt aus Unna und schreibt vorwiegend in der schmalen Zeit zwischen Familienzeit, Vollzeitberuf und sonstigen Verpflichtungen. So kamen bislang einige Kurzgeschichten zur Veröffentlichung, am ersten eigenen Roman wird hingegen weiterhin gearbeitet. Seine literarische Heimat liegt irgendwo zwischen Phantastik, Thrillern und Dystopien. In seinem Blog auf www.augenschelm.de geht es um das kreative Leben, Dranbleiben und die Irrungen und Wirrungen des Autorendaseins.

Sirenenlied

Karin Jacob

Und wieder zieht es mich an diesen Strand. In die Bucht, in der ich sie das erste Mal gesehen habe. Das einzige Mal. Meine Liebe, meine Muse. Dieses übermenschliche, untermeerische Wesen - die Sirene.

Nachts träume ich von ihr. Bin ich wach, kreisen meine Gedanken um sie. Tag und Nacht höre ich ihre Stimme in meinem Kopf. Ich kann nicht mehr denken, nicht mehr arbeiten, nicht mehr leben.

Ich muss sie wiedersehen, egal um welchen Preis. Egal, wie oft ich ohne Erfolg hierherkomme und fürchterlich enttäuscht wieder von dannen ziehe. Egal, was die anderen sagen.

Meine Kumpane warnen mich. Fürchten um mein Leben und – noch schlimmer – mein Seelenheil. Die Barfrau schimpft auf die Schlampe. So viele gestandene Männer, einst dankbar für ihre Dienste, kehrten nie zurück. Gefressen soll sie sie haben; mehr als einmal erzählte ein Fischer von einem Arm, den er angenagt am Strand entdeckt hatte. Oder von einem Bein. Einzig ein Kopf wurde nie gefunden.

Ich kenne die Legende, habe als Kind die uralte Sage gehört. Die Köpfe der Männer liegen am Fuße des Sirenenfelsens, in ewiger Anbetung erstarrt. Als Strafe dafür, ihren Ansprüchen nicht genügt zu haben. Ein grauenhaftes Schicksal. Doch ich werde nicht so enden!

Dann, endlich, sehe ich sie wieder. Ein Stück entfernt von der Küste sitzt sie auf einem Felsen im Wasser und kämmt ihr Haar. Sofort fesselt mich ihr Anblick, ich kann nur noch sie anschauen. Sie lockt mich, zieht und zerrt an meinem Herzen, meiner Seele, verheißt mir unendliches Glück als ihr Gefährte.

Einen Moment lang wehrt sich mein Verstand: All die Geschichten, all die verschwundenen Männer. Sie waren nicht gut genug für sie gewesen. Weshalb sollte es mir anders ergehen?

Doch wieder ruft sie mich, erhebt ihre Stimme zu einem ziehenden, zerrenden, lockenden Gesang. Mein Zweifel zerfließt in Wellen wie das Wasser um ihren Felsen. Ich folge ihrem Ruf und dem innigsten Wunsch meines Herzens.

Langsam steige ich ins kalte Wasser. Gänsehaut überzieht meinen Körper, als ich Schritt für Schritt vorwärts gehe. Wieder und wieder versichert sich mein Auge, dass sie noch da ist. Sie ist da. Und lächelt mir zu.

Weiter schreite ich durch das Nass. Die Füße streifen über Sand, über Muscheln, über ...

Ich blicke hinab. Fingerknöchel, Oberarmknochen, Rippenbögen zersplittern unter meinen Tritten. Die Überreste armer Seelen, die ertrunken sind. Ich schaudere und zucke zurück. Das ist ...

Doch wieder ruft sie mich. Ich höre ihre Stimme sanft drängend in meinem Kopf. Sie singt für mich, nur für mich. Sie füttert meine Begierde und verspricht mir ewige Leidenschaft. Sollte ich ihr genügen?

Die Knochen ... Ich spüre etwas im hintersten Winkel meines Geistes kratzen, klopfen. Die Knochen sind ...

Ihre Stimme dringt in mich ein, verjagt den Gedanken. ›Vertraue mir. Dir geschieht nichts.‹

Ich beginne zu schwimmen, nähere mich ihrem Felsen.

›Ja! Komm zu mir. Ich warte schon so lange ...‹

Kälte legt sich um meine Brust und erschwert das Atmen. Als ich erneut nach unten blicke, sehe ich

Gesichter im Wasser, die verzerrten Fratzen derer, die vor mir hier gewesen sind. Sie berichten mir, was mit ihnen geschehen ist, warnen mich vor dem, was mit mir geschehen wird. Sie ...

›Es ist nicht wahr ...‹

Ich vertraue ihr. Wie könnte solche Schönheit lügen?

Ein Sog umspielt meine Knöchel, wirbelt, sprudelt, greift nach mir. Zieht mich hinab, zerrt mich unter Wasser. Nein! Ich strample mit den Beinen, blicke verzweifelt zur Sirene. Sie lächelt.

Der Sog wird übermächtig, reißt mich nach unten, hinab zu den Knochen, zu den Schädeln, die den Sirenenfelsen umringen wie ein Siegeskranz. Das Wasser schlägt über mir zusammen.

Etwas packt mich. Hoffnung durchzuckt mein Herz. Die Sirene ist gekommen, um mich zu retten.

Sie öffnet den Mund und ich warte auf ihr Lied, auf einen Kuss.

Dann spüre ich ihre Lippen auf meiner Haut.

Karin Jacob hat bereits etliche Kurzgeschichten veröffentlicht, vorwiegend im fantastischen Bereich. Ihrer Geschichte »Anderland« erzielte den 2. Platz bei der Storyolympiade 2012. Zudem stammt der Lyrikband »Gerupfte Engel« (Wortkuss Verlag) aus ihrer Feder; für die Anthologie »Die Welt im Wasserglas« (Verlag p.machinery) zeichnet sie als Herausgeberin verantwortlich. Als Ausgleich zum Schreiben lässt sie gern in den bayrischen Alpen die Seele baumeln oder verirrt sich auf ausgedehnten Spaziergängen.

https://twitter.com/Karin1Albrecht

Im Schatten der Kerze

Andreas Hagemann

1692, 29. September - An der Küste von England

Der Wind rüttelte kräftig an den Fensterläden, brüllte durch die Ritzen der Holzfassade, um anzukündigen, dass sein großer Bruder, der Sturm, im Anmarsch war. Während die Häuser ehrfurchtsvoll ächzten, war es den Einwohnern von Eastbourne einerlei. Das Ende einer arbeitsreichen Woche trieb sie auf die Straßen, hinein in die Spelunken, um einige Münzen gegen den kurzweiligen Rausch zu tauschen.

In Beckley's Pub krakeelten die Massen im Dunst des Tabaks und billigen Fusels. Armut war allen die gleiche Kleidung und doch drängte sich die Heiterkeit einem jeden wie ein selbstsicherer Freund auf. Wo sich Bier auf Kleidung ergoss, nackte Haut gierige Blicke anzog und fettige Suppen und Braten Mägen füllten, brauchte es nicht viel, um die schlichten Gemüter hinfort zu reißen. Wie den Wind, der mit neuen Gästen wütend in den Schankraum drang, um mit seinen kurzen Armen Karten und Kopfbedeckungen zu verstreuen.

„Justine, bring uns noch eine Runde!", grölte Rodley vom Ende der Bar und erhielt lauthals Zustimmung von seinen beiden Freunden.

Justine drückte sich durch die Gäste, um auf ihrem Weg zur Theke ein paar leere Krüge einzusammeln. Kaum dass diese auf dem Tresen niedergingen, griff Patrick danach, um sie aufzufüllen. Je mehr Fusel in die Gläser wanderte, desto mehr blieb für ihn. Schließlich war es die ertragreichste Zeit des Tages und die musste genutzt werden.

Zum Bier in den Krügen gesellten sich Blicke, die Justine eindeutig musterten. Für einen Moment war die Stille der kleinen Gruppe unangenehmer als der Schweiß in deren schmutziger Kleidung.

„Bei dem Sturm brauchst du viel Glück, damit Dale sicher heimkehrt", meinte Rodley aus heiterem Himmel. Seinem Blick haftete etwas an, das Interesse signalisierte.

Justine sah ihn eindringlich an. So lange, dass die anderen beiden Gestalten unruhig das Standbein wechselten.

„Woher die Sorge? Schuldet er dir etwas oder habt ihr Geheimnisse, von denen ich nichts weiß?" Der Rothaarige rechts von ihr, verschluckte sich und schnaubte das Bier als weißen Schaum aus der Nase.

Es hätte sowohl Wuthitze als auch Schmach sein können, die Rodley das Rot auf die Wangen trieb. Seine Augen verrieten, dass sein vom Alkohol vernebelter Geist um die richtigen Worte rang.

Justine wandte sich ab. Es gab viel zu tun.

„Vielleicht könnten wir ja eines haben?", warf er ihr an den Rücken.

Lächelnd hielt sie inne und drehte sich noch einmal zu ihm um. „Ich befürchte, daraus wird jetzt nichts mehr." Ihr Blick hüpfte über die übrigen Mitglieder der Gruppe. Dann zog sie schnalzend von dannen, hinein in die letzten Stunden des Abends.

30. September

Bruder Sturm hatte sich stetig auf die Küste zubewegt und krallte sich an die Klippen von Beachy Head. Sein Kleid aus finsteren Wolken und der Atem aus eisigem Wind imponierte den Bewohnern von Eastbourne nach wie vor wenig. Schlechtes Wetter waren sie gewohnt, waagerechten Regen sowieso. Mürrisch war an diesem Ort jeder Zweite, wen interessierte es da, ob es dem Wetter ebenso ging?

In Beckley's Pub war das Gedränge größer als an den Vortagen, als bliese der Sturm jeden Trinkwilligen in diese Schankstube. Justine kämpfte gegen die Massen, die sich johlend und singend im Takt der Musik an ihr rieben. Jedes Mal, wenn sie mit erhobenen Armen und den Händen voller Krüge den Tresen erreichte, pausierte sie nach dem Abstellen dort ein paar Minuten, um neue Kraft zu schöpfen.

Stets unter den wachen Augen Rodley Murdocks.

Natürlich spürte sein Begehren, dem sie gar nicht mal so abgeneigt war. Wer mochte es nicht, begehrt zu werden?

Rodley war wieder in Begleitung der beiden Kerle. Tom, über den sie außer seinem Namen nichts wusste, und der Rothaarige. Wenn sie sich richtig erinnerte, hieß er Denny. Sie hatte ihn einmal mit ihrem Mann Dale gesehen, als sie in der gleichen Mannschaft anheuerten. Offenbar fuhr er nur in sicheren Zeiten zur See. Rodley hingegen war ein ganz anderer Schlag. Als Schmied war er von kräftiger Statur und zudem hochgewachsen. Es gab einige Damen, die allein deswegen zu gern an seiner Seite weilten. Oder in seinem Bett.

Als nagte allein bei diesem halbgaren Gedanken das schlechte Gewissen an ihr, fiel Justines Blick auf ihren Ehering. Ein schlichtes Stück Metall, das durch Bier und Lauge mit den Jahren an Glanz verloren hatte. Dennoch symbolisierte es weiterhin den Schwur, für den es stand: die ewige Treue. Die Treue einem Seefahrer gegenüber, der für Monate auf See verschwand und mehr einer Erinnerung glich als einer Person aus Fleisch und Blut.

Unvermittelt entrang sich ihr ein Seufzen.

„Gutes Geld bedarf oft harter Arbeit", kam es plötzlich von Rodley. Seine Stimme war tief und fest und erhob sich über die Geräuschkulisse des Pubs.

Justine stieß sich vom Tresen ab. „Ist das die Aufforderung zu einer neuen Runde?“ Ihr gelang sogar ein ehrliches Lächeln.

„Wenn es nur das ist, was du brauchst, um glücklich zu sein?“ Rodley merkte selbst, dass dies zu viel des Guten war. „Warum kommst du nicht einen Moment zu uns und vergisst den Pub?“

Zu verlockend ...

Patrick holte gerade ein neues Fass Bier aus dem Keller, der Augenblick war in der Tat günstig. Justine tänzelte hinüber, die anderen zwei machten sofort Platz. Ihr Kleid war schmutzig, ihre Stirn glänzte, das Haar lag fettig auf den Schultern und trotzdem begehrten die Herrschaften sie, als sei sie das letzte Weib auf Erden. Es gab Schlimmeres.

Rodley zog einen Beutel mit Tabak aus einer Hemdtasche, das Mundstück einer schlichten Pfeife lugte daraus hervor. Er fuhr mit ihr einmal durch den vollen Beutel und drückte den Tabak gleich darauf fest in den Pfeifenkopf.

Justine sah ihm dabei so fasziniert auf die Finger, dass er innehielt.

„Hast du noch nie eine Pfeife gesehen?“

„Doch, ständig. Aber ich habe noch nie eine an meine Lippen gelassen.“

Die Umstehenden feixten, ob Justines Schlagfertigkeit. Rodley würdigte sie mit hochgezogener Braue.

„Nun, man ist nie zu alt, um etwas Neues zu lernen. Interesse?“ Auch wenn die Vorlage für eine zweideutige Aussage zu verlockend war, hielt er ihr das Mundstück hin.

Justine zögerte. Eigentlich rauchte sie nicht, neugierig war sie dennoch.

„Wenn du möchtest, überlasse ich dir den ersten Zug.“

Klar, ihr wollt mich ja nur husten sehen, dachte sie, ließ sich jedoch nichts anmerken. Alle Blicke hingen an Rodley, der verlegen im Beutel kramte, um Streichhölzer auszumachen.

„Ah, da wäre der Spaß ja beinahe schon zu Ende gewesen.“ Er schob das blaue Schächtelchen auf und zog eine Schnute. Ein einziges Streichholz lag darin. „Du hast besser eine ruhige Hand."

Justine nahm die Schachtel entgegen und betrachte sie. Es war die gleiche Marke, die auch Dale nutze. Mit flinkem Griff fischte sie das einsame Holz hervor, riss es an und hielt es an den Tabak.

Ein ungestümer Gast drängte an ihr vorbei, mit seinem Ärmel löschte er das zaghafte Licht, ohne es überhaupt zu bemerken. Von der Gruppe kam enttäuschtes Stöhnen.

„Verzeihung." Justine nestelte an ihrem Kleid, während sie die Pfeife wie einen alten Lappen in der anderen Hand hielt. „Moment." Kurzerhand trat sie an den nebenstehenden Tisch und griff nach der Kerze, die einsam zwischen den Bierhumpen stand.

„Nein!"

Von den Rufen der Männer unbeeindruckt, hielt sie die Flamme an den Tabak und sog sachte die Luft ein. Rot funkelnd entließ das Kraut graue Fäden in die Luft. Zufrieden tänzelte sie zurück und hielt Rodley die Pfeife vor die Nase.

Der stand reglos da und starrte sie an.

„Was ist los?" Irritiert blickte Justine in die blassen Gesichter der Gruppe.

„Mädchen, hast du eine Ahnung, was du gerade getan hast?", brummte der Schmied voller Sorge. „Es dürfte Dale gar nicht gefallen, dass du so leichtfertig mit seiner Seele spielst."

Nun begriff Justine. „Ihr glaubt doch nicht etwa an diesen Unsinn? Als würde ein Seemann sterben, nur weil ich eine Pfeife mit einer Kerze angezündet habe!"

Der untersetzte Rothaarige neben Rodley streckte sich und hielt den Kopf merkwürdig schief.

„Warum sollten wir nicht? Allein schon um unsere Kameraden wohlbehalten zurück zu wissen. Wenn der Herrgott dich dafür mal nicht bestraft."

Die Tür flog auf und der Wind drängte herein wie ein betrunkener Gast. Sie schlug mit solcher Wucht gegen die

Wand, dass es die Bilder von ihren Haken holte. Mit einem Mal war es still, einzig das Brüllen des Windes war zu hören.

„Was stehst du da so faul rum, Justine? Schließ gefälligst die Tür!“, donnerte Patrick hinter dem Tresen.

Sie drückte Rodley die Pfeife in die Hand und sprang hastig zwischen den Gästen hindurch und packte die Klinke. Doch der Wind betrieb ein Kräftemessen, stieß das schwere Holz immer wieder zurück, kaum sollte es in seinen Rahmen gleiten. Mit hämischem Pfeifen begleitete der Wind das Spiel.

Eine kräftige Hand half, die Tür zu schließen. Es war Rodley. Seine durchdringende Augen waren voller Sorge.

„Erzähl mir jetzt bloß nichts von einem Zeichen“, stöhnte Justine und verdrehte die Augen.

Ihr war nicht mehr nach Gesellschaft. Gott sei Dank riefen die ersten Zecher nach einer weiteren Runde. Im Trubel der darauffolgenden Stunden war der Vorfall vergessen.

In den ersten Stunden des 1. Oktobers.

„Sieh zu, dass du heimkommst, und achte auf den Sturm, ich brauche dich morgen wieder.“ Patricks Worten waren reinem Egoismus geschuldet, die vermeintliche Sorge galt allein ihm und seinem Geschäft. Deshalb hob Justine nur grüßend die Hand und verschwand in die Nacht. Waren Englands Nächte bereits selten von Sternen gesäumt, verbarg der andauernde Sturm die Welt in absoluter Finsternis.

Justine war dankbar über das ein oder andere Öllicht, das aus den winzigen Hütten an der Straße glomm. Auf den schlammgesäumten Wegen bildeten sie leuchtende Streifen, an denen sie sich orientieren konnte. Und das war bitter nötig, denn der Sturm trieb feinen Nieselregen durch die Straßen. Genug, um ihr den sicheren Stand zu rauben und sie dazu zu zwingen, die Augen zusammenzukneifen.

Zwischen den Gebäuden pfiff der Wind ein unheimliches Lied. Es klang, als sängen die Toten. Es hätte Justine nicht gewundert, wenn Regen und Sturm den Boden so weit aufweichten, dass der Friedhof am angrenzenden Hang der Stadt den Halt verlor und die blassen Gebeine sich in die Straßen ergossen.

Der Gedanke ließ sie schmunzeln.

Gegen den Wind gebeugt und den Arm als Schild vor die Stirn gehoben, bahnte sie sich ihren Weg. Wie üblich um die Uhrzeit, war sie die Einzige, die in Eastbourne umherwanderte. Der Ort war groß genug, um als Stadt zu gelten, und wirkte dennoch wie ein Dorf. Sie erspähte ihr Haus, das dunkel und einsam am Rand der Stadt der rauen Natur trotzte. Zahlreiche Herbststürme hatten, dafür gesorgt, dass es sich wie ein Zecher zur Seite neigte, die Zeit hatte ihm Glanz und Anmut genommen. Nur die kargen Büsche davor verliehen dieser Trostlosigkeit etwas Lebendiges. Es passte hervorragend zu ihr, fand Justine. Wie auch immer es von außen wirken mochte, es war ihr Heim.

Sie hob den Rock an und hastete die letzten Meter zur Tür. Im Augenwinkel bemerkte sie eine Bewegung. Unter dem Vordach hielt sie inne und blickte auf die andere Straßenseite. Hinter einem Vorhang flackerte ein einsames Licht; ein Schatten zeichnete sich ab. Vermutlich eine Katze auf der Suche nach einer Bleibe für die Nacht. Sie beließ es dabei.

Kaum durch die Tür verblasste das Sturmgetöse. In der Dunkelheit fühlte Justine sich wohl. Die Einsamkeit war sie gewohnt und das schiefe Gebälk war ohnehin nie still. Mit sicheren Schritten ging sie durch den Raum, um die Kerze auf dem Tisch anzuzünden. Auf halbem Wege traf etwas hart auf ihr Schienbein. Der Schmerz schoss ihr direkt den Schenkel hinauf und entlockte ihr einen Schrei. Humpelnd und fluchend fand sie den Tisch, tastete nach den Streichhölzern und entzündete die Kerze.

Sie war gegen einen Stuhl gelaufen. Es hätte ein gewöhnliches Missgeschick sein können, doch sie wusste, dass er nicht dort gestanden hatte, als sie zu ihrer Schicht aufgebrochen war. Sie schob ihn immer unter den Tisch.

Sie sah sich um. Wo immer das Licht hinlangte, schien alles beim Alten. Das Fenster zur Rückseite war geschlossen, die Kochnische hatte niemand aufgeräumt und das einzige Regal im Zimmer quoll über mit Vorräten und Utensilien. Vielleicht hatte die Eile sie von ihrer Routine abgebracht?

Sie verfluchte den Stuhl und wandte sich dem Regal zu, aus dem sie einige Möhren nahm. Zum Kochen war es zu spät und doch wollte ihr Magen sie nicht ohne einen Happen zur Ruhe kommen lassen. Sie nahm gegenüber der Tür Platz und sah hinaus. Vor dem Fenster winkten die kahlen Arme des Busches wie ein freudiges Kind.

Die Möhren waren nach den fettigen Gaumenfreuden des Gasthauses nicht die Nahrung, nach der ihr Magen verlangte, aber es würde ihn zumindest besänftigen.

Justine ächze lauter als der alte Stuhl, als sie sich erhob, nahm den Kerzenhalter und machte sich hinauf in den Schlafkammer. Ein winziges Fenster ließ den Schimmer der Nacht herein, durch die schiefe Wand drang das Fluchen des Windes. Doch der Raum war trocken und das war alles was zählte. Justine schob die Tür weiter auf und ging direkt auf das mit Stroh gefüllte Holzgestell zu. Ein Stapel Decken hielt die Halme von unten und die Kälte von oben ab. Die Kerze stellte sie auf einen beistehenden Stuhl.

Hinter ihr knarzte die Tür.

Justine fuhr herum und starrte den Mann an, der dort wutentbrannt hinter der Tür stand. Das rote Haar stand wild von seinem Kopf ab, sein Gesicht war wutverzerrt.

„Was hast du hier zu suchen?“, fuhr sie Denny an. Rücklinks stieß sie gegen das Bett.

„Wie kannst du es wagen, das Leben meiner Kameraden so leichtsinnig aufs Spiel zu setzen?“, presste er zwischen den Zähnen hervor.

Justine verstand nicht.

„Nicht einmal dein eigener Ehemann bedeutet dir etwas, so leichtfertig, wie du mit seinem Schicksal spielst."

„Sieh zu, dass du verschwindest, sonst schlage ich dir deinen feuerroten Schädel ein." Es gelang Justine eine feste Stimme zu behalten, obwohl die Angst ihre Glieder lähmte.

„Erst wirst du für deine Dummheit bezahlen, du ehrloses Stück Barfleisch!" Mit einem Satz war er bei ihr und holte zum Schlag aus.

Instinktiv duckte Justine sich weg und entging dem ersten Hieb. Sie stieß den Angreifer weg und versuchte, die Tür zu erreichen. Doch er packte sie an den Haaren und riss sie zurück. Schmerz zuckte von ihrer Stirn bis in den Nacken. Mit den Armen rudernd schlug sie nach ihrem Angreifer und traf Dennys Auge, der augenblicklich losließ. Sie sprang zur Tür. Die Treppe lag direkt dahinter.

Ein kräftiger Tritt zog ihr die Beine weg. Justine verlor den Halt, prallte gegen den Handlauf und stürzte vornüber auf die Stufen. Sie überschlug sich, prallte gegen die Wand und blieb am Fuß der Treppe liegen. Sie wollte weinen, den Schmerz schreiend freigeben, doch ihr fehlte die Luft. Japsend sog sie sie ein, um danach nicht mehr als ein Wimmern hervorzubringen. Schwere Stiefel traten auf die ersten Stufen.

„Du sollst leiden, wie du meine Kameraden auf ... was zum?" Dennys Stimme verlor abrupt an Festigkeit. Hektisches Scharren folgte.

Justine richtete sich auf, versuchte durch den verschwommenen Blick zu erkennen, was ihren Angreifer innehalten ließ. Etwas Dunkles tanzte im Kerzenlichte der Kammer. Ihr schwirrten die Sinne und der Schmerz nahm ihr die Kraft. Sie glitt zu Boden.

Am Ende der Treppe hörte sie Denny, schluchzend. „Nein, nein, das darf nicht ...
Es war doch alles nur für euch!"

Ein Schatten trat aus dem Zimmer, eine Gestalt aus waberndem Ruß, in dem das Kerzenlicht für wirres Flackern sorgte. Sie trat auf Justines Angreifer zu und packte ihn mit nur einer Hand am Kopf. Denny wehrte sich nicht. Er zitterte und in seinem Schritt prangte ein dunkler Fleck.

Sie starrte auf die finstere Silhouette, bekam keinen Laut heraus.

Dennys Schrei ließ sie zusammenfahren.

Die schwarze Hand presste den Schädel zusammen. Groß und weiß starrten die Augen des Rotschopfes in den Ruß. Ein dunkler Daumen glitt vom Nasenbein ins Auge und wandelte das Weiß in flüssiges Rot. Der Schrei, der darauf folgte, durchfuhr Justine bis auf die Knochen. Sie wollte wegsehen, weghören, doch sie konnte keinen Finger rühren.

Helles Knacken unterbrach das schrille Jammern, dann zerplatzte der Kopf unter der schwarzen Pranke. Klatschend ergoss sich etwas halb Festes, halb Flüssiges über die Stufen. Dem dumpfen Aufprall folgte ein Poltern, als Dennys kopfloser Körper mit dem Stumpf voraus auf Justine zu rutschte.

Sie schrie und drückte sich rücklings fort. Das träge Stück Fleisch kam vor ihr zum Erliegen. Ihr Blick huschte zum Schatten, der sie unvermittelt ansah, sich stumm abwandte und im Zimmer verschwand.

Sein Gang! Er musste es sein!

„Dale!"

Was hatte das zu bedeuten?

Sich aufzurichten trieb stechende Schmerzen durch Brust und Beine, die Luft verebbte irgendwo in ihrer Kehle. Justine schaffte es auf die Knie und zog sich an der Wand in den Stand. Nur langsam kam sie die Stufen hinauf, biss die Zähne zusammen, um den Schmerz zu ignorieren – und den Ekel, der sie überkam, als sie auf etwas Schleimiges trat.

„Dal...?"

Die Kammer war leer, einzig die Kerze leuchtete ihr stumm entgegen. Kein Schatten, keine Gestalt aus finsterem Dunst.

Neben der Kerze lag etwas. Wankend gelangte sie hinüber und fiel davor auf die Knie. Eine winzige Schachtel. Erst als sie danach griff, bemerkte Justine den roten Glanz auf ihren Fingern. Zitternd brachten sie die blaue Schachtel zum Klappern.

Streichhölzer.

Dicke Tränen nahmen ihr die klare Sicht. Der dröhnende Kopf sank gegen die Wand, zog die Beine an den Oberkörper. Sie hatte die Botschaft verstanden. Und auch, was sie mit ihrem Leichtsinn angerichtet hatte.

Andreas Hagemann

wurde 1982 in Berlin geboren und ist mittlerweile in der Nähe von Düsseldorf sesshaft geworden. Neben der Phantastik begeistert er sich für das Humorige in Geschichten und verleiht ihnen so einen eigenen Charakter. Von ihm sind bisher 6 Romane und 4 Kurzgeschichten erschienen.

www.andreashagemann.com

Medusennächte

Melanie Schneider

Es heißt, in lauen Sommerregennächten wandern Medusen durch die Straßen der Küstenorte und locken Menschen ins Meer. Sie nehmen die Form von Menschen an, um ihre Opfer zu finden. Ein Glanz umgibt sie; Licht, das diffus von ihnen ausstrahlt und sich schimmernd in der Luft verliert.

Von den meisten unbemerkt wechseln sie zwischen schmalen Gassen und offenen Plätzen, scheinbar ziellos. Muster ziehend, die kein Mensch versteht. Manchmal, in einsamen Nächten, wenn ich an diese Geschichten denke, frage ich mich, ob sie wirklich einem Plan folgen oder einfach das Gefühl der Freiheit genießen. Und wie von einer unsichtbaren Strömung getrieben jede Sekunde auskostend, sich überraschen lassen, wohin es sie als Nächstes treibt. Und wer ihrem Zauber erliegt.

Ein Schirm in einer zarten Hand, die in einen kräftigen Arm übergeht, der Rock eines Kleides, der breite Hüften umspielt. Alles scheint verwoben, Fäden umschlingen einander, zarte Bänder kreuzen dickere Stoffe. Doch dann blinzele ich und das Trugbild löst sich in einem feinen Regenschleier auf. Wird zu Tropfennebel, der den Geruch der Erde in berauschenden Moschusduft verwandelt. Das Violett des Kleides, das ihre Figur umschmeichelt und den Schwung ihres Beckens hervorhebt, fasziniert und lässt mich mit angehaltenem Atem näher treten. Erst als sie mir ein sanftes Lächeln schenkt, hauche ich eine Begrüßung und finde den Rhythmus meines Atems wieder.

Wortlos richtet sie den Schirm so aus, dass wir beide vor dem Regen geschützt werden. Sie neigt ihren Kopf und zeigt in eine Richtung. Ich nicke und folge ihr. Mein Blick gleitet über ihre Gestalt, erfasst das Wogen ihres Kleides. Wie könnte ich je das Changieren dieser Farben auf ein Blatt Papier bannen? Ob meine Sammlung an Stiften diese Töne überhaupt hergeben würde?

Das Leuchten, das sie umfasst, ergreift Besitz von mir, lenkt mich von meinen Gedanken, die wie ein Stück Treibholz im Sturm herumwirbeln, ab. Meergrüne Augen erfassen meinen Blick und lassen mich beschämt zu Boden sehen.

Zarte Lichtfäden streicheln mein Gesicht, heben meinen Kopf sanft wieder nach oben. Sie ziehen mich näher, und die Gestalt ergreift meine Hand. Ruhe durchströmt mich in Wellen; tief atme ich die salzige Luft ein. Dieser Geruch ist einer der Gründe, warum ich in diesem Semester ans Meer geflüchtet bin. Schon immer hat der Ozean meiner Fantasie Kraft verliehen.

Den Druck ihrer Finger spüre ich kaum, gemächlich mäandert ihr Daumen über meine Haut und lässt meinen Körper vor Erwartung beben.

Lachen erklingt aus einer Seitenstraße, und ich will mich der Gruppe zuwenden, will ihnen zurufen, sie fragen, ob sie diesen Traum von Frau auch wahrnehmen; doch sie zieht mich in einen Hauseingang. Eine Sekunde lang sehe ich wieder ihre meergrünen Augen, dann liegen ihre Lippen auf meinen und mein Blick verliert sich in dem Glanz, der von ihr ausgeht, dem Glanz, in den ich zu schmelzen drohe. Doch sie hält mich, umfasst meine Hüften. Ihre Hände wandern nach oben und lösen sich erst kurz vor meinen Brüsten von meinem Körper. Dann entzieht sie mir auch ihre Lippen, und ich folge ihr. Ich will mehr. Es ist so lange her, dass ich die Hände einer Frau auf meiner Haut gespürt habe.

Bald strömt Sand in meine Sandalen und macht meine Schritte träge. Sie legt den Schirm zur Seite und geht vor mir auf die Knie, um mir die Schuhe von den Füßen zu ziehen. Ihre Haare folgen ihrer Bewegung nur langsam, wie eine Bluse, die sich beim Sprung ins Wasser aufbauscht. Ich greife danach und unter meinen Fingern glättet sich die Haarmasse wieder, bis meine Hand ihre Wange umfasst. Sie neigt sich in die Berührung, und ich lächele. Ein fragender Blick und sie geht mit meiner Zustimmung weiter, dicht neben meinem Körper, dreht mir den Kopf immer wieder zu, die Lippen halb geöffnet, die Augen halb geschlossen. Ihre Sinnlichkeit droht mich zu überwältigen.

Schließlich stehen wir im Schatten der alten Festungsmauer, das Wasser umspielt unsere Füße, und wir sinken, sinken auf den Sand und lieben uns. Und wie in den Erzählungen der Seefahrerinnen und ihrer Männer treiben wir uns solange zum Höhepunkt, bis die Flut uns vereinnahmt, umschließt und überwältigt, und alles, was von mir bleibt, sind zwei einsame Sandalen am Strand.

Kurz nach dem Mauerfall geboren, wuchs **Melanie Schneider** in Pirna auf, verschenkte ihr Herz aber schnell an das nahe gelegene Dresden. Bücherverliebt und begeistert war ihr schon früh klar, dass sie später etwas mit diesem Medium machen wollte.
Die Arbeit als Bibliothekarin führte sie nach Stuttgart, wo der Stapel ungelesener Bücher stetig wächst und wächst. 2019 hat sie zusätzlich zum Schreiben einen Lektoratsservice gegründet und ist zu erreichen über www.seitenreise.net .

Auf einen Rum

Ben Lesser

Hey du, ja, genau, ich meine dich. Setz dich zu mir, spendier mir einen Rum und ich erzähle dir die Geschichte, wie sie wirklich war. Ach komm, sei nicht so, wie viel gibst du jeden Monat für Net-Fix – oder wie das heißt – aus für ein paar schlechte Serien? Hier bekommst du für drei Dollar die echte Prime Time! Danke, du bist ein guter Mensch! Hey, wo willst du hin? Ich habe doch noch gar nicht angefangen und fertig bin ich noch lange nicht, hehehe! Wie ich heiße? Nenn mich einfach Onkel Franky. Also hör zu:

Es war damals '63 – vielleicht auch '67 – egal, jedenfalls damals, als Kennedy und Castro fast den dritten Weltkrieg angezettelt haben, die sturen Hurenböcke. Ein drückender Sommer, man konnte auf dem Bordstein Spiegeleier braten, die Mädchen liefen halbnackt durch die Straßen und die Kinder kühlten sich an den Wasserhydranten ab.

Ich war damals ein junger Mann, hatte gerade bei der Handelsmarine als Leichtmatrose angeheuert und war auf meiner ersten Fahrt nach Costa Rica, um Bananen, Orangen oder irgendwas anderes, was nicht in Kalifornien angebaut wurde, in unsere guten alten Staaten zu holen. Als Junge aus Jersey hatte ich immer das Meer vor Augen und wollte in den Süden, raus aus dieser diesigen kalten Stadt am Nordatlantik. Aber meine Tante Jeannie, bei der ich aufgewachsen war, weil meine Mutter – Gott hab sie selig – bei einem Autounfall ums Leben kam, und mein

Vater – auch so ein Hurenbock wie Fidel und Castro, ich meine Castro und Reagan, nein, Kennedy – war ein Säufer und hat sich aus dem Staub gemacht.

Du siehst, ich war ein ganz gewöhnlicher junger Mann meiner Generation. Jedenfalls wollte Tante Jeannie, mütterlicherseits übrigens, dass ich zuerst aufs College gehe, sie und ihr Mann Michael hatten extra dafür gespart, weil sie selbst keine Kinder hatten, und sie wollten, dass es dem armen Franky gut ergehen würde, wenn seine Eltern schon nicht mehr da waren. Waren gute Leute, Tante Jeannie und Onkel Michael, aber ich war jung und wusste es nicht besser. Jedenfalls hab ich nach der Highschool gesagt: „Sir, Ma'am, ich will zur See fahren und ich würde das Collegegeld gerne als Startkapital nehmen, um in die Stadt zu gehen", aber die beiden fanden das nicht gut, sie sagten, dass ich schon gehen kann, aber das Geld ist fürs College, wenn ich es mir doch noch mal anders überlege. Sie drückten mir hundert Dollar in die Hand, damals eine Menge Geld, und wünschten mir alles Gute, hab sie seitdem nicht mehr besucht ... glaub ich.

Ach, entschuldige, ich wollte dir ja die Geschichte erzählen und nicht meine Bibliographie oder wie das heißt. Jedenfalls hatte ich Glück und konnte gleich bei der United Fruit Company anheuern, das bedeutete damals richtig was, ein großes mächtiges Unternehmen, das gut und fair zahlte, zumindest an uns, an die Bauern nicht so, glaub ich.

Jedenfalls war da dieser Transport nach Costa Rica, es war meine dritte oder vierte Fahrt, glaub ich. Wir brachten guten amerikanischen Stahl nach Mittelamerika und sollten mit Bananen, Orangen und solchem Kram zurückkommen, den diese Männer mit Bärten und Zöpfen heutzutage in ihre Smoothies mixen. Die Hinfahrt verlief reibungslos, blauer Himmel, sanfte Brise wie in Abrahams Schoß. Wir bezahlten die üblichen Schmiergelder, damit die Güter nicht erst in zwei Wochen verladen wurden, und hatten ein paar Tage Landgang. Warst du mal in Caracas?

Es wird wirklich so ausgesprochen CaRAcas, darauf legen die da unten sehr viel Wert, die Betonung liegt auf der zweiten Silbe, verrückt, was? Und da war auch dieses Mädchen, sie hieß Cecilia oder Consuela, irgendwas mit C vorne und A hinten. Die hatte Augen wie Bernstein, Haare wie Kakao und vom Vorbau und Hintern will ich gar nicht erst anfangen. Die war unersättlich ..., wenn du verstehst, was ich meine?

Nein, ich schweife nicht ab, dieser Teil ist wichtig. Die Zeit mit Catalina ging viel zu schnell vorbei, und wie jeder Seemann, der etwas auf sich hält, versprach ich ihr, bald wiederzukommen und sie mit in die Staaten zu nehmen und zu heiraten oder andersrum. Sie gab mir zum Abschied eine Kette mit einem goldenen Kreuz mit, war wohl ein Erbstück von ihrer Gran'ma oder so, mein Spanisch war schon damals nicht so gut, musst du wissen.

Auf der Rückfahrt ging es dann los: Stürme, Nebelbänke, Monsterwellen, das volle Programm. Kurz haben wir sogar mit einem Monsterkraken mit acht Armen gekämpft, aber Mad Joe, unser Koch, kam mit seinem Fleischerbeil raus und hat dem ekligen Vieh die schleimigen Tentakel abgehackt, so war das. Die Peilung hatten wir aber trotzdem verloren, irgendwelche Intersperenzien oder so, jedenfalls waren wir irgendwo zwischen Cuba und Florida, vielleicht sogar im berühmten Bermuda-Dreieck, weil wir schon glaubten, an Miami und Florida vorbei zu sein. Am meisten Schiss hatten wir davor, von den Kubanern aufgelesen zu werden – wer weiß, was die mit uns gemacht hätten? Wahrscheinlich eingesperrt und viele Dolares vom hart erarbeiteten Geld amerikanischer Steuerzahler verlangt. Gut hätten die uns auch nicht behandelt, so viel ist mal sicher. Vielleicht hätten die uns sogar den Russen überlassen, dann hätten wir in Sibirien Holz hacken müssen oder so.

Keine Ahnung, wie lang wir ohne Peilung durch die Gegend gefahren sind, morgens gab es ab und zu mal Nebel, wir hatten sogar gewendet, weil wir dachten, so zurück nach Florida zu kommen, aber wir fuhren Tage und Nächte lang und da war einfach nur der Ozean, keinerlei Landmarken in Sicht. Wahrscheinlich waren unsere Geräte ausgefallen oder die Russen hatten irgendwelche Tests mit Waffen gemacht, die alle Technik lahmlegten. Rausgefunden haben wir es nie. Immerhin mussten wir uns keine Sorgen machen, zu verhungern. Selbst wenn kein Proviant mehr da gewesen wäre, hätten wir immer noch das ganze Obst und Gemüse in den Containern gehabt, mehr als jeder aufrechte Amerikaner essen kann und sollte.

Hol mir noch einen Rum, ja? Meine Kehle ist schon ganz trocken. Muchos gracias!

Irgendwann – vielleicht so nach zwei, drei Wochen – wurde es diesig, neblig und irgendwie dunkel. Also nicht so richtige Dunkelheit wie bei Nacht, sondern einfach düster, verstehst du, was ich meine? Wir hatten unsere Positionslichter eingeschaltet, falls durch Zufall ein Flugzeug der Küstenwache über uns geflogen wäre und der Pilot sich gefragt hätte, warum die Besatzung auch bei Tag die Positionslichter angemacht hat. Dann hätte der Verstärkung holen können. Einige von uns wurden langsam echt nervös, interessanterweise vor allem die älteren Crewmitglieder, auch Kapitän Spencer. Uns Jungen war das egal, im Prinzip hatten wir ja alles: Essen, Alkohol und es gab sogar eine kleine Schiffsbibliothek. Ja, damals haben auch noch die einfachen Arbeiter gelesen, Fernsehen und Radio ging sowieso nur in Küstennähe und das Internet war nur eine vage Theorie von irgendwelchen Militärs. Aber die Alten machten so komische Gesichter, als ob sie irgendwas wüssten oder eine Ahnung hätten, es uns Jungen aber nicht sagen wollten. Sie erschreckten sich vor ihren eigenen Schatten, reagierten kleinlaut auf Späße und zogen uns Leichtmatrosen nicht mehr auf – all die Anzeichen, an denen du merkst, dass die Scheiße schon auf dem Flug in den Ventilator ist. Uns Neuen wurde es erst mulmig, als wir merkten, dass laut unseren Uhren mittlerweile die Nacht hereineingebrochen war - aber es wurde einfach nicht wirklich dunkel, sondern blieb so düster wie den ganzen Tag schon.

Und dann war da dieses Schiff, ein alter verrosteter Kahn. Mein Kumpel Pete und ich waren froh. Auch wenn es eine Schrottlaube war, konnte es der Frachter irgendeiner Bananenrepublik sein, immerhin leuchtete das Ding, das heißt, da mussten Menschen drauf sein, die wussten, wo wir sind, und deren Funk vielleicht noch funktionierte. Wir riefen lauthals: „Hey! Hola! Salut!“, in der Hoffnung, dass die Leute an Bord irgendeine halbwegs zivilisierte Sprache verstanden. Carl, ein älterer bärbeißiger Mann, der wie eine Ziege beständig auf seinem rotblonden Bart rumkaute, motzte uns nur an, dass wir gefälligst die Schnauze halten sollten. Da wendete Spencer auch schon unseren Frachter, um das andere Schiff weiträumig zu umfahren. Aber es nützte nichts. Als der Kahn gerade außer Sicht war, tauchte er plötzlich wieder vor uns auf. Carl fluchte laut irgendwas in einem Südstaatenakzent und bekreuzigte sich. Als wir ihn fragten, was los sei, gab er keine Antwort und schaute uns nur aus blutunterlaufenen Augen an, so einen Blick habe ich davor und danach nie wieder bei einem Mann gesehen.

Der Captain fuhr noch mal ein Ausweichmanöver, aber jetzt bewegte sich auch das andere Schiff direkt auf uns zu, und beim Klabautermann, es war schneller als wir und machte kein einziges verficktes Geräusch dabei! Ich wusste nur von einem Antrieb, der keine Laute machte, und das war ein Atomantrieb, aber welcher Schwachkopf würde einen Atomantrieb in so eine Schrottlaube einbauen? Gut, es hätte zumindest das Leuchten erklärt, aber mir und meinem Kumpel Pete, übrigens ein sehr netter Schwa... Afroamerikaner aus Phili, der mich bis vor drei Jahren immer zu sich und seiner Familie zu Weihnachten eingeladen hat, bis er einen Herzanfall erlitt – Gott habe ihn selig.

Wo war ich? Ach ja, also Pete und mir war klar, dass das nicht Schrödingers Katze Kern, oder wie das heißt, gewesen sein konnte. Egal, wie sehr sich der Captain und Ingenieur McKernan, dieser irische Hund, auch ins Zeug legten, bald war schon der andere Kahn Seite an Seite backbord an uns dran. Auch als das Ding näherkam, sahen wir keine Menschen an Bord. Und plötzlich standen sie bei uns an Deck. Gelb-grünlich leuchtende, halb durchsichtige Schemen, die wie eine Museumsshow für Marinebekleidung der letzten dreihundert Jahre aussahen. Die Gesichter konnten wir nur erahnen, einige trugen Dreispitze, Uniformjacken wieder andere modernere Uniformen, Holzbeine und alles gemischt – ich schwöre, ich habe sogar einen Geisterpapagei gesehen. Die sahen uns nur schweigend an, nachdem sie sich an Deck wie zufällig verteilt hatten, und wir rührten uns nicht, wo hätten wir auch hinsollen? Irgendwann schaute die Gestalt mit dem größten Dreispitz hoch zur Brücke und rief: „Mein Name ist Admiral von Konterlitz, ich bitte um Unterredung mit dem Kapitän dieses erlauchten schwimmenden Fahrwerks!" Alles in einem sehr schweren deutschen Akzent. Deutsche Geisterpiraten! Hat man schon jemals von so einer Scheiße gehört?!

Der Geister-Admiral wartete geduldig, bis Spencer an Deck kam, zog sogar seinen Dreispitz und verbeugte sich. Spencer, ein ganz okayer Mann, damals in den mittleren Jahren, der schon im Zweiten Weltkrieg gegen Konterlitz' Nachfahren gekämpft hatte, lüpfte dagegen nur beklommen seine Mütze, besaß aber die Geistesgegenwart, etwas auf Deutsch zu sagen, das er wohl damals in seiner Zeit als GI gelernt haben musste. Der Geisterkapitän war davon sicher angetan, blieb aber dem Amerikanischen treu und verkündete: „Ich sehe, ihr seid brave und tüchtige Seeleute, gebt uns einen Teil eurer Güter oder werdet Teil meiner Mannschaft, so lang, wie ich es für angemessen erachte!"

Carl, der sich anscheinend wieder gefangen hatte, spuckte auf die Reling und sagte in seiner besten

Südstaaten-Manier: „Admiral“, was sich bei ihm eher Admrl anhörte, „wir ham’ nur Banan’ und Bohn’ gela’n, glaub nich’, dass Se’ das intressiert, Sir!“

Der Anführer von den Geisterpiraten drehte sich um und schaute sich die Frachtcontainer an, und auch wenn ich es nicht ganz genau erkennen konnte, glaube ich, dass er ganz schön die Stirn gerunzelt hat und über die Worte von Carl nachdachte. Ich frage mich, wie Geister überhaupt denken, die haben ja kein Gehirn mehr, sind ja nur reine Energie oder so, andererseits ist unser Denken auch nur ein energetischer Prozess, dann müssten die Geister eigentlich ziemlich schlau sein, oder? Na ja, jedenfalls sagte dann nach ein paar Augenblicken unser deutscher Freund: „So viel Obst und Gemüse geladen? Meiner Treu, Angst vor Skorbut müssen diese Männer nicht haben!“ Und die anderen Geister begannen, irgendwie komisch zu zischen, dann ging mir auf, dass die wohl lachten, also stupste ich Pete an, und wir lachten höflich mit. Von Konterlitz unterbrach schnell die Fröhlichkeit mit einer herrischen Geste und wir wurden alle ganz still, dann sagte er: „Wenn ihr nichts von Wert für uns an Bord habt, das ihr mir anbieten könnt, dann müsst ihr mir dienen, so sind die Regeln des altehrwürdigen Freibeutergesetzes!“

Ich erinnerte mich an das Goldkreuz, das ich von meiner Flamme in Caracas bekommen hatte, wickelte es unauffällig um meine Faust und schlug nach einer Erscheinung neben mir, die ein Kopftuch, Augenklappe und Holzbein trug. Mein Schlag ging einfach hindurch, das Schmuckstück war aber aus meiner Hand verschwunden und von Konterlitz lachte und schaute in meine Richtung. „Vielen Dank, das genügt, damit du weiterziehen kannst!“

Mürrisch entledigte sich der Rest unserer Besatzung seiner Wertsachen, es war klar, dass hier kein Stich mehr zu machen war. Eheringe, Ketten, sogar Bargeld haben diese Geisterpiraten von uns genommen, was auch immer sie mit dem ganzen Scheiß anfingen. Kauften sie sich davon Geisterschnaps und Geisterhuren? Jedenfalls spielten wir mit, außer Carl, der sagte, dass sie ihn mal alle am Arsch lecken könnten und er ihre bleichen Ärsche versohlen würde, wenn sie ihm zu nahe kämen. Da stand von Konterlitz nach einem Wimpernschlag vor ihm, griff mit seiner Hand durch Carls Brust und der sackte zusammen und neben seinem leblosen Körper stand plötzlich ein Geister-Carl, der immer noch denselben mürrischen Gesichtsausdruck mit verschränkten Armen draufhatte, aber er sagte nichts mehr.

Der Admiral bedankte sich bei uns und dann war der ganze Spuk, im wahrsten Sinne des Wortes, vorbei. Die Geisterpiraten, ihr Kahn, der Nebel, die Düsternis, plötzlich alles futsch. Auch unsere Instrumente funktionierten wieder, sogar der Funk, wir waren gerade mal vierzig Seemeilen vor der Küste North Carolinas und anscheinend hatte unser Trip in die Geisterwelt gerade mal zwei Tage gedauert. Spencer bläute uns ein, den Ermittlungsbehörden nicht irgendeinen Scheiß von deutschen Geisterpiraten zu erzählen, wenn wir nicht in der Klapse landen wollten. Carl hatte einfach einen Herzanfall, was keinen wunderte, der ihn kannte, so gut, wie der sich mit Jack Daniels verstanden hatte. Hat der Doc auch bestätigt, seine Ma bekam eine nette Lebensversicherung ausgezahlt, die jeder bei der Company abschließen musste, der zu See fuhr. Frau und Kinder hatte der hässliche, sture Bock sowieso nicht gehabt. Von Consuela habe ich mich ferngehalten und sie nicht mehr wiedergesehen, was hätte ich ihr auch sagen sollen? Dass mir ein deutscher Pirat ihr Geschenk als Faustpfand für mein Leben abgenommen hat?

Was ist los? Du wirkst irgendwie enttäuscht! Du hast wie die anderen jungen Leute eine richtig schaurige Gruselgeschichte mit Blut und Gemetzel erwartet, hm? Nun, die Realität ist nicht immer so brutal, wie ihr jungen Dinger, die Ballerspiele daddeln und Horrorfilme schauen, glaubt. Sicher gibt es auch blutrünstige und skrupellose

Geisterpiraten da draußen, aber ich schätze, das ist so wie bei uns Menschen: Es gibt solche und solche. Warum sollte das bei Geistern anders sein? Immerhin entstehen die ja aus uns oder sind unsere Abbilder – weiß der Teufel, ist mir auch egal. Bring mir noch einen Captain Morgan und dann lass mich in Ruhe, ja?

Ben Lesser, in bürgerlichen Kreisen als Benjamin Ressel bekannt, wurde 1990 in der SBZ geboren. Seit 2015 freischaffender Lektor, Korrektor und Journalist, fühlt sich auf beiden Seiten der Bar wohl und bewacht Dinge. Staatlich geprüfter Master of Horror (M.A.), literarisch irgendwo zwischen Lovecraft und Bukowski.

Patreon: Ben Lesser
Twitter: https://twitter.com/Cheshirepunks
Instagram: @cheshirepunk
Facebook: Ben Lesser – Kultur- und Medienhooligan

Rote Segel

Karla Frida Sommer

„Vielleicht ist es noch nicht zu spät für uns."

Unter dem Klang von Taifuns Stimme zuckte Severin freudig zusammen. Hastig drehte er sich an der Reling um, seine Schulter berührte dabei versehentlich Taifuns Brust. Severin spürte, wie seine Knie weich wurden, aber er zwang sich, gefasst zu bleiben. Taifun lächelte ihn liebevoll an und ignorierte Severins Verlegenheit.

„Ich dachte, wir setzen uns zusammen an Deck und genießen die letzten Sonnenstrahlen. Hast du Lust?"

„Nein, ein andermal. Ich habe noch ein Gespräch mit Leno."

Taifun presste die Lippen zusammen.

„Nach Feierabend?"

„Es ist wichtig. Ich habe ihn heute Mittag beim Kurvengang erwischt. Dabei weiß er besser als jeder andere Jugendliche, dass er pünktlich zurück an Bord sein soll."

Taifun seufzte und verlagerte das Gewicht von einem Bein auf das andere.

„Ich bin einfacher Matrose, Severin. Aber mit Sicherheit gilt auch für Sozialpädagogen, dass du manchmal an etwas anderes denken solltest als an die Arbeit. Du vergisst zu leben."

„Meine Arbeit ist mein Leben. Wenn ich auf dem Schiff bin, dann denke ich an nichts anderes. Und um Leno muss ich mich eben noch mehr bemühen."

Einen Moment lang standen sie schweigend da und beobachteten die untergehende Sonne. Hinter einem Besanmast entdeckte Severin den kleinen Pepe, der zu ihnen herüberschaute. Der Junge wandte sich nervös um und gab vor, ein Tau aufzurollen.

„Ich liebe dieses Schiff, Taifun, und jeder Jugendliche ist mir wichtig. Viele haben hier in ein normales Leben zurückgefunden. Jugendliche, die zuvor gestohlen, mit Drogen gedealt oder andere krankenhausreif geschlagen haben."

„Du verlierst wohl nie den Glauben an das Gute in jedem Menschen, was? Leno ist volljährig und wegen versuchten Mordes bei uns. Er hat noch nie Reue gezeigt. Und er bricht mehr Regeln als alle anderen zusammen."

Ein kurzes Räuspern mischte sich in das Gespräch. Severin zuckte zusammen, als hätte man ihn bei etwas Verbotenem erwischt. Wortlos sah Leno die beiden an, die Hände tief in den Hosentaschen vergraben, eine Zigarette zwischen den Lippen. Der Matrose stieß sich von der Reling ab und verließ die beiden ohne ein weiteres Wort. Pflichtbewusst schluckte Severin seine Traurigkeit hinunter. Vielleicht konnte er später noch einmal mit Taifun sprechen. Er bedeutete Leno, ihm in den Gruppenraum zu folgen. Dort angekommen ließ Leno sich auf den erstbesten Stuhl fallen und verschränkte die Arme. Severin setzte sich ihm gegenüber.

„Wir haben dich beim Kurvengang erwischt. Du weißt, dass es verboten ist, das Schiff länger als vereinbart zu verlassen."

Leno ließ den Blick entspannt auf der Tischplatte ruhen.

Wut keimte in Severin auf.

„Seit einem Jahr erzähle ich dir beinahe jede Woche dasselbe. Du hast in den fünfzig Wochen, die du hier schon absolviert hast, gerade mal zehn ohne Verstoß geschafft. Zehn! Wie stellst du dir das vor? Glaubst du, die Regierung bezahlt noch einmal hunderttausend Franken dafür, dass du hier machst, was du willst? Ich frage mich, ob diese Therapieform für dich überhaupt sinnvoll ist."

Leno schien hellhörig geworden zu sein.

„Aber ich muss das Schiff nicht verlassen, oder? Ich darf bleiben?“

„Wenn du dich weiter so verhältst, sehe ich hier wenig Chancen für dich. Die Alternative heißt Gefängnis.“

„Das werden Sie nicht zulassen, oder, Severin? Ich kann hier nicht weg. Im Knast findet er mich nicht.“

„Wer soll dich finden?“

Schnell winkte Leno ab, als wollte er das Thema wechseln.

„Leno, du hast das selbst in der Hand. Wenn du dich nicht schleunigst zusammenreißt, kann ich bald nichts mehr für dich tun.“

„Aye!“

„Du musst nicht Aye sagen. Ich bin nicht der Kapitän.“

„Aye!“

Als Leno gegangen war, machte Severin sich auf den Weg zu seiner Kabine und zog wütend die Tür des Gruppenraums hinter sich zu. Eigentlich hatte er noch zum Spieleabend der Jungs gehen wollen, doch die Lust darauf war ihm gründlich vergangen. Er wollte nur noch in seine Koje und sich die Decke über den Kopf ziehen.

Auf dem Korridor unter Deck fand er eine kleine Gestalt vor, die mit hochgezogenen Schultern vor Severins Kabinentür herumlungerte. Pepe lehnte schüchtern an der Wand. Zwischen seinen Fingern drückte er eine gestrickte Wollmütze so fest zusammen, dass seine Knöchel weiß schimmerten. Als Severin bei ihm angekommen war, flüsterte Pepe kaum hörbar:

„Severin, darf ich Sie kurz sprechen?“

„Klar, was gibt es?“

„Können wir irgendwo reden, wo nicht ...“

Dann Schritte in Severins Rücken. Pepe riss die Augen auf, die Farbe wich aus seinem Gesicht.

„Hey Pepe, ich habe dich überall gesucht. Wollen wir eine Runde Schach spielen?“

Leno gesellte sich zu ihnen und schenkte Pepe ein eiskaltes Lächeln. Dem Jungen stockte der Atem, und Severin spürte ein tiefes Unbehagen in sich aufsteigen.

„Leno, geh schon mal vor. Ich habe noch etwas mit Pepe zu besprechen."

„Ach was, der kleine Pepe wird sich doch keinen Fehltritt geleistet haben? Er weiß doch, wie schmerzhaft so was sein kann, nicht wahr?"

Severin legte dem immer bleicher werdenden Pepe die Hand auf die Schulter.

„Du hast recht. Er lernt schnell im Vergleich zu anderen. Mach, dass du nach oben kommst, Leno!"

„Dann bis später, Pepe!"

Als Leno verschwunden war, wich Pepe vor Severin zurück. Offenbar hatte er es plötzlich eilig.

„Wissen Sie, Severin, so wichtig ist es nicht. Ich war in den letzten Tagen nur ein wenig seekrank und brauche wohl einfach viel Schlaf. Gute Nacht!"

Bevor Severin etwas einwenden konnte, war der Junge bereits in seiner Kabine verschwunden. Er hörte, wie Pepe die Tür von innen verschloss.

Unruhig wälzte Severin sich im Bett hin und her. Warum hatte er Taifun heute wieder einen Korb gegeben? Dabei wünschte er sich nichts sehnlicher als seine Nähe. Hatte Taifun heute nicht Nachtwache?

Er schlug die Decke zurück. An Schlaf war ohnehin nicht zu denken. Er streifte einen Kapuzenpullover über und schlich aus seinem Zimmer. Leise stieg er die Treppen an Deck. Das Meer bewegte sich ruhig. Weit vorne am Bug stand Taifun und schaute in den Himmel. Stiller Jubel breitete sich in Severins Brust aus. Vorsichtig trat er an den Matrosen heran und hörte, wie dieser ein Lied vor sich hin summte. Sein Herz schlug schneller.

Taifun wandte den Kopf in seine Richtung. In seinem rechten Ohr steckte ein kabelloser Kopfhörer.

„Du summst Lieder bei der Arbeit? Was hörst du denn da?“

Statt einer Antwort bot Taifun ihm den zweiten Kopfhörer an. Severin griff danach, steckte ihn ins Ohr. Die Tonaufnahme war alt, Männerstimmen, die ein Seemannslied sangen.

Mein lieber Seemann, der Wind trägt dich fort.

Die Wellen folgen dir treu an jeden Ort.

Severin schmunzelte.

„So was hörst du? Ich hatte etwas Orientalisches vermutet.“

„Tut mir leid, falls du lieber Mustafa Sandal gehört hättest.“

Beide lachten befreit und einen Moment lang schien die Zeit um sie herum stillzustehen. Eine angenehme Aufregung kroch in Severins Herz, als Taifun vorsichtig nach seiner Hand griff. Zart berührten sich erst ihre Fingerspitzen, dann fuhren Taifuns Finger über seinen Handrücken, den Unterarm. Er schloss den Griff weich um Severins Schultern, kam näher und berührte mit der Nasenspitze Severins Lippen. Die Musik lief indessen weiter. Mit zärtlicher Stimme sang Taifun das Lied mit.

„Der Wind und die Wellen, die sind so wie wir.

Obwohl du weit fort bist, mein Herz ist bei dir.“

Einen Augenblick lang war es so, als würde dieses dunkle Schiff alles beherbergen, was Severins Leben an Glück zu fassen vermochte.

Ein Klirren durchbrach die Stille; die beiden fuhren auseinander. Ein eiskalter Schauer durchströmte Severin. Er hatte seine Kabine offen und den Generalschlüssel liegenlassen!

Er stürmte zurück unter Deck und in sein Zimmer, machte das Licht an, suchte im Bett, auf dem Nachttisch, in der Schublade – nichts! Seine Taschen. Rechts. Links. Nein. Der Schlüssel war weg. Severin stolperte aus seiner Kabine. Taifun war ihm gefolgt und auch die Jungs standen im Gang und fragten, was los sei. Severin stürzte auf Pepe zu und packte ihn an den Schultern. Pepe atmete nervös.

„Pepe, ich bin mir ziemlich sicher, dass Leno meinen Schlüssel genommen hat. Hat das etwas mit dem zu tun, was du mir heute sagen wolltest?"

Tränen stiegen in Pepes Augen, seine Stimme schien ihm nur schwer zu gehorchen.

„Leno hat immer wieder von einem toten Kapitän gesprochen. Der segelt um das Kap der guten Hoffnung herum. ‚Fliegender Holländer' hat Leno ihn genannt. Er ist besessen von dieser Geschichte; hat immer wieder gesagt, dass er das Schiff nicht verlassen kann. Nicht bevor er diesen Kapitän getroffen hat. Wir haben ihm mehrmals gesagt, dass er mit diesen Gruselgeschichten aufhören soll, aber in den letzten Tagen hat er von nichts anderem mehr geredet. Er meinte, dass er ein Zeichen bekommen hätte oder so was. Das war so unheimlich!"

Pepe zitterte und Tränen liefen über seine Wangen. Die anderen Jungs schwiegen. Dann sah Pepe Severin fest in die Augen.

„Leno hat Ihren Schlüssel genommen und ist im Putzraum verschwunden."

„Verdammt, das kann nicht wahr sein!"

Taifuns Schrei erfüllte den Korridor. Severin drehte den Kopf hastig in seine Richtung. Aus den Ritzen der verschlossenen Tür des Putzraumes drang Wasser. Es gab kein Fenster in diesem Raum. Unmöglich, dass dort Wasser eindrang.

Severin ließ Pepe und die Jungs stehen und eilte zu Taifun, der heftig gegen die Tür trommelte.

„Leno, mach die Tür auf!"

Vor dem Putzraum bildete sich eine Pfütze. Das kalte Wasser kroch in Severins Turnschuhe. Das Schiff begann zu schwanken. Der Wellengang nahm zu. Alle Mann an Deck!" ertönte die Stimme des Kapitäns durch die Lautsprecher. Alle Jungs stürmten die Treppe nach oben, als wäre der Ruf des Kapitäns eine Erlösung.

Schließlich standen Taifun und Severin allein im Korridor.

„Bitte geh nach oben, Taifun, die anderen brauchen dich dort."

Unentschlossen blieb Taifun neben Severin stehen. Als wollte, als könnte er ihn hier nicht alleine lassen.

„Nun mach schon!"

Taifun anzubrüllen, versetzte Severin einen Stich. Der Matrose wandte sich um und rannte die Treppen nach oben an Deck.

Das Wasser stieg noch immer, drang aus Spalten in der Tür des Putzraumes und der Strom des Wassers gewann an Kraft. Panik erfasste Severin. Er musste Leno aus dem Putzraum herausholen – und zwar schnell.

In diesem Moment drang ein seltsames Rascheln aus dem Raum, begleitet von einem dunklen Grollen, das aus den Tiefen des Ozeans durch das Schiff zu dröhnen schien. Ein solches Geräusch hatte Severin nie zuvor gehört. Es klang nicht wie etwas Natürliches. Eine düstere Kälte legte sich auf seine Haut und fuhr ihm durch alle Gliedmaßen.

Reiß dich zusammen!

Mit aller Kraft schlug er noch einmal gegen die Tür.

„Leno! Leno, bitte sag etwas! Bist du verletzt? Leno! Um Himmels Willen, antworte doch!"

Bei einem plötzlichen Ruck des Schiffes schlug Severins Gesicht mit voller Wucht gegen die Tür.

Helles Sonnenlicht drang in seine Kammer, als er erwachte. Severin blinzelte. Sein Kopf schmerzte. Er streckte die Finger aus und fühlte einen Verband an seiner Stirn.

„Endlich bist du wach."

Taifun stand im Türrahmen, als hätte er dort gewartet. Er sah sich kurz im Gang um, ging neben dem Bett auf die Knie und küsste Severins Mund. Gierig griff Severin nach Taifuns Nacken und drückte dessen Lippen auf die seinen.

„Ich dachte schon, es wäre zu Ende und ich würde dich nie wiedersehen."

„So dramatisch? Stürme wie diesen haben wir doch schon öfter erlebt."

„Was ist mit Leno?"

„Er ist an Deck und schrubbt alles. Freiwillig. Heute Morgen war er der Erste bei Dienstantritt und hat gleich fünf Aufgaben übernommen. Als wollte er plötzlich den Musterschüler abgeben."

„Was hat er zu letzter Nacht gesagt?"

„Nichts. Er schweigt. Er war er bei uns an Deck und hat eifrig geholfen, alles zu sichern und das Wasser aus der Bilge zu schöpfen. Das Wasser im Putzraum ist verschwunden. Es hat noch nicht einmal Flecken auf dem Teppich hinterlassen."

„Ich muss sofort mit ihm sprechen. Ich habe letzte Nacht Geräusche gehört, die ich selbst bei klarem Verstand nur der Hölle zuordnen würde."

Taifun hob irritiert die Augenbrauen.

„Die See war unruhig, das stimmt, aber deshalb musst du doch nicht gleich die Hölle bemühen."

„Soll das heißen, du hast nichts Außergewöhnliches gehört?"

„Du warst ohnmächtig, als ich dich gefunden hab. Du hast dir heftig den Kopf gestoßen. Vielleicht hat das deine Wahrnehmung verändert."

Taifun senkte den Kopf erneut und fuhr mit den Lippen über Severins Wange in Richtung seines Halses.

„Ich muss dringend mit Leno sprechen."

Durch Taifuns Körper glitt ein Ruck des Verdrusses.

„Na super, ich rette dir das Leben und alles, was ich dafür bekomme, ist ein einziger Kuss?"

Severin legte die Hand an Taifuns Wange und genoss für einen Moment die offene Liebe zwischen ihnen.

„Was ich für dich fühle, ist überwältigend. Aber zugleich überfordert mich diese Situation. Gib mir nur ein paar Stunden Zeit, okay? Nur so lange, bis ich die Sache mit

Leno geklärt habe. Heute Nacht an Deck will ich keine einzige Minute mehr von ihm reden."

Taifun drückte einen letzten Kuss auf Severins Mund. „Und es kommt nichts dazwischen, versprochen?"

Leno schwieg eisern. Den ganzen Tag lang bemühte sich Severin um ein Gespräch mit ihm. Es war nichts aus ihm herauszukriegen. Leno verbrachte den ganzen Tag mit seiner Arbeit. Er tat, was man ihm auftrug, fragte nach, wenn er etwas nicht verstand, und half anderen, nachdem er seinen eigenen Dienst erfüllt hatte. Sogar Pepe schien heute gut mit ihm auszukommen. Er war wie verwandelt. Und ein geheimnisvolles Lächeln, das nur ihm gehörte, umspielte seine Lippen.

In den frühen Abendstunden wich Severins Pflichtgefühl, mit Leno zu sprechen, zunehmend dem Wunsch, Taifun nahe zu sein. Gewiss hatte Leno ihnen allen nur einen Streich gespielt, und das einzig Unheimliche der letzten Nacht war der Sturm gewesen. Severin genoss den Frühling, der sein Herz erfüllte, und die Sehnsucht, Taifun zu berühren, wuchs. Als die Nacht hereinbrach, verwandelte die Vorfreude ihn in ein aufgeregtes Kind. Er sah nahezu alle zehn Minuten auf die Uhr, hatte den Gruppenabend der Jungs eine halbe Stunde früher beendet und die Kabinengänge bereits dreimal kontrolliert. Albern kam er sich vor, als er weit vor der verabredeten Zeit an Deck schlich. Während er die Stufen hinaufstieg, erinnerte er sich an seine letzte Begegnung mit Taifun unter den Sternen.

Alles war ruhig, der Himmel nebelverhangen, kein Stern war heute zu sehen. Nichts war wie in jener Nacht. Nach einigen Schritten sah Severin eine Person auf einer Bank sitzen, die Kapuze tief ins Gesicht gezogen. Auf das Geräusch der Schritte hin wandte die Gestalt den Kopf und winkte ihn freundlich zu sich.

„Severin, wie schön. Setzen Sie sich doch zu mir."

„Du bist noch wach, Leno? Einen merkwürdigen Tag haben wir heute mit dir erlebt. Noch merkwürdiger als die letzte Nacht."

„Das kann man wohl sagen. Ich habe in den letzten vierundzwanzig Stunden viel gelernt, und dass ich nun ein freier Mann bin, habe ich nur Ihrer Geduld zu verdanken."

„Ein freier Mann?"

Severin schüttelte verwundert den Kopf. Was Leno erzählte, ergab keinen Sinn. Doch er war froh, dass nun immerhin ein Gespräch möglich war.

„Regeln gehören zum Leben dazu, Leno. Es gibt nichts, was mich mehr freut als ein junger Mensch, der lernt, sich an Regeln zu halten, und so seinen Platz im Leben wiederfindet."

„Wirklich nichts?"

Leno sah Severin herausfordernd an und sein Blick versetzte ihm einen Schlag. Wusste Leno von Taifun und ihm?

Er überging die Anspielung und wechselte das Thema.

„Hat dein heute so verändertes Verhalten etwas mit der letzten Nacht zu tun? Falls du mir etwas erzählen möchtest, ich habe Zeit."

Verstohlen warf Severin einen Blick über die Schulter. Hoffentlich hatte Taifun Verständnis, wenn er ihn mit Leno entdeckte. Sosehr er Taifun auch in die Arme schließen wollte, diese Gelegenheit konnte er sich nicht entgehen lassen.

Leno nickte. Und als er den Blick hob, leuchteten seine Augen geheimnisvoll in der Dunkelheit.

„Es war, als würde ich zum ersten Mal jemandem gegenüberstehen, der mich versteht. Ich habe ihn gerufen, seit dem Tag, an dem ich erkannt hatte, dass es ihn gibt."

„Dass es ihn gibt?"

„Genau das ist Ihr Problem, Severin. Wenn man Wunderbares nicht für möglich hält, dann kann auch nichts geschehen, was das Leben verändert. Wenn man sich nicht traut, seine alten Vorstellungen loszulassen, kann man nicht sehen, wie reich das Leben sein kann. Ich war bereit dafür, ihn zu sehen. Und er ist zu mir gekommen. Er hat mir gezeigt, dass es kein Problem ist, anders zu sein. Er hat mir gezeigt, dass ich große Träume haben darf."

In Lenos Stimme lag eine Festigkeit, die Severin frösteln ließ. Er erinnerte sich an die Geräusche der letzten Nacht. Und der Schrecken fuhr ihm erneut in die Glieder.

„Träume sind hervorragend, Leno. Sofern sie realistisch sind. Heute hast du entscheidende Schritte in diese Richtung gemacht. Und ich bin sicher, dass daraus ein guter Traum für dein Leben wachsen kann."

Severin lächelte und klopfte Leno anerkennend auf die Schulter. Leno erwiderte seinen Blick freundlich und selbstbewusst.

„Leider haben wir keine Zeit, um das herauszufinden. Er müsste eigentlich jeden Moment kommen. Meine Aufgabe ist erledigt. Und er hat versprochen, dass er mich holt."

Fassungslos starrte Severin ihn an. Der Junge musste völlig übergeschnappt sein.

„Dass wer dich holt? Der Holländer?!"

Statt zu antworten, holte Leno einen Stoffbeutel unter der Bank hervor, der mit einer Schnur zugebunden war, und reichte ihn Severin. Der Beutel fühlte sich warm und feucht an. Etwas Dickflüssiges staute sich darin.

„Leno, die See ist eine strenge Lehrerin. Du bist bald ein Jahr auf dem Schiff. Das zerrt an den Nerven. Versprich mir, dass du in den kommenden Nächten viel schläfst. Und auch jetzt solltest du dringend in deine Kabine gehen."

„Ich bin gerührt, dass Sie sich um mich sorgen. Sie sind mir richtig ans Herz gewachsen, Severin. Deshalb tut es mir leid, dass es Sie getroffen hat. Ich weiß ja, dass sie ihn sehr mochten. Aber der Holländer hat seine Prinzipien, er nimmt nicht jeden in seine Crew auf. Um das zu schaffen, musste ich ihm beweisen, dass ich es ernst meine. Er gab mir eine besondere Aufgabe. Ich sollte den Glauben eines Menschen an mich zerstören. Nur dann könne er sehen, dass ich wirklich bereit bin, die Welt der Lebenden für immer zu verlassen."

Severin stockte der Atem. Seine Finger um den Beutel begannen zu zittern. Die warme Flüssigkeit nahm in seinem Kopf Gestalt an. Er fühlte, dass etwas Weiches unter seinem Griff nachgab. Und dennoch klammerte er sich an die Hoffnung, lediglich einen toten Fisch in den Händen zu halten.

„Holländer hin oder her. Was tut dir leid, Leno?"

„Was dieses Verliebtsein mit uns Menschen macht, ist schon erstaunlich. Und wie paradox erscheint daneben, dass wir dem einen alles bedeuten und dem anderen überhaupt nichts."

Verzweiflung überkam Severin und der Junge schien es mit Freude zu beobachten. Mit einem Mal weiteten sich Lenos Augen dämonisch und er hauchte:

„Der Wind und die Wellen, die sind so wie wir.
Obwohl du weit fort bist, mein Herz ist bei dir."

Es war, als würde der Gesang die letzte Menschlichkeit aus Lenos Gesicht wischen. Plötzlich schien alles, was Severin an Gutem in ihm vermutet hatte, weg zu sein. Heftiger Schwindel überkam ihn und kalte Übelkeit kroch aus seinem Magen.

Als Severin den Beutel von sich warf, waren seine Hände blutgetränkt. Er wollte aufstehen, doch seine Knie gaben nach und sackten unter seinem Körper weg. Alles um ihn herum schien sich zu drehen.

Da erhob sich ein Brausen, das Meer schwoll an, das Schiff stieg und fiel zwischen den Wellen. Severin lag hilflos auf den Holzplanken und sein Körper hob sich vom Boden, um Sekundenbruchteile später hart auf dem Holz aufzuschlagen.

Im Augenwinkel sah er das Leuchten der roten Segel, die sich dem Schiff näherten.

Schmerzhaftes Rasseln in seiner Brust.

Die Luft wie ein scharfes Messer in seiner Lunge.

Er keuchte.

Verschwommen sah er, wie Leno über die Reling stieg und durch die Luft dem Schiff entgegenschritt. Die windgefüllten blutroten Segel empfingen ihn wie ein pochendes Herz.

Karla Frida Sommer (*1981) lebt mit ihrer Familie, wo Fuchs und Hase sich gute Nacht sagen. Beruflich ist sie viel in Menschengruppen unterwegs. In ihrer Freizeit zieht sie sich gern zurück, um die Woche zwischen den Zeilen ausklingen zu lassen. Ihre Geschichten verortet sie im Genre *Magischer Realismus.* „Rote Segel" ist ihre erste Veröffentlichung in einer Anthologie. Ihr Debütroman erscheint 2021.

Auf Twitter: @SommerFrida

Auf Instagram: @karlafridasommer

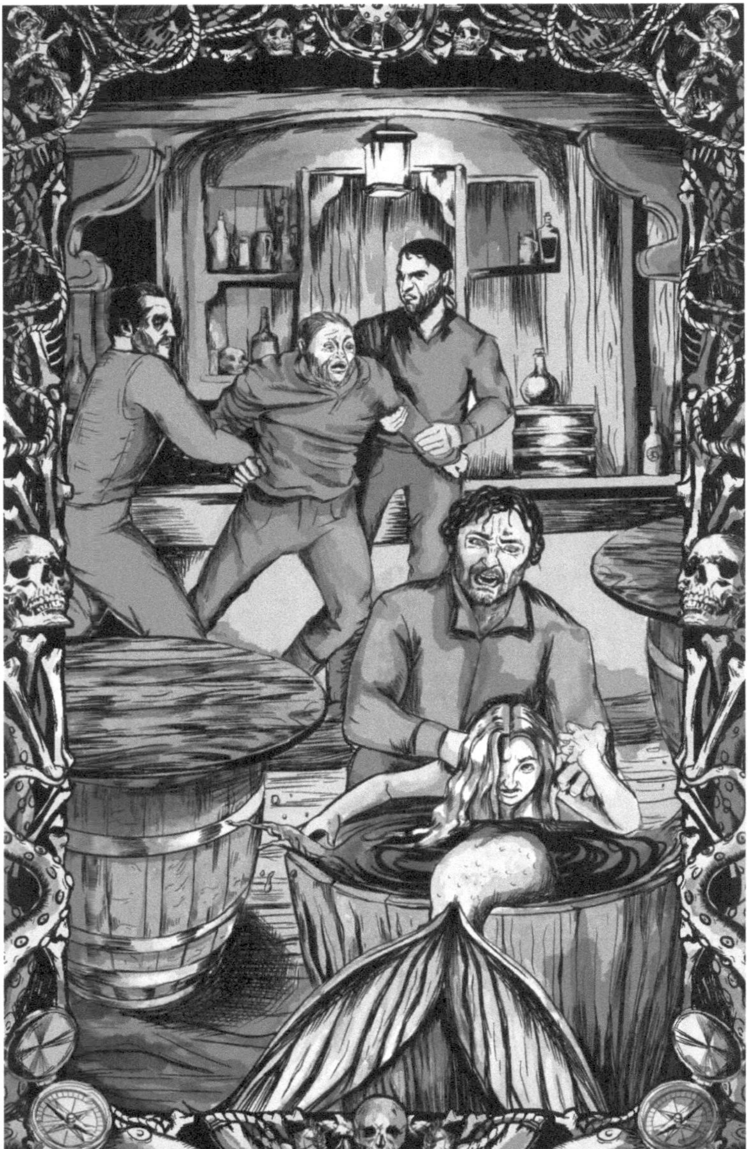

Die Liebe seines Lebens

Stefan Barth

Sean P. Murray hatte nie geliebt.

Und er wurde nie geliebt.

Bis er im Alter von vierundfünfzig Jahren die Meerjungfrau aus dem Atlantik fischte.

Vierundfünfzig Jahre und keine Liebe? Das hatte zweifellos mit seiner Mutter zu tun. Edna war eine von Geburt an unglückliche Frau. Sie hätte nicht sagen können, warum, sie war es einfach. Das Leben bereitete ihr keine Freude. Sie lebte, weil sie geboren wurde, nicht mehr und nicht weniger. Sie war schön und als Jugendliche Objekt der Begierde der jungen Männer von Cravie. Schneller Sex am Strand im Schutz umgedrehter Boote war für Edna eine einigermaßen erträgliche Art, den Tag hinter sich zu bringen. Das endete, als der Samen von Milo Ednas Eizelle befruchtete.

Hochzeit. Die Geburt des kleinen Sean.

Der hatte nicht viel von seinem Vater, denn Milo starb, als Sean vier Jahre alt war. Sein Boot kenterte während eines Herbststurms; weder er noch der Rest der Besatzung wurden je wieder gesehen.

Ednas Job als Schneiderin sorgte dafür, dass ihr Sohn ein Dach über dem Kopf und genug zu essen hatte. Nur eins gab sie ihm nicht: menschliche Wärme. Nähe. Sean konnte sich nicht erinnern, je von ihr gestreichelt, geschweige denn geküsst worden zu sein.

Als Teenager trat Sean in die Fußstapfen seines Vaters, dessen Gesicht er nur von dem Hochzeitsbild über dem Kamin kannte; ein breit lächelnder Kerl neben der grimmig dreinblickenden Edna, deren Finger den Blumenstrauß in ihrer Hand regelrecht zerquetschten. Sean wurde Fischer. Wie fast alle Männer in Cravie, einem kleinen Dorf an der rauen schottischen Küste. Er arbeitete hart und tauschte mit seiner Mutter die Rollen. Wurde zum Ernährer, während sie sich um den Haushalt kümmerte und dafür sorgte, dass ein warmes Essen auf dem Tisch stand. Ednas Schönheit verblich und ihr Äußeres wurde so freudlos wie ihr Inneres, während Sean zu einem jungen Mann heranwuchs.

Mit Sean konnte man im Pub sitzen, betrunken Lieder grölen und über schlechte Witze lachen; er wusste zu jedem Gesprächsthema etwas beizutragen, um die überall an der Küste entstehenden Fischfarmen, die Tagespolitik (alles Idioten) oder eine Fernsehsendung.

Nur wenn es um Frauen ging, wurde Sean still. Nicht dass er Frauen nicht mochte, im Gegenteil, er begehrte sie wie jeder heterosexuelle Mann. Doch schon ihr bloßer Anblick ließ ihn verstummen. Ein schüchterner Kerl, dieser Sean P. Murray, sagten die Mädchen im Dorf. Einige fühlten sich herausgefordert, diese Schüchternheit zu knacken. Erfolglos. Von Sean kam nie mehr zurück als einsilbige Antworten und ein verklemmtes Lächeln. Irgendwann gaben sie auf. Sean wurde zum ewigen Junggesellen oder, wie manche hinter vorgehaltener Hand kicherten, zur ewigen Jungfrau.

Edna wurde mit jedem Jahr grimmiger, bissiger und gemeiner. Sie nahm Sean das Versprechen ab, sich bis ans Ende ihrer Tage um sie zu kümmern, schließlich habe sie „mein Leben für deins gegeben“, wie sie sich ausdrückte.

Die Jahre zogen ins Land.

Sean wurde älter, sein Haar dünner und grauer. Er fuhr zu See, fing Fisch, putzte und verkaufte ihn, flickte seine Netze und hielt sein Boot in Schuss. An zwei Abenden in der Woche ging er in den Old Forge Pub. An den anderen schlief er vor dem Fernseher ein, bis Edna ihn weckte und aufforderte, sie ins Schlafzimmer zu tragen, weil sie wegen ihrer kaputten Hüfte die Treppe nicht mehr allein hinaufkam.

An seinem vierundfünfzigsten Geburtstag fand Sean Edna tot in ihrem abgewetzten Fernsehsessel und das Erste, was er dachte, war, dass seine Mutter nie zuvor einen solch zufriedenen Gesichtsausdruck gehabt hatte.

Zur Beisetzung an einem regenverhangenen Tag kam niemand außer Sean und dem Pfarrer, der in seiner kurzen Rede ihren Namen falsch aussprach, während sich die Wellen brüllend gegen die Klippen unterhalb des Friedhofs warfen.

Abends ging Sean in den Pub, den ein Engländer namens Grant vor zwei Jahren übernommen hatte, bedankte sich für die Beileidsbekundungen, trank sein Lager und ging nach Haus. „Ab jetzt kann er sich ungeniert vor der Glotze einen runterholen", hörte er Grant sagen, bevor die Tür hinter ihm zuschlug, und die anderen Fischer lachten.

Am folgenden Morgen machte sich Sean zum ersten Mal, seit er denken konnte, sein eigenes Frühstück. Kaffee, verbrannter Toast mit Butter, gebackene Bohnen und ein Spiegelei. Zum ersten Mal, seit er denken konnte, hörte er dabei Radio, denn Edna hatte das nicht gemocht.

Er ging die gepflasterte Straße hinunter zum Hafen und fuhr im grauen Licht des anbrechenden Tages aufs Meer hinaus.

Der Fang war bescheiden. Das war in den letzten Jahren immer häufiger der Fall gewesen. Viele Kollegen hatten die Fischerei aufgegeben, seit die Bestände von Kabeljau und Schellfisch so drastisch zurückgegangen waren. Sean kam dennoch klar, er hatte nie eine Familie ernähren müssen, nur sich und seine Mutter. Und jetzt musste er nur noch den Unterhalt für sich ganz allein verdienen.

Die Ketten rasselten, als er die Netze ins Wasser ließ, in seiner Nase eine Mischung aus salziger Brise und dem

Diesel der Motoren. Im Gesicht die Sonne und das Salz der Gischt, die auf seiner Haut trocknete.

Das Meer machte ihn glücklich. Er liebte es. Es war immer für ihn da und vielleicht, überlegte er an diesem Morgen, vielleicht liebte das Meer ihn ja auch.

Er dachte an seine Eltern.

Ob seine Mutter jetzt endlich glücklich war? Er lächelte. Nein, Edna hatte gewiss auch am Jenseits etwas auszusetzen.

Von seinem Vater war ihm nur diese eine Erinnerung geblieben: Sean im Alter von vier Jahren auf seinem Schoß, während sein Vater ihm half, ein Eis aus dem Papier zu wickeln, und ihm mit einer Hand übers Haar strich.

Seevögel kreisten über dem Kutter, während Sean die Netze einholte, um den Fang zu sortieren und zu waschen. Immer mal wieder verfing sich etwas im Netz, womit er nicht rechnete. Abfälle natürlich, dem Menschen sei Dank war das Meer voll davon, aber hin und wieder auch mal ein Fisch, den er noch nie gesehen hatte und dessen Namen niemand kannte.

An diesem Tag war es etwas anderes.

Groß, mindestens eins siebzig lang und heller als das silbrig glänzende Grau der anderen Fische. Im ersten Moment dachte Sean an einen Hai, dann erkannte er den menschlichen Körper. Arme, Kopf, lange Haare.

Ein Schreck fuhr durch seine Glieder.

Eine Leiche?

Aber die Arme bewegten sich. Der Kopf hob sich. Augen starrten Sean durch nasse Haarsträhnen an. Die *Leiche* drückte sich auf den Armen nach oben.

Sean sah weibliche Brüste. Aber er sah keine Beine ...

Denn unterhalb des Bauchnabels wurde die Haut zu Schuppen. Statt Beinen ein Fischkörper, der in einer Schwanzflosse endete.

Sean blinzelte.

Eine ... Nixe?

Eine *Meerjungfrau*?

Legenden, nichts weiter, das wusste doch jeder.

„Starrst du mich nur an oder hilfst du mir aus dem beschissenen Netz raus, verdammt noch mal?!"

Wie in Trance zückte Sean sein Messer und durchtrennte die Maschen. Der Fang ergoss sich zappelnd auf die Planken. Die – Meerjungfrau? – richtete sich auf. Die Schwanzflosse war verschwunden. Da stand sie. Groß, mit langen Beinen, breiten Hüften, flachem Bauch und vollen Brüsten. Das Haar fiel ihr bis zur Taille, glänzte hell und blond im Licht der Sonne. So grell, dass es ihn blendete.

„Du hast mich gerettet", sagte sie.

Wovor? War sie eine Schwimmerin, die die Strömung aufs Meer hinausgetrieben hatte? Aber wer ging um diese Jahreszeit schwimmen? Noch dazu nackt?

Sie hob mit einer Hand ihr Haar an und zeigte ihm die offene Wunde an der Seite ihres Schädels. Er sah den Knochen, aber kein Blut.

„Schiffsschraube", erklärte sie. „Nicht deine, die von einem Kreuzfahrtschiff." Dem war sie nachgeschwommen, in der Hoffnung, etwas zu finden, das die Menschen über Bord geworfen hatten. Nein, natürlich keinen Abfall. Etwas Schönes. Sie liebte schöne Dinge. Dinge, die glitzern. Schmuck, Ketten, Ringe, Anhänger. „Du würdest dich wundern, was ich schon so alles im Kielwasser der Schiffe erbeutet habe."

Diesmal sei sie unvorsichtig gewesen und in den Sog der Schiffsschrauben geraten. Sie hatte das Bewusstsein verloren. Und war erst erwacht, als er sie aus dem Wasser gehievt hatte.

„Wer ... was bist du?"

„Du weißt, was ich bin."

„Aber ..."

„Ihr Menschen seht uns seit Jahrtausenden, aber ihr traut euren eigenen Augen nicht. Ihr haltet uns für ein Produkt eurer Fantasie, oder, was ich persönlich übrigens als echte Beleidigung empfinde, für Seekühe. Schau mich an, sehe ich etwa aus wie eine Seekuh?"

Er blickte in ihre Augen, deren Pupillen sich bewegten wie das Meer selbst, auf ihren atemberaubenden Körper, die vollen Brüste ... Er spürte, wie ihm Hitze ins Gesicht stieg und das Schamgefühl ihn übermannte.

Nein, sie sah definitiv nicht aus wie eine Seekuh.

Sie bückte sich nach einem Fisch, biss ihm den Kopf ab, spuckte ihn aus, grub ihre Zähne in den Körper. „Ich liebe Schellfisch", sagte sie kauend. „Makrelen weniger."

Er sagte, er müsse zurück an Land, den Fang verkaufen.

Sie nickte. „Dann los."

Er starrte sie an. Sie schien die Frage zu spüren. „Du hast mich gerettet. *Ich gehöre jetzt dir. So will es die See.*"

Als sie in den Hafen einfuhren, trug sie seine gelbe Regenjacke und Gummistiefel. Verwunderte Blicke. Niemand hatte Sean P. Murray je mit einer Frau gesehen. Wer war sie? „Eine Bekannte", war Seans knappe Antwort an diejenigen, die fragten.

Im Haus warf Emma Regenjacke und Gummistiefel in eine Ecke, und als Sean sie fragte, ob sie etwas essen wolle, lag sie nackt ausgestreckt auf seiner Couch. Der Fernseher lief. Sie habe davon gehört, sagte sie und deutete auf den Monitor. Von den bewegten Bildern. Sie lachte glücklich wie ein Kind. Sean versteckte sich, so lange er konnte, in der Küche, aber irgendwann musste er sich ihr stellen. Er brachte ihr einen großen Teller Würstchen mit Püree. Sie verdrückte alles, rülpste laut und forderte ihn auf, sich zu ihr zu setzen. Er saß da, steif und starr, warf ihr verstohlene Blicke zu, während auf dem Bildschirm Peter O'Toole eine Armee von Beduinen durch die Wüste führte. „Wie das Meer", sagte sie und zeigte auf die endlosen Sanddünen.

Später, der Mond stand hell am Himmel und die Sterne funkelten miteinander um die Wette, führte er sie ins Schlafzimmer seiner Mutter. Das Bett war frisch bezogen und er wünschte ihr eine gute Nacht. Fast hatte er damit gerechnet, dass sie ihn bitten würde, Wasser in die

Badewanne einzulassen, um dort zu übernachten, doch das tat sie nicht.

Er lag in seinem Bett, blickte mit klopfendem Herzen durch das Fenster in die Nacht hinaus, als sich die Zimmertür öffnete.

Ihr Körper leuchte im Mondlicht.

Sie war alles.

Sie war perfekt.

Ich gehöre jetzt dir. So will es die See.

Sie glitt auf die Matratze, das goldene Haar wie ein Vorhang, dazwischen leuchteten ihren Pupillen, in denen die Urgewalt des Meeres wogte.

Sean starrte sie an.

Ihr offener Mund mit feucht glänzenden Lippen.

Ihre Finger auf seinem Körper.

Sean stöhnte.

Am Morgen machte er ihr Frühstück. Sie tanzte zur Musik aus dem Radio. Er fragte nach ihrem Namen. Sie wusste nicht, was das ist. Er nannte sie Emma. Das gefiel ihr.

Eine Woche blieben sie im Haus. Im Bett. Auf der Couch. Im Bett. Couch. Bett. Couch. Bett.

Doch das Leben ging weiter.

Rechnungen wollten bezahlt werden. Sie begleitete ihn hinaus aufs Meer. Er brauchte ihr nichts zu erklären. Sie wusste, was zu tun war. Jeden Tag fürchtete Sean, sie könnte über Bord springen und so plötzlich wieder aus seinem Leben verschwinden, wie sie gekommen war.

Doch das tat sie nicht.

Ich gehöre jetzt dir. So will es die See.

Im Frühling fuhren sie in seinem klapprigen Range Rover ins Inland an einen abgelegenen See. Picknick im saftig-grünen Gras. Als sie ins Wasser sprang, sah er zum ersten Mal, seit er sie aus dem Meer gefischt hatte, wieder ihren anderen Körper.

Den der Meerjungfrau.

Fast hatte er inzwischen geglaubt, sich das nur eingebildet zu haben. Aber da war sie, peitschte durchs Wasser. Eine Kreatur der See. Pfeilschnell, elegant. Sie kam wieder heraus und verwandelte sich vor seinen Augen zurück.

Er fragte nach ihrem Geburtstag. Sie wusste nicht, was ein Geburtstag war. Er fuhr nach Aberdeen, um ihr Schmuck zu kaufen, musste sich aber eingestehen, dass er sich nichts von dem, was er sah, leisten konnte. In einem Kaufhaus entdeckte er billigen Modeschmuck, dessen falsche Diamanten jedoch eindrucksvoll funkelten.

„Ich liebe dich", sagte sie, als er ihr sein Geschenk überreichte.

„Und ich liebe dich", hörte Sean sich sagen.

In Cravie hatten alle ihre eigene Meinung über die Frau an Seans Seite. Die Geschichte, die er ihnen auftischte, dass er Emma während eines Urlaubs in Spanien kennengelernt hatte, kaufte ihm niemand ab. Jeder wusste, dass Sean sich noch nie weiter als Aberdeen von Cravie entfernt hatte. Nein, die Dorfgemeinschaft glaubte die Wahrheit zu kennen: Er hatte Emma im Internet „gekauft", wahrscheinlich in Osteuropa. Anders war ihre Anwesenheit nicht zu erklären.

Sean wusste, was seine Mitbürger dachten.

Es spielte keine Rolle.

Er war glücklich.

Er liebte.

Und er wurde geliebt.

Das war alles, was zählte.

Wenn er mit Emma durchs Dorf spazierte, spürte er die Blicke. Die (meisten) Frauen waren eifersüchtig auf die unbeschreibliche Schönheit der Fremden, die (meisten) Männer suhlten sich in sexuellen Fantasien, für die sie sich hinterher schämten.

Einer, der sich nicht schämte, war Grant, der Engländer, der vor vier Jahren den Old Forge Pub übernommen hatte. Niemand kannte seine Vergangenheit; die Haftstrafe wegen Vergewaltigung und seinen Hang zu Gewalt, der ihm so viel Ärger eingebracht hatte, dass er London verlassen und sich hier, an der schottischen Küste, unter falschem Namen eine neue Existenz aufbauen musste. Niemand wusste, dass er regelmäßig in ein Bordell nach Aberdeen fuhr und sich dort für viel Geld seinen Vergewaltigungsfantasien hingab.

Einmal in der Woche gingen Sean und Emma in den Pub. Emma liebte Dart. Sie konnte jeden unter den Tisch trinken. Bei Armdrück-Wettbewerben gewann sie stets. Emma war nicht nur schön. Sie war die Frau, die sich sämtliche Männer von Cravie heimlich wünschten.

Emma ignorierte Grants Blicke, die unverhohlen lüstern über ihren Körper strichen, wann immer sie im Pub war. Sie ignorierte jede seiner noch so anzüglichen Bemerkungen. Nahm Grant nur wahr, wenn sie etwas zu trinken bestellte. Das machte Grant wütend. Er wollte eine Reaktion und bekam keine.

Sean ärgerte sich über Grant, aber er hätte es nie gewagt, den Pubbesitzer zu konfrontieren. Er war kein mutiger Mann. Er fragte Emma, ob sie den Pub lieber meiden sollten. Sie lachte. „Nein, Grant ist nichts“, sagte sie und sah Sean in die Augen. „*Du* bist alles.“

Im Spätsommer bekam Grant in dem Bordell in Aberdeen Hausverbot. Er hatte eine Prostituierte beim Ausleben seiner Fantasien krankenhausreif geschlagen. Die Bordellbesitzerin verzichtete auf eine Anzeige, aber ihre Türsteher machten Grant unmissverständlich klar, dass er sich nie wieder blicken lassen sollte.

Im Keller des Pubs verging Grant sich wütend an einer Sexpuppe. Schnitt sie mit einem Küchenmesser in Stücke. Später sah er den Range Rover mit Sean und Emma auf der Hauptstraße. Einem Impuls folgend sprang er in seinen Volvo und folgte den beiden.

Der kleine See. Sean saß am Ufer, las Zeitung und genoss die Sonne auf dem Gesicht, während Emma ins Wasser sprang und ihn mit ihrer Schwanzflosse nass spritzte. Er versuchte, sie zu fangen. Natürlich hatte er keine Chance. Sie lachten.

Grant saß hinter einem Gebüsch oben an der Straße. Er sah Sean. Er sah Emma. Er sah die Schwanzflosse.

Jetzt wusste er, was sie war und woher sie kam. Jetzt ergab alles einen Sinn. Hätte ihm vorher jemand etwas von Meerjungfrauen erzählt, hätte Grant ihn ausgelacht, ihm vielleicht sogar die Fresse poliert. Aber er war ein Mann, der seinen Augen traute. Und was seine Augen sahen, war ...

Er wollte haben, was er sah.

Mehr als zuvor.

Sean und Emma feierten seinen fünfundfünfzigsten Geburtstag mit einem Kuchen. Emma hatte Backen gelernt, auch wenn sie noch immer am Liebsten rohen Fisch aß. Abends gingen sie in den Pub und stießen mit den üblichen Gästen an.

Grant war zu Seans Überraschung seit einigen Wochen zurückhaltender. Keine gierigen Blicke, keine sexuellen Anspielungen.

Es war nach Mitternacht. Außer Sean und Emma waren nur noch drei Fischer, Marc Wallace, Adrian McKenna und Bruce Roberts, anwesend. Alle waren betrunken. Grant spendierte eine Lokalrunde und stimmte ein weiteres Mal „Happy Birthday“ für Sean an. Emma saß auf Seans Schoß und sang laut mit.

Grant kam von hinten und zog Emma den ausziehbaren Schlagstock über den Schädel. Sie sackte zusammen und rutschte von Seans Schoß. Der drehte den Kopf und sah den Schlagstock auf sich zurasen.

Als er wieder zu sich kam, waren die Kopfschmerzen unerträglich. Klebrige Feuchtigkeit auf seinem Gesicht. Blut. Er hörte die lallenden Stimmen von Marc, Adrian und Bruce, die aufgeregt auf Grant einredeten.

Sean sah den Holzzuber in der Mitte des Pubs, der von Grant mit einem Wasserschlauch befüllt wurde.

Emma lag nur eine Armlänge entfernt. Sean wollte sich aufrichten, doch seine Arme versagten den Dienst. Er flüsterte ihren Namen. Sie regte sich nicht.

Grant packte Emmas Schultern. Befahl Adrian ihm zu helfen. Der zögerte. Grant schrie ihn an. Die Männer hatten Angst vor Grant. Sean musste hilflos zusehen, wie Grant und Marc Emma zum Holzzuber schleiften.

Sean verstand.

Grant wusste es.

Und er wollte es beweisen.

Aber warum ...?

Sie schoben Emmas Körper in den Zuber. Wasser schwappte über den Rand. Ihr Kopf versank. „Sie ertrinkt!“, rief Adrian panisch.

„Tut sie nicht“, sagte Grant. Er drückte Emmas Beine ins Wasser. Adrian wollte abhauen, aber Grant hatte die Tür verriegelt. Adrian drehte sich gerade rechtzeitig wieder herum, um zu sehen, wie sich Emmas Unterkörper in einen Fischleib verwandelte. Er starrte sie ebenso fasssungslos an wie Marc und Bruce.

Grant lachte heiser. „Seht ihr?“

In diesem Moment öffnete Emma die Augen. Sie rief Seans Namen.

„Hier ...“, brachte Sean hervor.

Grants Schlagstock sauste wieder auf Emma herab. Er zerrte sie aus dem Zuber, rollte sie auf den Boden.

Der Fischleib verschwand.

Der weibliche Unterkörper kehrte zurück.

Grant riss ihr lachend das nasse Kleid vom Körper. „Seht euch das geile Stück an. Sie gehört uns und wir können mit ihr machen, was wir wollen!“

Sean drückte sich nach oben. „Bitte nicht ...“

„Und er darf zusehen“, lachte Grant.

Adrian sagte, dass er bei so etwas nicht mitmachen würde. Aber in Marcs und Bruces Augen konnte Sean sehen, dass Grant sie mit seinem Bösen infiziert hatte.

Grant spreizte Emmas Schenkel.

Öffnete seine Hose.

Sean kämpfte sich auf die Beine. Alles drehte sich. Er stürzte zwischen die Stühle. Schwärze. Er weinte.

Hörte Grants dreckige Lache.

Und wie sie plötzlich erstickte.

Als seine Sicht zurückkehrte, stand Emma auf beiden Beinen. Ihre Rechte hatte Grants Kehle gepackt und sie schleuderte ihn über den Tresen.

Marc und Bruce standen wie erstarrt.

Emma riss Marc das Fischermesser vom Gürtel.

Blut regnete und Marc ging mit zerschnittener Kehle zu Boden.

Bruce gelangte bis zur Tür, bevor Emma ihn an den Haaren packte. Sein Blut spritzte gegen das Holz.

Adrian wich zurück und schrie, er habe nichts getan, aber das Messer bohrte sich in sein Herz und er verstummte.

Als Sean sich am Tisch in die Höhe zog, stürmte Grant mit einem Schrei hinter dem Tresen hervor. Der Schlagstock sauste auf Emma herab. Ihre Finger packten sein Handgelenk. Sean hörte den Knochen brechen. Emma rammte das Messer in Grants Bauch und zerrte die Klinge nach oben. Grants Eingeweide landeten platschend auf dem Boden, sein Körper folgte.

Seans Beine gaben erneut nach und er fiel auf den Rücken. Er sah Emma, die sich über ihn beugte. Tränen zogen helle Bahnen durch ihr blutverschmiertes Gesicht.

„Ich muss gehen“, sagte sie.

„Aber du bist mein“, flüsterte er verzweifelt. „So will es die See.“

Sie küsste ihn und sagte ihm, dass sie ihn liebte.

In dieser Nacht sahen ein Dutzend Augenzeugen die Frau, die alle nur als Emma kannten, die Frau, die Sean P. Murray im Internet gekauft hatte, splitternackt und blutbesudelt die Hauptstraße hinab zum Hafen gehen. Sie sahen sie von der Hafenmauer ins Wasser springen und aufs offene Meer hinausschwimmen. Manche meinten, sie hätten eine Schwanzflosse gesehen.

Die Polizei fand vier tote Männer. Sean wurde mit einem Schädelbruch ins Krankenhaus gebracht. Er konnte sich nicht daran erinnern, was im Pub geschehen war, und auch nicht, wo er die Frau namens Emma kennengelernt hatte. Eine Folge der schweren Schädelverletzung, meinten die Ärzte.

Sean wurde wieder gesund.

Und die mysteriöse „Killer-Braut von Cravie“ nie gefunden.

Sean fuhr wieder aufs Meer hinaus. Er sprach mit niemandem mehr. Das war einfach, denn die Menschen mieden ihn.

An einem Morgen im August, fünfzehn Jahre nachdem Emma verschwunden war, stach Sean P. Murray wie jeden Tag in See.

Diesmal kehrte er nicht zurück.

Die Rettungskräfte fanden weder seinen Kutter noch seine Leiche. Das Meer hatte ihn verschluckt. Wie seinen Vater. Wie so viele andere seiner Zunft. Die meisten Einwohner Cravies sagten: „Was für ein dummer alter Mann; er hätte längst nicht mehr allein rausfahren dürfen!“

Andere meinten, vielleicht habe Sean endlich gefunden, wonach er solange gesucht hatte.

Stefan Barth, geboren in Hagen, wohnhaft in Berlin, schreibt hauptberuflich Drehbücher für Film & Fernsehen. 2015 veröffentlichte er seinen ersten Roman *Drecksnest*, gefolgt von *Es war einmal in Deutschland,* der Kurzgeschichten-Sammlung *Einen Kopf kürzer,* dem Zombie-Roman *Dead Mountain* und dem Western RONDO: *Sechs Kugeln für den Bastard.* Die nächsten Romane sind in Arbeit.

Atme die Dunkelheit

Elea Brandt

S. O. S. von *Ourang Medan.*
Wir treiben. Alle Offiziere, darunter der Kapitän, tot im Kartenraum und auf der Brücke.
Wahrscheinlich die gesamte Besatzung tot. Ich sterbe.

- Letzter Funkspruch der SS *Ourang Medan,* 27. Juni 1947

15. August 2019, Pazifischer Ozean

Wir haben sie gefunden.

Corinne Perrin starrte auf den Monitor, die Finger um die Armlehnen ihres Sitzes gekrallt. Das Kamerabild war unscharf, aber die Buchstaben auf dem Heck des gesunkenen Wracks waren eindeutig zu lesen: „O-U-R". Laurent und Julie neben ihr gaben keinen Mucks von sich, es war totenstill im Raum. Die restliche Crew hielt vor Anspannung den Atem an.

„Weiter nach rechts", befahl Corinne mit zitternder Stimme. „Ich will den ganzen Schriftzug. Ich glaube es erst, wenn ich es sehe."

Pascale navigierte den VICTOR langsam zur Seite, Zentimeter um Zentimeter. Die Sensoren des Tauchroboters zeigten eine Tiefe von 5.112 Metern.

„Da!" Corinnes Hand schoss nach vorne. „Stopp! Da ist es. Ranzoomen."

Pascale nickte. Sein Blick war gebannt auf den Monitor gerichtet. Er presste die Lippen zu einem schmalen Strich zusammen, auf seinem kahlen Kopf glänzte der Schweiß. Die Scheinwerfer tasteten durch völlige Dunkelheit. Der Roboter bewegte sich vorwärts, die Kamera zoomte – und das Licht traf erneut auf etwas Großes. Pascale hantierte an den Reglern, stellte das Bild scharf. Und da war es:

SS Ourang Medan.

Für einen Sekundenbruchteil war es still – dann brach frenetischer Jubel los. Auch Corinne lachte, eine Woge der Euphorie rollte über sie hinweg und sie ballte die Faust, bis es schmerzte. Neun Jahre. Neun Jahre Forschung und Recherche. Neun Jahre voller Fehlschläge, Hohn und Ablehnung von ihren ach so geschätzten Kollegen. Jetzt würde sie ihnen beweisen, dass sie sich geirrt hatten.

Sie nickte Pascale zu. „Marker abwerfen. Lass VICTOR weiter patrouillieren, ich will so viele Außenaufnahmen wie möglich. Und morgen“, ein Grinsen huschte über ihr Gesicht, „gehen wir runter.“

„Zeit zu feiern.“ Pascale schob die Tür zu Corinnes Kajüte auf und wedelte mit einer Flasche in der Hand.

„Champagner?“ Corinne lachte ungläubig. „Den hast du extra mitgebracht?“

„Klar.“ Pascale schloss die Tür hinter sich und stellte die Flasche mit zwei Sektgläsern auf dem Tisch ab. Er grinste jungenhaft, ein markanter Kontrast zu seinen breiten Schultern. „Hab ihn sogar kaltgestellt. Ich war mir sicher, dass wir ihn brauchen würden.“

„Da warst du optimistischer als ich.“

Er lachte und zog Corinne an sich, um sie zu küssen. „Einer von uns musste ja an den Erfolg glauben.“

Corinne legte den Kopf an seine Schulter, genoss den Duft von Schweiß, Meeresluft und kaltem Zigarettenrauch, der an seinen Kleidern klebte, und hauchte ihm einen Kuss auf den Hals. Zugegeben, als sie vor einigen Monaten in Marseille aufgebrochen waren, hatte sie die Hoffnung schon aufgegeben, dass die neuen Informationen diesmal mehr sein würden als Hirngespinste.

Die Ourang Medan, ein niederländischer Frachter, war 1947 oder 1948 im Pazifik vor den Marshall Islands gesunken. Zuvor hatte das Schiff einen letzten kryptischen Funkspruch abgesetzt und medizinische Hilfe angefordert. Als die Matrosen der Silver Star das havarierte Schiff fanden, war die gesamte Besatzung bereits tot. Mit aufgerissenen Augen und verzerrten Mündern lagen die Männer an Deck, die Hände wie zur Abwehr von sich gestreckt. Der Funker, der den letzten Notruf abgegeben hatte, hing tot über den Armaturen. Es gab keine Anzeichen eines Kampfes. Kein Blut. Nur unbeschreibliche Qualen in den Gesichtern der Toten.

Während die Mannschaft den Frachter durchsuchte, brach im Lagerraum ein Feuer aus. Tatenlos musste die Crew der Silver Star von Bord ihres Schiffes aus zusehen, wie eine Explosion die Ourang Medan erschütterte, ehe sie mit all ihren Geheimnissen an Bord in die Tiefe sank.

Bis heute gab es keine Erklärung für den Tod der Besatzung oder den Untergang des Frachters.

Der deutsche Autor Otto Mielke verarbeitete die Geschichte 1954 in einem zweifelhaften Groschenheft, wo er von einem Überlebenden berichtete, einem gewissen Jerry Rabbit, dem zweiten Offizier der Ourang Medan, der es im Beiboot bis an die Küste Taongis geschafft haben soll. Im Fieberwahn erzählte Rabbit seinen Pflegern, das Schiff hätte Schwefelsäure, Zyankali und Nitroglyzerin nach Costa Rica schmuggeln sollen, doch kurz nach seiner Rettung starb Rabbit an Erschöpfung und Dehydrierung. Corinne bezweifelte, dass es diesen Mann jemals gegeben hatte. Vermutlich hatte Mielke nur einen Weg gesucht, seiner abstrusen Geschichte durch einen fiktiven Augenzeugen Glaubwürdigkeit zu verleihen.

Insgesamt bot der Untergang der Ourang Medan ein gefundenes Fressen für allerlei Verschwörungstheoretiker. Die einen vermuteten ein Leck im Frachtraum, das Blausäuredämpfe freigesetzt hatte. Andere spekulierten, die Ourang Medan hätte gefährliche Kampfstoffe transportiert. Selbst von Menschenexperimenten war die Rede und von Vertuschung durch Regierungsagenten.

Diese Vorgeschichte lockte natürlich Wirrköpfe hervor, die hinter vorgehaltener Hand von Geheimdienstintrigen, Geistern oder gar Außerirdischen sprachen. Die Veröffentlichung eines Videospiels über das Schiffsunglück hatte Corinne bei ihren Nachforschungen auch nicht gerade geholfen.

Aufgrund der dünnen Faktenlage hatten sie ihre Vorgesetzten im Institut jahrelang ausgelacht, überzeugt davon, dass die Ourang Medan nichts weiter als ein Mythos war. Es gab keine Aufzeichnungen über den Frachter, keine Eintragungen in Schiffsregistern, keine Notizen über die Rettungsaktion der Silver Star oder Hinweise auf die Stelle, an der die Ourang Medan gesunken war. Alles nur Fake? Eine Geistergeschichte? Corinne hatte es nicht glauben wollen. Immer wieder hatte sie ihre Vorgesetzten angefleht, das Projekt zu verlängern und weitere Gelder bereitzustellen, doch je länger ihre Forschungen andauerten, desto schwieriger wurde dieses Unterfangen. Ohne Pascale, der unermüdlich auf ihre Geldgeber eingeredet und sogar seinen Vater, einen marokkanischen Medienunternehmer, um Unterstützung angebettelt hatte, wäre ihre Mission schon vor Jahren gescheitert.

Und dann hatte ihr alter Freund Charles Kinley vor rund zwölf Monaten in der ozeanographischen Sammlung der Miskatonic University in Arkham, Massachusetts, die Logbucheinträge der City of Baltimore ausgegraben. Der Frachter hatte den letzten Funkspruch der Ourang Medan ebenfalls empfangen, war aber achthundert Seemeilen entfernt gewesen und hatte seinen ursprünglichen Kurs daher beibehalten. Das Bahnbrechende war: Die City of Baltimore hatte die Position der Ourang Medan festgehalten, und ihr Funker hatte später sogar Kontakt zur Silver Star aufgenommen, um nach der Bergung zu fragen. Die Logbucheinträge waren unvollständig und teilweise unleserlich, doch eine Information ließ sich glasklar rekonstruieren – die genauen Koordinaten des havarierten Schiffs: 27° 44' Süd, 163° 27' West. Genau die Stelle im Südpazifik, wo ihr Forschungsschiff, die Pourquoi-Pas?, jetzt ankerte.

Pascale löste sich von Corinne, griff nach der Flasche und entkorkte sie. Er goss den perlenden Champagner in die beiden Gläser und reichte Corinne eines davon mit einem breiten Lächeln. „Auf deinen Dickschädel und die Geheimnisse der Ourang Medan."

Corinna lachte und stieß mit ihm an. „Und auf deine Engelszunge, ohne die wir schon vor zwei Jahren pleite gewesen wären."

Pascale nahm einen Schluck Champagner, stellte das Glas beiseite und legte die Arme um Corinnes Taille. Ein anzügliches Lächeln huschte über sein Gesicht und er raunte ihr leise ins Ohr: „Ich kann noch ganz andere Dinge mit meiner Zunge, weißt du?"

Corinnes Lippen glitten über seinen Hals und die schwarzen Bartstoppeln. Sie schob die Hände unter sein Shirt. „So? Zeig es mir."

16. August 2019, Pazifischer Ozean

Ein letzter Blick zurück zu Pascale, dann kletterte Corinne durch die Luke ins Innere der Nautile. Das U-Boot hatte etwa die Länge eines LKW und wog annähernd zwanzig Tonnen, dennoch war das Cockpit winzig und kaum größer als eine Toilettenkabine.

Corinne und Laurent nahmen bäuchlings die Liegeplätze am unteren Rand der Kugel ein, während Hayato als Co-

Pilot in den Sitz zwischen ihnen kletterte. Laurent übernahm die Steuerung, Hayato behielt Sauerstoff- und Kohlendioxidgehalt der Kabine im Auge. Corinne besaß den Luxus, nur als Beobachterin an Bord zu sein. Sie würde nichts anderes tun, als ihren Triumph zu genießen und die Ourang Medan zu bestaunen.

„Bereit?", fragte Laurent und Corinne nickte.

„Wunderbar." Er griff das Funkgerät und räusperte sich. „Nautile an Pourquoi-Pas?. Wir sind so weit. Schmeißt uns raus."

Ein Knacken in der Leitung, dann Pascales Stimme. „Hier Pourquoi-Pas?. Alles klar. Viel Spaß da unten."

Corinnes Herz pochte erwartungsvoll in ihrer Kehle. Der Kran hob die Nautile aus ihrer Verankerung und setzte sie auf dem Meeresspiegel auf. Wellen schwappten von außen gegen das Bullauge.

Julies Stimme ertönte aus dem Lautsprecher. Die Technikerin stand auf dem Dach der Nautile und überprüfte ein letztes Mal die Einstiegsluke. „Julie hier, die Luke ist dicht. Gebt mir zwei Minuten, dann könnt ihr runter."

„Alles klar." Laurent beobachtete, wie Julie davonschwamm und sich ins Schlauchboot hievte.

Er wechselte einen vielsagenden Blick mit Corinne und Hayato und verkündete dann voller Pathos: „Nautile taucht ab. Bis heute Abend, Leute."

Der Motor dröhnte, dann verschwand der Rest des blauen Himmels vor dem Fenster. Plötzlich war da nur noch das Meer, Tonnen von Wasser, die sie umfingen. Wie immer spürte Corinne einen kurzen Anflug von Panik, den sie hastig hinunterschluckte. Albern. Die Nautile hatte über eintausend Tauchgänge absolviert, sie konnte über acht Stunden unter Wasser bleiben und die Notsysteme lieferten Sauerstoff für mehrere Tage. In dieser Titankapsel war man sicherer als im Straßenverkehr.

Sie rekelte sich auf ihrem Liegeplatz und versuchte, sich zu entspannen. Zügig sank die Nautile in die Tiefe und

Laurent schaltete die Scheinwerfer ein. Die Blautöne vor dem Bullauge wurden dunkler, nuancierten von freundlichem Türkis über ein sattes Marineblau hin zum Schwarz eines sternenlosen Nachthimmels.

Dann war es stockfinster. Schon nach rund zweihundert Metern drang kein Licht mehr durch die Wassermassen.

Wie ein Raumschiff schwebte die Nautile durch schwarzblaues Nichts. Nur die im Scheinwerferlicht tanzenden Partikel erinnerten Corinne daran, dass sie unter Wasser waren und nicht drauf und dran, einen fremden Planeten zu entdecken. Wobei, der Unterschied war marginal. In fünftausend Metern Tiefe würden sie die ersten Menschen sein, die diesen Flecken Erde zu Gesicht bekamen. Es war gar nicht so abwegig, sich wie Neil Armstrong zu fühlen. Oder wie Jean-Luc Picard.

Corinne lächelte. Sicher kein Zufall, dass sich der Captain der Enterprise einen Namen mit dem Mann teilte, der als Erster elftausend Meter in die Tiefe getaucht war – und das vor fast sechzig Jahren. Elftausend Meter. Das war weiter als der höchste Gipfel des Mount Everest. Wahnwitzig. Es waren mehr Menschen über die Oberfläche des Mondes spaziert, als in die tiefsten Geheimnisse der See vorgedrungen. Der letzte unerforschte Flecken Erde.

Dunkelheit. Hin und wieder ein Schatten, eine Qualle vielleicht oder unterirdische Quellen. Fische gab es hier kaum noch.

Die Armaturen zeigten eine Tiefe von knapp viertausend Metern an, sie waren also noch etwa einen Kilometer von der Signalboje entfernt, die der VIKTOR tags zuvor gesetzt hatte. Corinnes Finger kribbelten. Nicht mehr lange. Nicht mehr lange, und sie war am Ziel ihrer jahrelangen Forschung angekommen.

Sie stützte sich auf die Ellbogen, griff nach den Vorräten und zog ein Sandwich heraus. Sie hatte keinen Appetit, aber bis sie an die Oberfläche kämen, würden weitere Stunden vergehen. Die Kälte und die Kohlendioxidsättigung störten die Selbstwahrnehmung und ließen einen schnell vergessen, dass der Körper hier unten Extrembedingungen ausgesetzt war. Deswegen gab es klare Verfahrensvorschriften, auch für die Nahrungsaufnahme.

Corinne richtete ihre Aufmerksamkeit wieder nach draußen. Im Augenwinkel nahm sie eine Bewegung wahr und blinzelte. Hektisch stieß sie Hayato mit dem Fuß an. „Hast du das gesehen?“

Er runzelte die Stirn. „Hm? Was?“

„Da, der Schatten! Der war riesig.“

„Hä? Da war nichts, Corinne.“

„Doch, ich hab's gesehen. Warte.“ Hektisch starrte sie durch das Bullauge hinaus, klebte mit der Stirn am Glas.

Nichts.

„Sag ich ja“, meinte Hayato und zuckte mit den Schultern. „Wahrscheinlich nur eine Reflexion.“

„Hm.“ Corinne starrte weiter nach draußen. „Ich bin mir aber sicher. Es war riesig.“

„Dann hätte unser Sonar es erfasst“, erwiderte Laurent. „Außerdem, was soll das gewesen sein? Riesenkalmare tauchen nicht so tief.“

„Ich weiß. Und Pottwale auch nicht.“

„Vielleicht ein Megalodon?“, scherzte Hayato und fing sich Laurents Ellbogen ein.

„Zu viele Monsterfilme gesehen, was?“

„Da!“ Corinne fuhr hoch. Da war es wieder. „Links. Backbordseite.“

Laurent schwenkte den Scheinwerfer – und beleuchtete nichts als Wasser und Plankton. „Mach dich nicht irre, Corinne, da ist nichts.“

„Sorry.“ Sie biss pikiert in ihr Sandwich. Nervosität, sonst nichts. „Ich bin schon still.“

Die Nautile sank weiter. Viertausendfünfhundert. Fünftausend. Diese Zahl war so surreal. Fünftausend Meter Wasser. Fünftausend Meter entfernt von Sonnenlicht und Sauerstoff.

Atme die Dunkelheit.

Die Worte schossen ihr abrupt in den Kopf wie ein Impuls, wie eine Melodie, die man einmal gehört, aber fast vergessen hatte. War das ein Gedicht? Ein Song?

Laurents Stimme riss sie aus den Gedanken: „Da ist das Signal. Noch einhundert Meter bis zum Boden."

Corinne straffte sich. Auf Laurents Display blinkte das Signal, das der VICTOR in der Nähe des Wracks hinterlassen hatte.

Vor den Scheinwerfern öffnete sich eine weite Ebene aus Sand. Sie hatten den Meeresboden erreicht. Er breitete sich vor ihnen aus wie die Oberfläche eines fremden Planeten, auf dem kein Leben möglich scheint. Kein Sauerstoff. Keine Fotosynthese. Der Wasserdruck war so immens, dass er einen menschlichen Schädel binnen Sekundenbruchteilen zerquetschen würde. Corinne wusste jedoch, dass der Schein trog. Über fünfhundert neue Arten waren in den letzten Jahrzehnten hier unten entdeckt worden: Asseln, Würmer, aber auch Seegurken, Krabben und sogar Wirbeltiere. Überlebenskünstler, die dem Menschen in seiner beschränkten Anpassungsfähigkeit weit voraus waren.

Hayato aktivierte das Sprechgerät

„Nautile an Pourquois-Pas?. Wir sind jetzt da. Noch zwanzig Meter bis zum Meeresgrund. Das Ziel liegt vor uns. Over."

Kurz herrschte Stille, dann vernahm Corinne Pascales verzerrte Stimme. „Hier Pourquoi-Pas?. Haben verstanden. Wie isses da unten? Over."

„Ziemlich frisch", kommentierte Hayato launig. „Haben draußen knapp ein Grad Celsius, Druck liegt bei 450 bar. Aber hier drin sind es lauschige fünfzehn Grad. Sauerstoffgehalt konstant. Over."

„Schön zu hören", kam es aus dem Funkgerät. „Meldet euch wieder, wenn ihr was habt. Pourquoi-Pas? – Over and Out."

„Da ist sie!“, stieß Corinne hervor. „Da ist das Wrack.“

Laurent manövrierte die Nautile näher heran und Corinne drückte das Gesicht aufgeregt gegen das kühle Bullauge. Sie wollte es mit eigenen Augen sehen. Hayato justierte die Scheinwerfer und da war sie. Die Ourang Medan. Ein dunkler Schriftzug auf dem heller hervortretenden Schiffsrumpf.

Das Wrack war nicht bewachsen, so tief unten gab es keine Algen oder Flechten, doch der Rost hatte die Außenhülle und die Reling wie ein hungriges Tier zerfressen. In respektvollem Abstand umrundete die Nautile das Wrack und Laurent scannte jeden Meter.

„Krass“, hörte Corinne Hayato murmeln. „Einfach krass.“

Sie selbst fand keine Worte. Nach all den Jahren in fünftausend Metern Tiefe am Ziel angekommen zu sein, war überwältigend. Das Schiff war echt. Es lag direkt vor ihr.

„Wonach suchen wir eigentlich?“, fragte Laurent. „Einen Schiffsdatenschreiber werden wir ja kaum finden.“

Corinne schüttelte den Kopf. „Sicher nicht. Angeblich gab es eine Explosion, die das Schiff auseinandergerissen hat. Ich will das verifizieren und wissen, ob von der Ladung noch was übrig ist.“

Die Nautile schwebte über die Wrackteile. Das Licht erfasste geborstene Planken, herausstehende Rohre und krumme Verstrebungen, die wie Pfähle aus den Teilen ragten. Das Wort albtraumhaft kam Corinne in den Sinn, und es passte. Ein surreales Landschaftsgemälde in Schwarz und Dunkelblau, mit wenigen silbernen Tupfen, wo der Lichtkegel sie berührte.

„Was ist das denn?“ Laurent richtete den Scheinwerfer aus und Corinne runzelte die Stirn. Zwischen den Trümmern erspähte sie eine Art Tank aus festem Glas, offenbar so stabil, dass er selbst die Explosion und das Absinken auf über fünftausend Meter überstanden hatte. Ein dicker Riss zog sich quer durch das Panzerglas.

Corinne verknotete ihre Finger im Schoß. „Was ist das da? An der Seite?“

Hayato hämmerte in die Tasten und zog das Foto auf einen der Displays, bis ein japanischer Schriftzug zu erkennen war. Er stieß einen Pfiff aus. „371. Heilige Scheiße."

„Was soll das sein?"

„Einheit 371 war im Zweiten Weltkrieg die japanische Einrichtung zur Erforschung von Biowaffen", antwortete Hayato. „Angeblich sollen sie sogar Menschenversuche durchgeführt haben. Experimentierten mit Pestviren, Milzbrand und so weiter."

Corinnes Herz vollführte einen Sprung. „Also stimmt es. Die Ourang Medan segelte unter falscher Flagge und schmuggelte illegale Kampfstoffe."

„Hm", brummte Hayato, „aber das ist doch kein Behälter für Kampfstoffe? Das sieht mehr aus wie ... keine Ahnung. Ein Aquarium?"

Corinne nickte nachdenklich und starrte das gesprungene Glas an. Was konnten die Japaner darin geschmuggelt haben?

„Schau mal da." Laurent zoomte das Bild näher. Es war verschwommen und unscharf, aber Corinne konnte erkennen, was er meinte. Da war ein Zeichen auf dem Behälter, das der Riss mittig teilte.

„Was ist das? Ein Stern?"

„Ziemlich krumm für einen Stern", bemerkte Hayato. „Die Linien sind ja nicht einmal gerade. Sieht mehr aus wie das Logo von Star Trek."

Corinne verdrehte die Augen. „Kommen wir näher ran? Vielleicht kriegen wir ..." Ihr Kopf ruckte herum. „Was war das?"

„Was?"

„Da war ... Schwenk den Scheinwerfer nach links. Backbord, backbord, los,los, los."

Hayato zuckte mit den Schultern und tat ihr den Gefallen. Der Lichtkegel kroch über Wrackteile, Trümmer und Metallschrott – und dann sah Corinne den Schatten.

Auch Laurent stieß ein Keuchen aus. „Was zum ...?" Er vollführte eine scharfe Kurve, Hayato richtete die

Scheinwerfer neu aus – nichts. Wie von den Wassermassen verschluckt.

„Das war riesig“, brummte Laurent. „Was zum Teufel war das?“

„Vermutlich nur eine Wolke“, meinte Hayato. „Ein schwarzer Raucher vielleicht?“

„Es gibt hier keine Hydrothermalquellen“, widersprach Corinne. „Schon gar keine, die plötzlich wieder – da!“

Ein Schatten bewegte sich am Rand ihres Lichtkegels. Ein Arm. Ein ... Tentakel?

O mein Gott!

„Hast du das?“, stieß Corinne hervor und Hayato hämmerte hektisch in die Tasten. Der Schatten breitete sich aus, wuchs, streckte sich. Corinne konnte keine Konturen erkennen. Selbst dort, wo das Licht die Kreatur erfasste, sah sie nur schwarzblauen Dunst, der groteske Formen bildete. Etwas darin fluoreszierte im Scheinwerferlicht.

Unwillkürlich dachte Corinne an das Weltall, an ein Meer aus unendlicher Schwärze, durchsetzt von fern leuchtenden Sternen. Jeder einzelne davon eine Supernova, die ganze Welten vernichten konnte.

Warum war das in ihrem Kopf?

Sie spitzte die Ohren. Da war ein Rauschen, nein, ein Ton, eine Melodie. Ein Klang, so überirdisch schön und grotesk und fremdartig, dass er Corinnes Eingeweide verknotete. Sie wollte mehr. Sie wollte es lauter, klarer hören. Und zugleich wollte sie, dass es aufhörte, weil es ihren Kopf schier zum Bersten brachte. Weil es nicht hier sein sollte. Nicht hier sein durfte.

Die Stimmen ihrer Piloten schienen auf einmal so fern. So unbedeutend.

„Das Sonar spielt verrückt. Was zum Teufel ist das?“

„Scheiße, ich sehe nichts mehr.“

„Was ist mit dem Scheinwerfer, verflucht?“

„Keine Ahnung. Dieses Ding, es...“

Ein Ruck ging durch die Nautile.

Corinne schloss die Augen. Sie konnte es dennoch sehen. Sie sah das Kleid aus Finsternis, sah die fluoreszierenden Sterne, sah die Ewigkeit, die vor ihr aufbrach. Raum und Zeit – unbedeutend. Nur ein Staubkorn im Universum.

Die Dunkelheit sprach mit ihr in fremdartigen Zungen. Sie kannte die Ewigkeit. Sie kannte alles. Menschen hatten sie hervorgezerrt aus Äonen und Nichts, hatten sie in die Wirklichkeit gerissen, in ein Gefängnis gezwungen. Narren. Niemand fing die Dunkelheit. Sie kroch durch Ritzen und Fugen, war in jedem Schatten, unter jedem Bett und sie war hier, in der Tiefe. Größer und mächtiger als je zuvor. Ein Ozean aus Dunkelheit, tief unter dem Meer.

Corinne blinzelte. Das Licht flackerte. Die beiden Männer schrien durcheinander. Corinne war ruhig. Sie blickte auf die Armaturen.

Sauerstoffgehalt kritisch.

Kabinendruck zu hoch.

Warnung! Systemausfall!

Die Nautile stieg auf, langsam, viel zu langsam. Noch viertausend Meter. Viertausend Meter Wasser. Viertausend Meter Finsternis. Laurent hämmerte auf die Armaturen, mobilisierte alle Triebwerke.

Corinne erinnerte sich an die Matrosen der Ourang Medan. Gestorben mit aufgerissenen Augen und schreckverzerrten Gesichtern. Sie hatten das Unvermeidliche gesehen. Sie hatten die Dunkelheit eingeatmet.

Corinne sank hinein. Sie hörte noch Pascales Stimme im Funk, schrill und panisch, ehe die Verbindung riss. Er tat ihr leid. Er würde nicht sehen, was sie gesehen hatte. Er würde es nie verstehen dürfen.

Die Dunkelheit umschloss die Nautile, umarmte sie in einem letzten, todbringenden Kuss. Corinne spürte die Kälte auf ihrer Haut. Spürte, wie ihre Lungen nach Sauerstoff schrien. Spürte ein Ziehen an ihrem Körper, einen Druck auf ihren Schläfen. Die Kabine wurde enger. Immer enger. Zusammengepresst wie eine Blechdose.

Corinne dachte an den letzten Funkspruch der Ourang Medan.

„Ich sterbe."

Sie holte noch ein letztes Mal Luft, dann zerbrach die Titanhülle der Nautile.

Doch Corinne starb nicht. Sie schwebte. Sie schwebte durch Raum und Zeit, durch Äonen und Tiefen. Die Dunkelheit griff nach ihr, umschloss sie, hüllte sie in einen Kokon aus Ewigkeit. Kein Schmerz. Keine Kälte. Sie ließ ihren Körper zurück. Er löste sich auf, verging in der Unendlichkeit. Er war nur Fleisch und Knochen, ihr Geist jedoch war scharf wie eh und je.

Sie hörte Stimmen, Hunderte, Tausende, die in fremden Sprachen sangen. Sie sah ein endloses Sternenmeer, Planeten, Asteroiden und Supernovae.

Wunderschön. Schrecklich. Unbegreiflich.

Die Dunkelheit wuchs, genährt und gestärkt. Sie strebte zur Oberfläche, streckte ihre schwarzen Fühler aus, ließ die See erzittern.

Dann zerbarst Corinnes Geist – und sie gehörte der Dunkelheit.

Elea Brandt ist Fantasyautorin und Rollenspielnerd. Ihre Leidenschaft für komplexe Figuren und vielfältige Geschichten lockt sie immer wieder in neue Welten, sei es mit Würfeln am Spieltisch, mit Latexwaffen unter freiem Himmel oder mit dem Laptop am eigenen Schreibtisch. Ihre Geschichten sind teils humorvoll und märchenhaft, teils auch düster und blutrünstig. Für „Nachtmeer" hat sie sich in die Tiefen des kosmischen Schreckens gewagt.

Website: www.eleabrandt.de
Twitter: www.twitter.com/eleabrandt
Facebook: www.facebook.com/eleabrandt

Hinab

Christian Künne

Ich falle in das Glitzern,
für einen kurzen Moment
dazwischen, Teil davon,
dann liegt es über mir,
ausgeschlossen für immer.

Die Segel waren voll im Wind,
unsere Rufe schallten weit,
weit über die klare See.
Bis der große Schatten kam
und hervorbrach aus den Wellen.

Die Wärme vergeht, langsam,
eine andere Decke umhüllt mich,
zieht mich hinab, hinab.
Salz auf den Lippen,
es brennt in Nase und Augen.

Die Krakenarme fielen ein,
unsere Rufe schallten weit,
weit über die aufgewühlte See.
Segel und Planken zerrissen,
Befehle verhallten ungehört.

Aus Blau wird Schwarz,
das Licht schwindet, hinab,
es verlässt mich wie die Wärme.
Ich reiße die Augen auf,
folge den vorbeiziehenden Armen.

Die Körper zerschmettert,
alles Leben verschlissen,
die See wieder glatt,
wir sanken ihr entgegen.

Die Arme entschwinden,
folgen dem Kraken,
hinab, hinab,
ein letzter Blick.

Das Ungeheuer kam,
um uns alles zu nehmen,
wütender als jeder Sturm,
gewaltiger als jede Welle.

Ich sinke tiefer,
weiß um den Schatten dort unten,
lauernd in der Dunkelheit.

Die Reise war fröhlich,
das Ziel nicht mehr fern,
ein baldiger Hafen.

Hinab.
Hinab.

Die Heilung

Thomas Williams

„Echt jetzt?“, höre ich Svenja hinter mir und zucke zusammen. Ich hatte gehofft, wenigstens diese eine Szene schreiben zu können, ohne von ihr entdeckt zu werden. Das Klackern der Tastatur muss sie geweckt haben. Ohne mich umzudrehen, weiß ich, dass sie mit verschränkten Armen in der Zimmertür steht und mich vorwurfsvoll ansieht.

„Ich hatte eine Idee und musste sie einfach aufschreiben“, erkläre ich und wende mich ihr zu.

Durch das offene Fenster weht Wind, der mit ihrem Nachthemd spielt. Es ist besonders kurz und ärmellos. Sie hat es extra für unsere Flitterwochen in Suva auf den Fidschi-Inseln gekauft. Ihr dunkles Haar ist zerzaust vom Schlafen und dem Sex, den wir vorher hatten. Sie sieht wunderschön aus. Wieder überwältigt mich das Glück, das ich mit ihr habe.

„Ich wusste nicht mal, dass du das Ding eingepackt hast“, sagt sie und deutet auf meinen Laptop.

„Aber du weißt, dass ich ein Manuskript abgeben muss. Der Verlag hat mir eine Deadline gesetzt und die muss ich einhalten.“

Svenja verdreht die Augen. „Man, ich dachte, wir könnten wenigstens diese paar Tage genießen. Aber du denkst wieder nur ans Schreiben.“

„Ich schreibe zum ersten Mal, seit wir hier sind.“

„Wir sind erst gestern angekommen!“

Nebenan hämmert jemand gegen die Wand. Wir reden wohl lauter als gedacht, also mäßige ich meine Stimme.

„Es tut mir leid, aber … Natürlich werden wir die Zeit hier genießen. Wenn du schläfst, bekommst du doch gar nicht mit, dass ich schreibe.“

Es sollte ein Witz sein, doch ihr Blick verfinstert sich noch mehr. „Und dann bist du müde und willst nichts unternehmen. Solange das kein Bestseller wird, was du da schreibst, werden wir uns keinen zweiten Urlaub auf Fidschi leisten können.“

„Hab ich dich geweckt?“, frage ich entschuldigend.

Svenja schüttelt den Kopf, deutet mit dem Daumen über die Schulter und sagt: „Es klopft auch jemand gegen unsere Schlafzimmerwand.“

„Echt?“ Ich muss lachen, möchte schon erwähnen, dass wir beim Sex doch gar nicht so laut waren, als mir einfällt, dass bereits vier Stunden her ist.

„Jetzt hat es aufgehört. Kommst du wieder mit ins Bett?“, fragt Svenja.

Das würde ich nur zu gerne, aber da ist diese eine Szene, die mir unter den Nägeln brennt. Gerade habe ich in meinem Thriller zwei Charaktere in eine gefährliche Situation gebracht und will sie nun wieder herausholen. Vor meinen Augen läuft die Szene wie ein Film ab. Ich muss es nur noch niederschreiben, aber Svenja hat recht. Wir sind unseretwegen hier. Die Deadline ist erst Ende nächsten Monats. Wenn ich nach den Flitterwochen etwas Gas gebe, kann ich es schaffen. Es wäre mein Debütroman. Dem Verlag gefielen Exposé und Leseprobe gut und nun hat er ein vollständiges Manuskript angefordert. Es ist kein besonders großes Verlagshaus, für mich aber der erste Schritt in die richtige Richtung. Wenn ich es erstmal geschafft habe, mit meinem Roman in den Buchläden zu stehen, kann ich mich weiter nach oben arbeiten. Ein langer Weg, ich weiß. Aber ich kann sehr ehrgeizig sein, wenn es um meine Träume geht. Einer davon war, Svenja zu heiraten. Diesen Traum will ich auch nicht vermasseln.

Gerade will Svenja sich abwenden, da klappe ich den Laptop zu und stehe auf. Sie lächelt mich an und wir küssen uns im Türrahmen. Zuerst nur sanft, dann immer leidenschaftlicher. Schlafen werden wir vorerst nicht. Sollen die Nachbarn doch klopfen. Wir sind in unseren Flitterwochen und die werden wir genießen.

Kaum erreichen wir ineinander verschlungen das Bett, beginnt das Hämmern von Neuem. Wir haben noch gar keinen Grund dafür geliefert, wollen es ignorieren, doch es hört nicht auf.

Genervt blicke ich zur Wand. „Was soll denn das?"

„Vielleicht hat es doch nichts mit uns zu tun", vermutet Svenja. Wahrscheinlich hat sie recht. Durch das Fenster hinter ihr kann ich sehen, das in mehreren Zimmern Lichter angehen. Immer mehr Menschen scheinen aufzuwachen. Die Anlage liegt wie ein Hufeisen um den Pool, den tagsüber kaum jemand benutzt, weil das Hotel nahe am Strand gebaut wurde. Aber jetzt, um zwei Uhr nachts, stehen dort unten Menschen. Etwa zwanzig, wahrscheinlich sogar mehr. Noch eigenartiger finde ich allerdings, dass sie alle brennende Fackeln in den Händen halten.

„Irgendwas geht hier vor", sage ich mich von Svenja lösend.

Unser Nachbar hämmert immer noch, aber ich ignoriere das Geräusch, versuche zu erkennen, was dort unten vor sich geht. Die Fremden bilden eine Kette, die zum Strand hinabführt.

„Willst du mal bei der Rezeption anrufen?", fragt Svenja. „Vielleicht ist das irgendein Ritual, das die Bewohner der Insel abhalten."

„Um zwei Uhr nachts?"

„Das ist denen wahrscheinlich egal."

„Man hätte uns wenigstens informieren können." Ein wenig schäme ich mich für meine Spießigkeit. Dennoch will ich bei der Rezeption höflich nachfragen, was der Aufruhr soll. Ich greife nach dem Hörer, drücke die Schnellwahltaste und bekomme ein Besetztzeichen.

Noch einmal erbebt die Wand neben mir, dann herrscht Ruhe. Jedenfalls fast, denn sie sind nicht besonders dick. So kann ich eine gedämpfte Stimme durch sie hindurch hören, aber nicht verstehen.

„Das macht mir Angst“, flüstert Svenja. Und ich gestehe, dass es mir genauso geht.

Es könnte ein Anschlag sein. Zwar habe ich noch nie von einem Anschlag in Suva oder irgendeiner der Fidschiinseln gehört, aber neben einem Aufstand ist dies im Moment die einzige Erklärung, die mir in den Sinn kommen will.

Lautlos gehe ich zu unserer Zimmertür, entriegle sie und werfe einen Blick auf die Galerie. Svenja bleibt dicht hinter mir. Zwar können wir die Menschen am Pool nicht sehen, aber dafür nun hören.

„Wanga! Daku! Wanga!“, wiederholen Männer und Frauen, deren Stimmen Wellen des Schauderns bei uns auslösen.

Svenja sieht mich fragend an. Ich hebe die Schultern.

Dann tritt jemand aus dem Zimmer rechts von unserem auf die Galerie. Ein hagerer, nackter Mann. Er sagt kein Wort, tritt bis an das Geländer, an dem er sich zittrig mit einem Arm abstützt, als könnte er jeden Moment zu Boden gehen. Dann sieht er uns an. Sein Gesicht ist mit dunklen Tropfen bedeckt. Sie liegen überall auf seiner sonnengebräunten Haut und als er sich zu uns umdreht, sehen wir den blutigen Stumpf, wo einmal sein linker Arm war. Blut spritzt in kleinen Fontänen aus der klaffenden Wunde.

Er versucht etwas zu sagen, rutscht aus und fällt der Länge nach hin. Immer noch stumm die Lippen bewegend, sieht der Fremde zu uns auf.

Doch alles, was wir hören, sind die Stimmen der Leute am Pool. „Wanga! Daku!“

Die nackte Gestalt, die sich als Nächstes aus dem Nachbarzimmer schiebt, intoniert es ebenfalls, während sie auf irgendetwas herumkaut und ihr Blut aus dem viel zu breiten Maul über ihre Brust läuft.

„Daku! Wanga! Daku!"

Ich sehe sie nur zwei Sekunden an, dann schiebe ich Svenja zurück ins Zimmer, verriegele die Tür und merke, dass das ein Fehler war. Jetzt sitzen wir in der Falle.

„Was war das?", kreischt Svenja, die ihre Stimme wiedergefunden hat.

Eine Stahlklammer um meine Brust scheint mich am Atmen zu hindern. Aber ich kann Svenja ohnehin nicht antworten. Vor meinem inneren Auge sehe ich immer noch die unförmige Gestalt mit den viel zu langen Armen, zu breiten Schultern und dürren Beinen, die den mächtigen Oberkörper gar nicht tragen dürften. Diese zwei schwarzen Augen, die uns fixierten und die gräulich schimmernde Haut lassen mich an meiner Wahrnehmung zweifeln.

„Was war das?", schreit Svenja erneut.

Die Zimmertür erbebt. Einmal, zweimal, dann splittert das Holz und wir sehen das Wesen auf der anderen Seite stehen, wie es mit seinen Fäusten auf das Hindernis einschlägt. Unser Anblick macht es nur noch wilder. Mit seinen flossenartigen Fingern greift es in das Loch und reißt die Tür wie Pappe auseinander.

Ich torkle zurück, stoße gegen Svenja und schäme mich für den Gedanken, einfach wegrennen zu wollen. Als ihr Ehemann müsste ich sie beschützen, aber gegen dieses Monstrum sehe ich keine Chance. Es weiß, dass wir in der Falle sitzen und lässt sich Zeit damit, auf uns zuzukommen.

„Ich liebe dich, Svenja", sage ich, weil es abgesehen von Todesschreien das Letzte sein könnte, was über meine Lippen kommt.

Svenja erwidert nichts. Ich spüre ihren Körper nicht mehr an meinem, das Monster hat mich fast erreicht und ich wünsche uns einen schnellen Tod. Da kracht dem Ding etwas in seine verzerrte Schnauze. Immer wieder schlägt

Svenja mit der Nachttischlampe auf das überraschte Ungeheuer ein, aber die Treffer scheinen es nur zu verärgern, statt ihm Schaden zuzufügen.

Ein Hieb reicht aus, um Svenja zu Boden zu schleudern. Mitanzusehen, wie es meiner Frau Gewalt antut, lässt mich endlich aus der Starre erwachen. Aber mir fällt immer noch nichts ein, um diesem Wesen beizukommen, das sich nun wieder mir zuwendet.

„Daku! Wanga!", sagt es schmatzend. Dabei fallen mir zum ersten Mal die Kiemen links und rechts an seinem Hals auf. Es muss in der Lage sein, an Land und unter Wasser zu atmen. Aus seinem Rücken ragt etwas wie eine Flosse. Als das Wesen seine blutbeschmierten Hände nach mir ausstreckt, stoße ich erneut gegen ein Hindernis. Mir war nicht aufgefallen, dass ich vorwärts gestolpert bin. Während ich das Monster im Auge behalte, berühre ich einen vertrauten Gegenstand, greife zu und ramme meinen Laptop in das breite, zuschnappende Maul. Ein Millimeter weiter und das Biest hätte meine Finger gleich mit abgebissen. Aber so sind es nur Plastik, eine Festplatte und mein Erstlingswerk, die von seinen Kiefern zermalmt werden. Um letzteres tut es mir für den Bruchteil einer Sekunde leid, doch ich bin zu beschäftigt damit, mich in Sicherheit zu bringen. Während das Wesen versucht, die Trümmer auszuspucken, eile ich zurück zu Svenja, die sich gerade aufrichtet. Auf ihrer Stirn schwillt eine breite Beule.

Ich helfe ihr hoch, schreie: „Lauf!"

Kaum steht sie auf den Beinen, zerre ich sie mit nach draußen auf die Galerie.

Am Geländer entlanglaufend, sehen wir, dass immer noch Menschen am Pool stehen. Weitere Monster gehen an ihnen vorbei, ohne die Fackelträger auch nur anzusehen. Dabei dröhnen die ganze Zeit diese zwei Wörter über das Hotelgelände: „Daku! Wanga! Daku! Wanga!"

Außerdem Schreie. Nur flüchtig nehme ich wahr, was hinter den beleuchteten Zimmerfenstern stattfindet.

Menschen werden von Monstern zu Boden gerissen, stürzen von Balkonen oder fliehen über die Terrassen im Erdgeschoss nach draußen, wo sie bereits von den anderen Kreaturen erwartet werden.

Wir erreichen das Treppenhaus. Eine breite Blutspur zieht sich über die Stufe; Schreie hallen zu uns herauf. Ich will weiter, aber Svenja, deren Hand ich fest in meiner halte, bleibt stehen. Als ich sie ansehe, strömen Tränen über ihr Gesicht.

„Da unten sind noch mehr von ihnen“, schluchzt sie und ich will sie fragen, wohin wir sonst fliehen sollen. Dabei merke ich, dass mir selbst Tränen über die Wangen fließen.

„Aber wir müssen ...“, beginne ich, ohne zu wissen, wie dieser Satz enden soll.

Und dann höre ich eine andere, weibliche Stimme: „Oh, guten Abend. Ich hatte gar nicht erwartet, Sie beide noch lebend anzutreffen.“

Wir blicken die Frau im blauen Kleid an, die auf der Treppe steht. Auf dem Namensschild an ihrer Brust lese ich Moana. Sie ist eine Angestellte des Hotels und hat uns beim Einchecken in Empfang genommen. Es ist eigenartig, sie in ihrer Uniform in einer der Blutlachen stehen zu sehen.

Als hätte das irgendwie an ihr vorbeigehen können, schreie ich: „Da sind Monster!“

Obwohl sie ein beruhigendes Lächeln auflegt, fahre ich in derselben Lautstärke fort: „Sie fressen Menschen! Eines ist hinter uns her! Wir müssen weg von hier!“

„Oh, ich weiß“, sagt Moana.

Doch ehe ich nachhaken kann, hören wir hinter uns eine gurgelnde Stimme sagen: „Daku! Wanga!“

Das Monster hat nur zwei Schritte entfernt Halt gemacht. Weitere Kreaturen kommen aus den Zimmern, jede einzelne mit Blut beschmiert.

„Ich wollte nur sichergehen, dass ihnen auch niemand entwischt“, sagt Moana.

Als ich mich ihr wieder zuwende, lächelt sie noch immer. „Wieso tun Sie das?“, fragt Svenja.

„Dakuwanga kommt. Und wir bereiten seinen Kindern ein Festmahl“, antwortet Moana, aber ihre Worte ergeben keinen Sinn. Wütend stoße ich sie beiseite, wobei ihr endlich dieses Lächeln entgleist und sie überrascht aufschreit. Ich ziehe Svenja die Stufen hinab. Sie hat kein Problem mehr damit, mir zu folgen.

Zwar müssen wir aufpassen, nicht auszurutschen, aber wir erreichen das Erdgeschoss unbeschadet. Ein Mann in weißem Hemd und dunkler, kurzer Hose erwartet uns, macht jedoch keine Anstalten, anzugreifen, sondern steht einfach nur da, eine Fackel in der Hand haltend.

„Daku! Wanga!“, sagt er immer wieder.

Dass sie den Namen wie zwei getrennte Wörter aussprechen, erinnert an eine Beschwörung. Und vielleicht ist es eine.

Wir rennen in die Hotellobby, weil sich dort weder verrückte Fackelträger, noch Monster aufhalten. Ich hoffe draußen ein Auto vorzufinden, mit dem wir fliehen können. Stattdessen erwartet uns ein weiterer, grässlicher Anblick.

Frauen, Männer und Kinder stehen an der Straße, während die Monster einen nach dem anderen mit ihren Zähnen und Händen zerfetzen. Niemand von ihnen gerät in Panik oder versucht zu fliehen. Sie stehen einfach da und sagen: „Daku! Wanga!“

Erst wenn sie an der Reihe sind, fangen sie an zu schreien.

Svenja drückt fest meine Hand.

„Oh Gott!“, schluchzt sie.

Ich will weiter, sehe mich aber einem der Wesen gegenüber, das sich unbemerkt genähert hat. Sofort stoße ich Svenja wieder in Richtung Lobby, von wo aus Moana in aller Seelenruhe auf uns zukommt. Etwa zwanzig Fackelträger folgen ihr.

„Sie sind nicht die Einzigen, die versuchen zu fliehen. Aber es ist sinnlos. In diesem Augenblick verändert sich die Welt. Selbst, wenn Sie es von hier wegschaffen würden - ganz gleich wohin - jemand würde auf Sie warten.“

Ich baue mich vor Svenja auf, fühle mich im Angesicht so vieler Gegner völlig hilflos. Dennoch sage ich mit fester Stimme: „Lassen Sie wenigstens meine Frau gehen."

Es ist das Mindeste, was ich versuchen kann. Doch Moana schüttelt den Kopf.

„Sie verstehen nicht. Es geschieht überall. Während wir hier reden, erheben sich die Götter, um das alte Gleichgewicht wiederherzustellen. Sie haben sich Zeit gelassen, um den Planeten von dem Geschwür zu heilen, was sich Menschheit nennt. Sie wollen uns mit einem Schlag auslöschen. Seit wir existieren, zerstören und ermorden wir diese Welt. Wie viele Tier- und Pflanzenarten würde es ohne uns noch geben? Wie friedlich muss dieser Planet einmal gewesen sein, bevor wir uns ausbreiteten? Es gab weder Kriege, noch von Menschen verursachte Umweltkatastrophen. Ohne uns war diese Welt ein besserer Ort."

Lächelnd legt sie die Hände zusammen. „Und so wird es wieder sein. Ich wünschte, ich könnte mehr Menschen davon erzählen und so vielen wie möglich die Angst vor dem nehmen, was kommt. Dies sind die Kinder Dakuwangas, dem Beschützer der Meere. Halb Mensch, halb Hai. Er verschlingt alle, die versuchen, über das Meer zu entkommen."

Hinter ihr setzen sich mehrere Kreaturen in Bewegung.

„Aber wir wollen leben!", brülle ich sie an, mit einer Hand nach Svenja tastend, ohne sie zu finden. Ich will mich zu ihr umdrehen, doch in diesem Moment erreichen die Monster Moana, schlingen die Arme um sie und reißen die Mäuler auf. Die Hotelangestellte lächelt mich ein letztes Mal an und sagt: „Das wollen alle Lebewesen."

Kaum dringen die spitzen Zähne in ihr Fleisch, beginnt sie zu schreien. Knochen brechen unter den mächtigen Kiefern, Fleisch und Muskeln reißen und ein Schwall Blut ergießt sich zwischen den Wesen, während sie Moana zerreißen und verspeisen.

Endlich drehe ich mich um. Doch bei dem Anblick möchte ich am liebsten sterben.

Die Wesen haben Svenja an den Armen gepackt, eines hält ihren Kopf, während es sein Maul darüberstülpt und ihre Stimme erstickt. Die anderen zwei reißen ihr die Glieder wie Insektenflügel aus. Ich bin kurz davor, mich zu übergeben. Mir wird schwarz vor Augen, und so torkle ich mehr auf den Ausgang zu, als zu laufen. Die Monster folgen mir langsam. Es gibt keinen Grund, zur Eile denn sie sind überall. Auf der Straße höre ich weitere Schreie und fange an zu rennen, achte kaum noch auf meine Umgebung. Nur panische, schreiende Menschen und Ungeheuer, die alle Zeit der Welt zu haben scheinen.

Ich stolpere, falle auf die Knie, stütze mich mit den Händen ab und spüre Sand unter mir. Ich erinnere mich nicht daran, den Weg zum Strand eingeschlagen zu haben. Ich befürchte, dass eine Armee aus Monstern dem Meer entsteigen wird, um mich in Stücke zu reißen und über den Rest der Insel herzufallen, aber sie sind schon längst hier. Stattdessen sehe ich eine gigantische Rückenflosse auf das Ufer zukommen. Sie ist größer als das vierstöckige Hotel, in dem wir übernachtet haben. Was es immer es ist, sein Näherkommen wirbelt das Wasser auf, spült riesige Wellen an den Strand, die mich umreißen. Das kalte Nass lässt mich wieder klar denken und der Instinkt zu fliehen, setzt erneut ein, doch da erhebt sich das gigantische Monstrum vor mir. Ein Wasserfall prasselt auf mich herab, drückt mich zu Boden und unter die Oberfläche. Nach Luft schnappend komme ich wieder hoch, starre in ein gigantisches Maul mit mehreren Reihen spitzer Zähne. Der riesige Oberkörper ist der eines Haifisches, allerdings besitzt das Wesen Arme und Beine. Ich bezweifle, dass es mich sieht. Sein Blick schweift über die Insel, als wollte es sein Werk betrachten.

Einschreiten muss der Gigant nicht. Seine Armee leistet ganze Arbeit. Dakuwanga, wie Moana ihn genannt hat, sieht still zu und ich denke daran, dass es noch mehr von seiner Sorte geben soll. Weitere Götter, die sich zusammengeschlossen haben, um uns Menschen auszulöschen. Der Autor in mir fragt sich, was für einen tollen Roman ich darüber hätte schreiben können, da legen sich eiskalte Finger um meinen Körper. Sofort fange ich an, zu schreien, schlage meine Fingerknöchel an spitzen Zähnen blutig. Ich will nicht sterben. Mit aller Kraft kämpfe ich gegen die Monster, als etwas in meiner linken Schulter reißt und da plötzlich kein Widerstand mehr ist. Die Schmerzen lassen mich fast ohnmächtig werden. Nur verschwommen sehe ich lange Reihen scharfer Zähne, nehme den Gestank von Fäulnis wahr, der wie die Schmerzen geradezu unerträglich wird, als sich das Maul um meinen Leib schließt.

Thomas Williams wurde 1982 in Bad Oeynhausen geboren und begeisterte sich früh für Horrorfilme und Gruselgeschichten. Bereits in seiner Kindheit verfasste er erste Geschichten. Inzwischen ist er in über 40 Anthologien veröffentlicht. Zu seiner Bibliographie gehört auch das Hörspiel „The Other und die Erben des Untergangs". 2016 belegte seine Geschichte „Clown-Syndrom" beim Vincent Preis den zweiten Platz. Der Autor lebt mit seiner Frau in Bielefeld.

Windstille

Anne Glunz

Das dicke Papier der Seekarte fühlte sich rau unter Alex' schwieligen Fingern an. Immer und immer fuhren diese die gleichen Linien ferner Inselketten entlang, in der Hoffnung, die Lösung möge in ihre Fingerkuppen stechen wie die Stacheln eines Seeigels. Die Nadel im Kompass des Seemanns aus Novismoor zeigte gen Osten. Alex verlor sich in dem Bild seiner stechend grünen Augen. Er war plötzlich mit dem Kompass in der Hand aus der Menge der Hafenarbeiter und Seemänner aufgetaucht, als sich Alex' Schiff vor vielen Tagen für den Landgang im Hafen befand. „Ich habe hier was für dich. Damit findest du dein Gleichgewicht", hatte er geraunt und Alex das unscheinbare Artefakt in die Hand gedrückt.

Nun lag die Karte des gesamten Seegebiets westlich der Kargen Lande auf dem massiven Schreibtisch ausgebreitet. Noch zaghaft entdeckte Inselgruppen lagen zerstreut im Meer wie die mickrigen Ansammlungen ranziger Fleischstückchen in Smiets fast durchsichtiger Kartoffelsuppe. Unterm Wams fühlte sich Alex' Magen eingefallen an, schon zu lange darbte er. Würde sich die Lösung nicht bald offenbaren, würde die Besatzung verhungern. Oder meutern. Oder erst meutern und anschließend verhungern.

Und immer noch regte sich kein Wind.

Es klopfte an der Tür. Fast hätte Alex den Holzbecher mit dem dünnen Wein über die Karte gefegt. „Herein“, war die Antwort, wohl wissend, wer dort vor der Tür stand. Mit einem leisen Knarren öffnete sich die schwere Tür zur Kapitänskajüte. Alex machte sich nicht die Mühe, aufzusehen.

„Die Schiffe haben uns trotz der Windstille erreicht. Sie müssen Dutzende Ruderer verloren haben bei dieser Hitze.“

Piets Stimme mäanderte mit einer Mischung aus Unsicherheit und Aufbegehren durch die kleine aufgeräumte Kajüte. Wann würde die Auflehnung überhandnehmen? Verübeln konnte man es ihm nicht. Ändern jedoch auch nicht.

„Danke.“ Alex seufzte, den Blick fest auf die Seekarte geheftet. Piet trippelte hörbar von einem Fuß auf den anderen.

„Du siehst müde aus. Wann hast du das letzte Mal geschlafen?“

Alex riss den Blick von der Karte los und fixierte Piet grimmig. Strähnen ihres schulterlangen blonden Haares hatten sich aus dem Zopf gelöst und hingen ihr ins Gesicht. „Ich schlafe, sobald ich die Lösung gefunden habe.“

Piets Augen flackerten, als müsste er sich zwingen, seine Aufmerksamkeit nicht durch die Kapitänskajüte schweifen zu lassen. Alex biss sich auf die vollen Lippen und strich eine der Strähnen hinters Ohr zurück.

Piet hielt ihrem Blick stand. „Du kennst die Lösung“, raunte er, die Hand an einem der zahlreichen Dolche, die in seinem Gürtel steckten. Ein eisiger Schauer erfüllte Alex und nahm ihr die Luft. Sie griff sich an den Hals, abschätzig fixierte sie ihren ersten Offizier. Piets Blick ließ sie frei und wanderte zu der reglosen Gestalt auf der Liege an der östlichen Wand.

Mit einem Satz sprang Alex über den massiven Schreibtisch und bäumte sich vor ihm auf. Sie war um einiges größer als er. Und stärker. Sie ballte die Hände zu Fäusten und nahm ihm die Sicht.

Piet schnalzte abschätzig mit der Zunge. Er hob eine Augenbraue, seine schwarzen Augen stachen Alex fast in die Seele. Sie atmete stockend. Das Blut rauschte durch ihre Adern. Wie lange konnte sie sich noch gegen ihre Mannschaft stellen? Müde. Sie war so müde.

Und noch immer kein Wind, Unnur sei Dank.

Bevor ihre Augenlider zu flackern begannen, schaute ihr erster Offizier zur Seite. Diesen einen Kampf hatte sie gewonnen.

„Du siehst müde aus. Du hättest mehr schlafen sollen, übermüdet findest du auch keine Lösung." Er grinste. Ihm fehlte ein Schneidezahn, den er im Kampf mit einem Seeungeheuer verloren hatte. Vielleicht auch beim Sex mit einer Nymphe oder beim Sturz von der Kellertreppe im Suff. Alex tippte auf Letzteres.

Mit einem Seitenblick auf die reglose dunkelblaue Gestalt auf der Liege an der Wand drehte er sich um und verschwand im dunklen Gang vor Alex' Kajüte. Mit klammen Fingern schloss sie die Tür und atmete tief durch. Sie sah in den Spiegel zu ihrer Rechten. Piet hatte Recht. Ihr kantiges Gesicht war aschfahl, ihre Grübchen kaum noch zu erkennen. Sie fuhr sich durch die sonst akkurat rasierten Nackenhaare. Schon wieder viel zu lang.

Das Licht der dicken Kerze auf dem Schreibtisch flackerte. „All dies wird vergehen. Halte das Monster in der See." Wie ein Wasserfall rauschten die beschwörenden Worte durch Alex' Kajüte. Erschrocken straffte sie die Schultern. Ihr Nacken kribbelte, während sie sich langsam umdrehte.

Nichts deutete darauf hin, dass die Gestalt auf der Liege diese Worte gesprochen hatte. Doch Alex wusste es. Sie war die ganze Zeit über wach gewesen. Sie spürte es an ihrem Körper, der in ihre Richtung drängte wie eine Motte zum Licht. An ihren Händen, die unbewusst nach ihren weichen Brüsten suchten. An ihren Armen, deren Haare sich aufrichteten, wann immer sie sich in ihrer Nähe befand. Bedächtig trat sie zur Liege. Nicht zu nah, das wäre fatal. Sie war zu müde, um Gegenwehr zu leisten. Diese Verbindung zwischen ihr und der Gestalt lullte sie ein, ließ ein wohlig-warmes Gefühl durch sie strömen. Kaum in der Lage, einen klaren Gedanken zu fassen, harrte sie schon seit Tagen in ihrer Nähe aus, die Lösung scheinbar zum Greifen nah und doch so schlüpfrig wie ein Wattwurm.

Mit zehrendem Schmatzen rührte sich die Gestalt. Langsam wandte sie Alex das blau schimmernde Gesicht zu.

Wie an einem Galgen baumelnd schnürte sich ihre Kehle zu. Alex zog scharf die Luft ein. Unnurs stechender Blick aus ihren schwarzblauen großen Augen hatte diesen Effekt. Wann immer sie Alex betrachtete, verlor sich die Kapitänin darin, verlor ihren Atem, die Kontrolle über ihren Körper. Ein tiefblauer Meeresschlund lag in diesen Augen verborgen, stetig rauschend, abwartend, lüstern. Er schien sie verschlingen, vereinnahmen zu wollen und Alex wusste, dass ein Teil ihres Geistes genau danach schrie. Doch ihr stockender, schwerfälliger Atem verriet ihr auch, dass mehr als der Tod in diesen Augen verborgen war. Sie spürte das stechende Kribbeln in ihrer Kopfhaut rechtzeitig und riss sich los.

Unnur seufzte schwer. „Nicht einmal betrachten kannst du mich." Ihre Stimme klang wie das feine Rauschen eines dahinplätschernden Baches. „Wozu also behältst du mich hier?"

Seit vier Tagen stellte sie Alex dieselbe Frage. Vier Tage ohne nennenswerten Schlaf, ohne Nahrung. Und ohne Wind. Gestrandet auf hoher See. Mit einem Monster an Bord.

Alex' Herzschlag erhöhte sich, als sich das Kribbeln in ihrer Magengrube langsam in Richtung Brust ausbreitete. Mit gekräuselten Augenbrauen betrachtete sie Unnurs Körper. Sie war in ein dunkelblaues Kleid gehüllt, das in Fetzen an ihr herunterhing und lange, blassblaue Beine entblößte. Ihr linker, mit Muscheln und Tätowierungen übersäter Arm hing schlaff an ihrer Seite und berührte fast den Boden. Die schlanken Finger schienen kraftlos. Blauschwarze Locken umrahmten ihr zartes Gesicht und bewegten sich in einer unsichtbaren Strömung. Ächzend hob Unnur den rechten Arm über ihre Augen und verdeckte damit den blauen schmatzenden Schatten, wo sie sich in den letzten Tagen mit dem Holz des Schiffes verbunden hatte. Alex schauderte bei dem Gedanken, wie sich Unnurs Körper und Kleidung an das Holz des Schiffes gebunden hatten, sobald Alex sie auf die Liege gelegt hatte. Mit gezücktem Messer hatte die Kapitänin abgewartet, wie weit sich Unnurs Schatten durch ihre Kajüte fraßen. Doch nach einigen Minuten zogen sie sich unbefriedigt vom Holz des Schiffes zurück wie eine enttäuschte Geliebte. Zurück blieben die blauen Schatten direkt dort an der Wand, wo Unnurs Körper lag. Schatten, die bei genauerer Betrachtung nunmehr trocken und rissig anmuteten und ihr zehrendes Strahlen verloren hatten. Unruhe erfüllte Alex. Sie musste ihrer Mannschaft sagen, dass jegliches Feuer an Bord zukünftig verboten war.

„Wozu?", wiederholte Unnur.

„Ich bin deine Hüterin und ich halte dein Gesicht weg vom Licht. Ich bin die deine, bis sie kommen." Die Worte strömten aus Alex' Mund wie das beschwörende Ticken einer alten Standuhr. Sie wusste nicht, woher sie kamen, nur, dass sie die Wahrheit sprach.

„Bitte", wisperte Unnur und hob die linke Hand. Sie durfte sie nicht berühren, zu stark würde das Drängen und Sehnen werden. Das Sehnen ihrer Wassernatur, jenem Teil ihres Körpers und ihrer Seele, den sie seit Kindheitstagen unterdrückte und der sie dennoch zur besten Kapitänin unter Naidas Firmament machte. Sie würde sich verlieren in dem tiefen Ozean, dem Unnur gehörte.

Sie trat einen Schritt auf Unnur zu, streckte die Hand aus, ohne die schwarzblauen und schmerzhaft verzogenen Augen zu beachten. Die Fingerspitzen ihrer rechten Hand berührten Unnurs blaue Haut. Feurige Hitze bereitete sich über ihre Hand und ihren Arm in ihrem Körper aus. Feuer, von dem Alex nie gedacht hatte, dass es in den Tiefen des Ozeans brannte. Ihre Wassernatur brandete auf. Die Hitze abwartend erstarrte sie für einen Moment. Dann schob sie ihre Finger weiter, fuhr Unnurs feine Finger entlang, ertastete die warme Handfläche, die pochenden Adern an ihrem Handgelenk. Gestern noch schien das Pochen deutlicher gewesen zu sein, kraftvoller, lebendiger. Unnur würde sterben, wenn sie nicht bald in den Ozean zurückkehrte. Und nicht nur sie.

„Es ist mir ein Rätsel, warum du in meinem Feuer nicht vergehst", krächzte Unnur und schloss die Augen. Ihr Mund öffnete sich leicht, als Alex' Hand die ihre umschloss und mit dem Daumen ihren Handrücken streichelte.

„Weil ich das Feuer umarme."

Das leise Pochen von Unnurs Puls in den eigenen Venen spürend, ließ sie ihre Augen zu Unnurs Brust gleiten. Die flache Atmung war unter den hervorstechenden Brustwirbeln kaum auszumachen. Unnur ließ ihren Kopf zur Seite fallen und atmete hörbar aus. Ihr Kleid war am Ausschnitt aufgerissen und entblößte eine kleine hellblau schimmernde Brust. Alex' Ohren wurden rot, als sie sich an ihre unruhigen Tagträume erinnerte. Mit der freien Hand legte sie den Stoff des Kleides behutsam über Unnurs Brust. Mitten in der Bewegung stockte sie. So nah war sie ihr noch nie gekommen. Sie spürte Unnurs Blick auf sich und stellte sich ihm. Die Sehnsucht nach etwas Unbekanntem drohte sie zu übermannen, und sie keuchte auf. Sie konnte alle Gefühle in Unnurs Ausdruck sehen, in diesen Augen, die tiefer schienen als der Ozean, dem sie entsprungen war. Ihre Sehnsucht, Verzweiflung, Wut und mehr und mehr Resignation spiegelten sich in ihnen wider. Und Liebe. Eine unbändige, zügellose Liebe.

„Bitte", wiederholte Unnur flehentlich. „Es ergibt keinen Sinn, mich auf deinem Schiff festzuhalten. Es ist unser aller

Untergang. Ich muss fort von hier." Sie versuchte, sich aufzurichten, fiel jedoch kraftlos zurück.

„Es wird Sinn ergeben, wenn wir die Lösung gefunden haben."

„Wirf mich ins Meer und fahre bis zum Ende der Erdscheibe. Das ist die einzige Lösung", raunte Unnur.

Alex schüttelte sacht den Kopf. „Es ist zu spät, die ersten Schiffe haben uns bereits erreicht." Das blaue Feuer, das ihre Finger umspielte, warf flackernde Schatten auf ihr Gesicht. „Und es schert mich nicht. Ich liebe dich und du liebst mich. Und deshalb bleibst du hier unten, geschützt vor den Sonnenstrahlen, die dich auffressen würden."

Unnurs flehender Blick folgte Alex aus dem Zimmer, als die Kapitänin sich auf den Weg an Deck begab, um die anderen Kapitäne willkommen zu heißen.

„Alex Montague?" Der ungepflegte, bärtige Kapitän des Zweimasters, der neben ihrem eigenen Schiff trostlos in der sengenden Sonne trieb, spuckte aufs Deck. Aus den Augenwinkeln sah Alex, wie Piet kurz zuckte. Ein Zungenschnalzen von ihr reichte und er nahm Haltung an.

„Ja, die bin ich. Was verschafft mir die Ehre?"

Alex hatte ihre Hände scheinbar locker an ihre Waffen gelegt und musterte den Kapitän. Neben ihm stand noch ein weiterer, etwas kleinerer Kapitän eines Langschiffs aus Novismoor. Ein kalter Schauer lief ihr den Rücken hinab.

Der Bärtige schnalzte mit der Zunge. „Der Wind steht still, das Meer rührt sich nicht mehr. Es liegt eine gefährliche Stille in den Tiefen des Ozeans. Tote Fische treiben an der Oberfläche und wiesen uns den Weg zu diesem Schiff. Du hast etwas an Bord, das entweder uns allen zusteht oder schnellstens wieder im Meer verschwinden sollte."

Sie schürzte die Lippen. „Ich weiß nicht, was du meinst."

Der Kleine verlor die Fassung und streckte ihr seinen Säbel entgegen. „Das Monster Unnur liegt versteckt auf diesem Schiff. Sie muss ins Meer zurück, sonst werden wir alle in dieser verdammten Flaute sterben." Er fixierte Alex,

Schweiß rann ihm die dreckigen Schläfen hinab. „Weißt du, wie viele Mitglieder meiner Rudermannschaft vor Anstrengung krepiert sind?"

Sie ahnte die Antwort.

Die brennende Sonne reflektierte sich in der Klinge des Säbels und warf flackernde Spiegelungen über das Deck. Die Mannschaften waren so still wie der Wind.

„Ich kann sie nicht ins Meer werfen." Alex hörte Piets wütendes Schnaufen. „Aber ich verspreche euch, ich werde eine Lösung finden."

„Eine Lösung? Wofür? Unnur ist ein Monster, wirf sie ins Meer zurück." Die Halsschlagader des Bärtigen pochte bedrohlich.

Alex schüttelte den Kopf. Wer konnte schon die Liebe zwischen einem Halbwesen, wie sie es war, und einem Meeresmonster verstehen? Eine Strähne ihres Haares streichelte ihre Wange und Alex erschrak. Sie wagte nicht, sich zu bewegen. An der plötzlichen Panik in den Augen der Matrosen erkannte sie, dass ihre Vermutung stimmte.

Der leichte Wind diente als Vorbote für ihr Erscheinen. Sie hatte sich auf allen Vieren die hölzerne Treppe hochgekämpft. Die blauen Schatten zuckten angriffslustig. Wie viel Kraft vermochte Unnur noch aufzubringen? Viel konnte es nicht mehr sein.

Der Kleine richtete seinen Säbel auf Unnur und verengte die Augen zu Schlitzen. Der Bärtige schnalzte mit der Zunge. Eine kurze Bewegung mit der Schulter und beide Mannschaften standen kampfbereit hinter ihnen.

Unnurs Anwesenheit benebelte Alex' Verstand. Blauschimmernde Schlieren nahmen ihr die Sicht. „Nein, nicht!", stieß Alex hervor und trat einen Schritt vor den Kleinen. Das flackernde Sonnenlicht erlosch, als sein Säbel in ihre Seite fuhr. Heißer Schmerz ergoss sich in ihren Körper. Schmatzend glitt der Säbel aus ihrem Fleisch. Sie war nur die Vorspeise. Unnur war der Hauptgang, das Festmahl. Unnur, das Monster, dessen blaue Schatten das

Heck des Schiffs bereits verschlungen hatten und sich lüstern aufbäumten.

„Unnur, nein!“ Alex hielt sich die Wunde an ihrer Seite und krallte sich am Mast fest. Die Sonne brannte erbarmungslos auf sie nieder. Ihre Lippen waren aufgesprungen, sie schmeckte Blut. Die Ränder ihres Sichtfelds färbten sich schwarz.

Unnur kroch die letzten Stufen aufs Deck. Ihr Kleid zerfaserte in den Strahlen der Sonne zu blauem Rauch und umhüllte ihren Körper.

Holzsplitter prasselten auf sie herab. Alex blinzelte, um den Schleier vor ihren Augen zu vertreiben. Eine Harpune aus grüner Koralle war direkt über ihrem Kopf in den Mast eingeschlagen. Das Meeresvolk hatte sie gefunden. Von Osten näherten sich schäumende Wellen, aus denen weitere Harpunensalven aufstiegen. Die Mannschaften auf Deck liefen ziellos durcheinander. Körper wurden getroffen und wie Krabbensäcke von den Harpunen ans Deck genagelt.

Alex ließ sich auf den Boden fallen und kroch zu Unnur. „Nein, nicht ins Licht!“

Risse breiteten sich um Unnurs Augen herum aus, gierige Sonnenstrahlen zerfraßen ihr Gesicht. Unter den Rauchschwaden stachen Knochen hervor.

Alex stützte sich auf ihre Ellenbogen, drückte sich hoch und schob sich über Unnur. Rauch umhüllte sie, kalter beißender Rauch in ihren Lungenflügeln, in ihrer Kehle. Sie hustete. „Wir müssen hier weg!“ Mit der aufbäumenden Kraft ihrer Wassernatur warf sie sich Unnur entgegen.

„Endlich verstehst du“, krächzte Unnur. Sie ließ sich von Alex die Treppe hinunter ins Schiff schieben. In ihrer Kajüte öffnete die Kapitänin eines der Heckfenster.

„Komm!“

Sie hatte Unnur die ganze Zeit über nicht losgelassen. Ein schmerzhafter Stich zeigte ihr, dass ihre Hand mit

Unnurs Oberarm verschmolz. Es schien, als würde Alex sich in ihr auflösen. Unnur folgte ihrem Blick mit ihren leeren Augen ... und lächelte.

Eine Bewegung auf dem Schreibtisch erhaschte Alex' Aufmerksamkeit: Das feine Surren der sich drehenden Kompassnadel durchschnitt die dumpfen Geräusche der Kämpfe an Deck. Sie legte den Kopf schief. Suchte nach der Bedeutung dessen, was ihr entgangen war. Der Kompass ... Unnur ...

Schmerz schoss durch ihre Hand. Alex versuchte, sie von Unnurs Arm zu reißen, doch es gelang ihr nicht. Unnur lächelte noch immer, kraftvoller, gesünder. Behände kletterte sie auf den Fenstersims, ihr blauer Rauch hüllte Alex ein und zog sie mit sich.

„Nein", hauchte Alex in die Gischt, die vom Meeresvolk aufgewirbelt worden war.

„Du suchst Hilfe. Ich auch. Ich kann sie dir geben."

„Was –?"

Eine schäumende Welle zog sie ins Wasser. Als die Kälte sie umfing, übernahm ihre Wassernatur instinktiv die Führung. Ihre Hand löste sich von Unnurs Haut. Dort, wo sie mit ihr verbunden gewesen war, schimmerte sie dunkelblau.

Unnurs dunkle Locken tanzten in der Strömung und umrahmten ihren Körper wie eine fließende Decke. Ihre Augen leuchteten. Alex' Herz setzte aus, wie immer, wenn Unnur sie ansah.

Eine Harpune schoss knapp neben ihnen durchs Wasser.

„Wir müssen hier weg!", rief Unnur und schwamm davon, den Tiefen des Meeres entgegen.

„Wo willst du hin?" Panik flutete ihren Körper, die Angst, Unnur zu verlieren stieg ins Unermessliche. „Unnur, nicht! Warte!" Ihr blieb nichts anderes übrig, als Unnurs Strömungen zu folgen.

Alex war eine ausgezeichnete Navigatorin, doch zwischen den neongrünen und -roten Korallen und den schillernden Regenbogenfischen verlor sie die Orientierung. Die umherwuselnden Fischschwärme machten sie schwindelig. Vor Müdigkeit blinzelte sie so oft, dass sie Unnurs blauen Rauch nur noch erahnte.

Ihr Kopf schabte an einem Stein entlang. Sie erschrak und blickte sich suchend um. Sie konnte nicht ertasten, ob sie blutete, geschweige denn sehen. Das Leuchten der Fische war erloschen. Dunkelheit umhüllte sie.

„Komm!", raunte Unnur neben ihr und Alex zuckte zusammen. Hier in der blauen Dunkelheit des Ozeans machte Unnur ihrem Namen als Monster alle Ehre. Und dennoch fühlte Alex sich erleichtert, als sie die Stimme hörte. Und erregt. Wärme breitete sich in ihrem Körper aus.

Der Stein, an dem Alex sich gestoßen hatte, war der Eingang zu einer Unterwasserhöhle gewesen, in die Unnur nun schwamm. Ihr dicht auf den Fersen bemerkte Alex nicht, wie der Rauch sie einlullte, sie mit sich zog. Ihr Körper wurde nach oben gezogen und sie kam durchnässt und verfroren auf einer Sandbank zum Liegen. In Unnurs Armen liegend schnappte sie nach Luft.

Unnurs Körper begann bereits, den ihren zu verschlingen. Alex' Haut löste sich auf, ihre Konturen verschwammen, als die blauen Schatten sich über sie hinwegbewegten wie bei einem Tanz. Alex war es egal. Sie war zu müde, ihr war zu kalt. Unnur hielt sie warm.

„Hast du dich in den ganzen Tagen nie gefragt, warum ich totengleich auf dem Felsen vor der Insel Segur lag?" Unnurs Worte hallten wie das Prasseln von Regentropfen in der Höhle wider.

„Doch, natürlich", hauchte sie. Ihr Atem wurde als weißer Rauch sichtbar. Sie zitterte und Unnur umschlang sie fester. „Du hast gekämpft und warst verwundet, bist gestrandet." Alex betrachtete Unnurs Gesicht, das von den fluoreszierenden Algen an der Höhlenwand in schummriges Licht getaucht wurde. „Oder jemand wollte dich töten. Hat dich in der Sonne deinem Schicksal überlassen."

Unnur überhörte ihre Antworten. „Und wie hast du mich gefunden?"

„Mit einem Kompass, den ich von einem Seemann in Novismoor erhielt."

„Du meinst diesen hier?" Unnurs dicker blauer Rauch wölbte sich über Alex Körper und gab den Kompass frei, der sich surrend drehte.

Alex nickte. Sie schmiegte sich enger an Unnur, genoss die Wärme, die sich langsam in ihrem Körper ausbreitete.

„Du weißt, wer ich bin", mäanderten Unnurs Regentropfenworte durch die Höhle. „Die Legenden sind wahr. Ich bin ein Monster. Ein Ungeheuer des Ozeans, dessen Existenz dafür sorgt, dass die Meeresbewohner leben. Ich gebe den Seepflanzen ihre Farbe, ich gebe dem Meer die Strömung und den Tieren zu fressen. Meine Feinde fürchten mich, denn ich bin fast unbesiegbar."

„Ja", hauchte Alex schläfrig. „Fast unbesiegbar. Es sei denn, die Sonne brennt, denn du bist ein Meeresgeschöpf. An Land darfst du nicht sein, dann vergehst du."

„Es sei denn ...?"

„Es sei denn ...", wiederholte Alex.

„Ich finde ein Mischwesen, dessen Kräfte ich mir nehmen kann."

Kalter Schmerz fuhr durch Alex' Glieder, raubte ihr den wenigen Atem, den sie noch besaß. Instinktiv versuchte sie von Unnur wegzurücken, doch ihr Körper wehrte sich, genoss das Kribbeln und die Erregung in Unnurs Umarmung.

„Nein, das kann nicht sein. Ich liebe dich." Tränen rannen ihre Wangen hinab. „Du liebst mich!"

Unnur streichelte sie, schob sich sanft auf ihren Körper, Gesicht an Gesicht.

Alex' Atmung stockte. „Du liebst mich!", hauchte sie. Mit großen Augen betrachtete sie Unnurs geöffnete Lippen.

„Ja, das tue ich. Überlege, was wir beide sein können. Das Monster und das Halbwesen. Wir können die Welt regieren. Du hast es selbst gesagt." Die Worte waren bloß noch ein Nieseln.

Ihr Körper brannte. Brannte vor Lust, brannte dort, wo Unnurs Haut mit ihrer verschmolz. Sie durchforstete ihr Gedächtnis, spürte die Panik, irgendwo tief in ihr. Die Augen des Seemanns in Novismoor. Schwarzblau.

„Was habe ich gesagt?"

„Du hältst mein Gesicht vom Licht fern. Du bist meine Hüterin. Du bist mein!"

Unnurs warme Lippen legten sich auf ihre. Fordernd raubte die Zunge ihr den Atem. Alex wollte schreien, kreischen, beißen. Sie wollte von Liebe sprechen, von einer Zukunft, von Bildern, die ihre Wassernatur ihr eingab.

Doch Unnurs Körper wog schwer, ihre Küsse klaubten jedes Wort aus Alex' Mund. Was wir sein werden, war ihr letzter Gedanke, als Unnurs blauer Rauch sie vollends umhüllte.

Anne Glunz, *1983 in Nordhorn, hat ein Lehramtsstudium der Sonderpädagogik absolviert. Während des Studiums jobbte sie für eine Airline, die Universität Hamburg und im Drob Inn. Zu ihren Hobbys zählt sie lesen, schreiben, meditieren, Lippenstift und reisen. Seit einigen Jahren erfüllt sie sich ihren größten Traum und bringt in ihrer Freizeit phantastische Welten zu Papier.

www.annegranert.de

oder @annegranert auf Instagram.

Die Prinzessin und die Speihex

Benjamin Spang

Es war einmal ein König, der seines kostbarsten Schatzes beraubt wurde. Er schickte die tapfersten Männer los, ihn wiederzufinden. Sie kamen mit leeren Händen zurück, brachten dem König jedoch etwas mit: Gerüchte über eine Frau. Diese häuften sich, bis der König erkannte, dass diese Frau seine letzte Hoffnung war ...

Zwei Dinge in Josefas Rücken machten eine Flucht unmöglich: zum einen ihre gefesselten Hände, zum anderen bewaffnete Wachen in Rüstung.

Dieselben Wachen, die sie vor wenigen Augenblicken vor ihrer Hinrichtung bewahrt hatten. Das gaffende Bauernvolk tat lautstark seinen Unmut kund, als Josefa vom Scheiterhaufen losgebunden und auf ein Pferd gehoben wurde.

Jetzt kniete sie auf dem Boden des Palastes und konnte sich trotz des Knebels ein Grinsen nicht verkneifen. Ihr Ruf wurde wieder einmal bestätigt.

Trotzig hob sie den Kopf und erwiderte seinen Blick.

Er zeigte keine Emotionen. Mit trüben Augen musterte er sie und strich sich durch den schneeweißen Bart. Auf dem haarlosen Kopf trug er eine goldene Krone, in deren Zacken unzählige Edelsteine eingelassen waren. Mit nur einem einzigen davon hätte Josefa ihr Leben lang ausgesorgt.

„Nehmt ihr den Knebel aus dem Mund“, sprach der König und machte eine beiläufige Geste in Josefas

Richtung. Jemand trat neben sie, dann fiel der Knebel vor ihr auf den blank polierten Marmorboden.

Ihre Lippen waren rissig, die Mundwinkel wundgescheuert. Doch der Schmerz wurde von Neugierde überlagert.

„Was kann ich für Euch tun, Teuerster?“

Worte waren ihre einzige Waffe, also befeuchtete sie ihre Lippen.

„Weißt du über den Verbleib meiner Tochter Bescheid?“

Josefa blickte ihn verwundert an. „Selbst wenn man mir die Augen ausgestochen und ein glühendes Eisen in beide Ohren geschoben hätte, wäre dieses Wissen zu mir gelangt.“

„Aufgrund deiner Hexenkräfte?“

Sie lachte freudlos. „Nein. Weil diese Stadt, das Königreich und Gott selbst seit einem Jahr von nichts anderem sprechen. Sogar Hase und Igel erzählen sich vor dem Schlafengehen davon!“

Der König beugte sich vor. Tiefe Schatten lagen unter seinen Augen. „Ein ganzes Jahr lang war dieser Halunke verschwunden. Vor einer Woche lief sein Schiff kurz vor Meermünd auf Grund. Unzählige Männer sandte ich dorthin, keiner von ihnen kehrte zurück. Gestern schickte ich zwei Ritter auf das Schiff. Auch sie verschwanden spurlos.“

„Und? Soll ich sie wieder herbeizaubern?“

„Kannst du das denn?“

Josefa musste sich zusammenreißen, um nicht laut zu lachen.

„Nein“, gluckste sie und senkte den Kopf.

„Bei Jesus, du widerst mich an!“

Josefa fixierte den König. Dabei verdeckten Strähnen ihres verfilzten Haares eines ihrer Augen.

„Wie wär’s, wenn du Jesus auf das Schiff schickst?“, sagte sie. „Er verwandelt Wasser zu Wein und ihr feiert gemeinsam ein großartiges Fest!“

„Schluss mit den Albernheiten!“

„Jesus ist albern?“

Sie wandte sich an einen der Diener. „Habt ihr das gehört? Unser König findet Jesus albern!"

„Schluss damit!" Er erhob sich von seinem Thron und streckte den Zeigefinger energisch in Josefas Richtung. „Du gehst auf das Schiff! Du findest heraus, was meiner Tochter zugestoßen ist, verstanden?"

„Warum ausgerechnet ich?"

„Auf dem Schiff geht es nicht mit rechten Dingen zu." Er atmete tief ein. „Und wie mir zugetragen wurde, kennst du dich mit Unrecht aus. Ebenso wird erzählt, der Teufel persönlich würde über dich wachen."

„Und was bekomme ich dafür, dass ich mein Leben aufs Spiel setze?"

Jetzt war es der König, der lachte. „Wenn du nicht gehst, brennst du heute noch auf dem Scheiterhaufen!"

Josefa zog röchelnd Schleim nach oben, um ihn lauthals und im hohen Bogen vor die Füße des Königs zu spucken. Er war tiefschwarz vom Ruß des Feuers.

„Nein!", sagte sie. „Das reicht nicht. Ich will Burg Krähenfels und eine eigene Leibgarde!"

Lachend ließ sich der König auf dem Thron nieder. „Verrücktes Weibsbild! Finde heraus, was auf dem Schiff passiert ist, und kehre zu mir zurück. Dann wird dir deine Strafe erlassen und du darfst gehen, wohin du willst!"

„Wer garantiert mir das?"

„Ich", sagte der König und gab seinen Wachen ein Zeichen.

Eine Stunde später saß Josefa in einem einfachen Fischerboot. Zwei Kriegsknechte ruderten es über das Meer und steuerten unter der Mittagssonne das Piratenschiff an. Die Galeone war vor der Küste zwischen schroffen Felsen auf Grund gelaufen und trotzte dort der Kraft des Wassers.

„Stimmt es, was man über dich sagt?", fragte der Knecht, dem Josefa gegenüber saß. Er atmete angestrengt, ruderte aber fleißig weiter.

„Was sagt man denn?"

„Der Teufel persönlich wacht über dich. Aber nicht, um dich zu beschützen. Er will dich nicht in der Hölle haben, weil er sich vor dir fürchtet."

Josefa blickte dem Knecht tief in die Augen.

„Ja, das stimmt", sagte sie.

Glaubten sie wirklich, sie wäre unsterblich? War das der Grund, die verdorbenste Person des Königreichs zu schicken, um die eigene Tochter zu finden? Der König musste mehr als verzweifelt sein.

Josefa beäugte das grünliche Meer über den Rand des Bootes. Mit dem Wasser durfte sie nicht in Berührung kommen. Auf ihren Wunsch hin hatte man ihr ein Paar wasserabweisende Lederstiefel und Handschuhe gegeben, beide mit Walfett eingerieben und durch Schnallen eng am Körper befestigt. Der Stoffmantel mit den vielen Taschen war fast schon zu viel des Guten. Zusätzlich hatte man sie mit einer Sturmlaterne ausgerüstet, die jetzt zwischen ihren Füßen auf dem Boden stand.

Eine Sache musste sie jedoch vehement einfordern: den Fetisch. Erst nach mehrmaliger Erklärung gestattete man ihr, einige goldene Haare der Prinzessin aus deren Kämmen zu zupfen sowie drei Zweige des Kirschbaums abzubrechen, den man zu ihrer Geburt im Königsgarten gepflanzt hatte. Die Zweige waren mit den Haaren zusammengebunden und steckten in ihrem Mantel.

Im Palast hatte sie ein Gemälde der Prinzessin entdeckt, das eine längst erloschen geglaubte Erinnerung weckte.

Vor Jahren war Josefa auf offener Straße von einem Gemüsehändler attackiert worden. Gut, sie wollte einen Salatkopf stehlen. Aber der Kerl war drauf und dran gewesen, sie deswegen mit einer vollen Rübenkiste zu erschlagen. Er traf sie an der Stirn, Josefa stürzte und der Bastard schlug erneut auf sie ein. Da sprang eine Frau herbei und packte den Kerl am Arm.

„Was fällt Ihnen ein! Hören Sie sofort auf damit!“, hatte sie gesagt. „Sie packen Ihren Stand und verlassen die Stadt. Und wagen Sie es ja nicht, hier noch einmal aufzutauchen!“

Als sie sich umdrehte und Josefa die Hand reichte, erkannte sie, wer da vor ihr stand. Erschrocken rannte Josefa davon.

Gedankenverloren griff sie sich an die Stirn, wo eine blasse Narbe an das Geschehene erinnerte. Sie hatte nie die Möglichkeit gehabt, der Prinzessin zu danken.

Das Boot legte an dem Felsen unterhalb der riesigen Galeone an. Josefa blickte entschlossen nach oben zum Rumpf.

Seile hingen an der Bordwand herab. Sie packte das mit der Schlaufe und stellte ihren Fuß hinein.

„Die hier nicht vergessen!“, sagte der andere Knecht und reichte ihr die Sturmlaterne.

Die Männer zogen kräftig am anderen Ende des Seils, das Josefa über einen Flaschenzug Stück für Stück nach oben beförderte. Stumm betrachtete sie die nasse Außenwand des Schiffes, die knapp vor ihrer Nase lag. Was erwartete sie auf dem Schiff? Sie spürte den Druck der Ungewissheit auf ihrer Brust, der auch nach einem tiefen Atemzug nicht verschwand.

Kurz darauf konnte sie über die Reling aufs Deck blicken. Der Himmel spiegelte sich im nassen Holz, das an vielen Stellen von Flechten überzogen war. Fässer und Kisten lagen kreuz und quer herum. Josefa kletterte über die Reling und betrat das Deck.

Ihr Blick folgte dem mittleren Mast nach oben, wo die Überreste eines hellbraunen Segels im Wind flatterten.

Begleitet vom unsteten Knattern des Segels und den rauschenden Wellen ging Josefa in Richtung Treppe, über die sie auf das Oberdeck gelangte.

Im Spiel mit ihren Haaren stahl der Wind ihr die Sicht. Dennoch näherte sie sich der mit Eisenbeschlägen versehenen Tür zur Kapitänskajüte, ergriff den Türknauf und drehte ihn. Ein leises Klacken verriet, dass nicht abgeschlossen war. Behutsam drückte sie die Tür ein Stück nach innen. Modriger Gestank schlug ihr entgegen. Durch den Spalt sah sie ein dämmriges Licht. Um keiner bösen Überraschung in die Arme zu laufen, hob sie die Sturmlaterne und drehte die Flamme mit dem Brennerschlüssel höher. Dann trat sie ein.

Ohne den Wind wurde ihr sofort wärmer. Durch die dreckigen Bleifenster in der gegenüberliegenden Schiffswand drang gerade genug Licht ein, um den Raum spärlich zu beleuchten.

Mittig vor den Fenstern stand ein massiver Schreibtisch. Vorsichtig trat sie näher heran und entdeckte mehrere handbeschriebene Seiten aus vergilbtem Papier neben diversen Seekarten. Auf einer davon war die Route der Galeone eingezeichnet. Die Linie endete abrupt im Kanja-Meer.

Neben den Karten befand sich ein Stapel aus Briefen, Frachtlisten und Schiffsplänen. Ganz oben lag ein schwarzes Buch, auf dessen Vorderseite mit Gold das Wort »Logbuch« geprägt war. Josefa stellte die Laterne auf die Seekarte, nahm das Buch in die Hand und schlug es auf.

Sie blätterte ans Ende, um die neuesten Einträge zu lesen. Auf der letzten beschrifteten Doppelseite prangte eine ganzseitige Zeichnung, mit dickem Kohlestift angefertigt. Sie stellte eine Frau dar, deren Falten ihr fortgeschrittenes Alter verrieten. Die Haare wirkten nahezu lebendig, die einzelnen Strähnen schienen aus Schlangen oder Würmern zu bestehen. Sie lenkten von den Brüsten ab, die so faltig waren, als hätte sie damit hunderte Säuglinge genährt. Das Furchterregendste aber war der Unterkörper: lang, schuppig und am Ende spitz zulaufend.

Das Gold von 1000 Handelsschiffen für die Tochter des Königs!, hatte jemand an den Rand der Seite gekritzelt.

Sie musste es ein zweites Mal lesen, um zu glauben, was dort stand.

Ihr wurde kalt und heiß zugleich. Gold war der Grund, weshalb der Pirat die Königstochter entführt hatte. Josefa betrachtete die Kohlezeichnung erneut. Sie hatte schon viel über andere Hexen gehört, aber bisher nur von einer einzigen Meerhexe: Elenor. Ein Aberglaube, den man Kindern erzählte, damit sie am Hafen nicht zu nah ans Wasser gingen.

Hatte den Piraten auf hoher See der Wahnsinn gepackt? Hatte er die Sagen geglaubt? So wie die Leute glaubten, dass Josefa mit dem Teufel im Bunde war?

Sie blätterte eine Seite zurück und las die letzten beiden Einträge des Logbuchs.

12. Krikla

Der Sturm hätte uns beinahe die Masten geraubt. Erneut hat die Schwarze Regina bewiesen, aus welchem Holz sie geschnitzt ist. Und meine Männer haben einmal mehr gezeigt, aus welchem Eisen sie geschmiedet sind. Ein Kapitän könnte nicht stolzer sein. Morgen werden wir unser Ziel erreichen.

13. Krikla

Wir sind angekommen. Gehen jetzt auf die Insel, um die Ware abzugeben. Schon bald bin ich der reichste Pirat der neun Meere!

Donnernde Schritte ließen Josefa zusammenzucken. Unter Deck rannte jemand durch das Schiff. Dann ein Schrei, der Josefa durch Mark und Bein ging und abrupt stoppte. Übrig blieb nur das laute Rauschen ihres Blutes. Unbewusst hatte sie den Atem angehalten, jetzt löste sie die Anspannung und nahm einen tiefen Atemzug.

Gab es einen Überlebenden? Jemand, der ihr sagen konnte, was passiert war?

Sie klappte das Buch zu, legte es zurück auf den Stapel und griff nach der Laterne. Sie leuchtete durch den Raum und fand eine Tür. Bedächtig öffnete sie diese und blickte auf eine schmale Holztreppe, die nach unten führte. Mit zittriger Hand griff sie in die Innentasche ihres Mantels und zog den Fetisch heraus. Das Zweigbündel würde ihr verraten, ob und wo sich die Königstochter auf dem Schiff befand. Aber nur, wenn sie ihn fest in der Hand hielt.

Der Dunkelheit trotzend hielt sie die Laterne vor sich, stieg die Stufen hinab und gelangte in einen engen Gang. Das Holz um sie herum ächzte und knarzte. Kisten unterschiedlicher Größe stapelten sich beidseitig bis unter die Decke, die sich kaum eine Armlänge über ihrem Kopf befand. Ein langgezogenes Raunen drang aus einem der unteren Decks. Es klang wie der hungrige Magen eines Monsters. Sie war davon überzeugt, in der Gosse bereits alles gerochen zu haben, was Mensch und Tier ausschieden. Aber jetzt drang ein säuerlich-fischiger Geruch in ihre Nase, den sie nicht zuordnen konnte.

Josefa konzentrierte sich auf den Weg, der vor ihr lag, und verdrängte Schritt für Schritt die Dunkelheit.

Blut auf dem Boden weckte ihre Aufmerksamkeit. Es führte sie in einer langgezogenen Spur zu einer Leiche. Sie saß auf dem Boden, den Rücken an eine Kiste gelehnt. Unter dichten Brauen starrten zwei aufgerissene Augen ins Leere. Der Mann trug ein blutverschmiertes Leinenhemd, auf dessen Brust ein goldener Löwe auf weißer Raute prangte. Das Wappen des königlichen Ritterordens.

Josefa trat näher. Im Unterleib der Leiche klaffte eine tiefrote Fleischwunde, die Genitalien fehlten. Sie wollte sich bereits abwenden, als sich etwas in dem Loch bewegte. Im Schein der Laterne wanden sich Würmer, die sich aus dem aufgerissenen Bauch herauswanden. Sie landeten mit einem feuchten Klatschen auf dem Holzboden und verschwanden blitzschnell zwischen den Kisten.

Josefa beleuchtete die Fracht auf beiden Seiten und lauschte. Das knarzende Holz schien ihr etwas zuzuflüstern, doch sie verstand es nicht.

Wenn sie mit dem Teufel im Bunde wäre, hätte sie ihn jetzt wenigstens fragen können, was hier los war. In der

Vergangenheit war sie dem Tod immer wieder von der Schippe gesprungen. Hier würde sie ihn finden, da war sie sich sicher. Mit jeder angespannten Faser ihres Körpers spürte sie, dass sie sich geradewegs auf ihn zubewegte.

Josefa stieg über die Beine des Toten hinweg und folgte der blutigen Spur eines Wurmes, die zwischen zwei Fässer führte. Wenige Schritte weiter fand sie die Leichen zweier Kriegsknechte. Genauer wollte sie sich die verunstalteten Körper nicht anschauen, duckte sich angewidert unter einer Hängematte hindurch und bog um die Ecke in einen weiteren Gang. Dieser zweigte nach wenigen Schritten nach links ab und endete vor einer Tür.

Josefa steckte den Fetisch in die Jacke und schloss die freie Hand um den Messingknauf. Sie öffnete die Tür ein Stück weit und lauschte. Der säuerlich-fischige Geruch war hier so intensiv, dass die Quelle hinter dieser Tür sein musste. Sie betrat den Raum, der im Schein der Laterne Regale mit Gläsern, Töpfen und Kräutern offenbarte. Sie ging an einem kleinen Tisch vorbei und hörte ein nasses Schmatzen. Sie blickte unter sich und sah, dass sie in der Pfütze einer klaren Flüssigkeit stand. Hastig verließ sie den Bereich und stieß mit ihrer Ferse an etwas auf dem Boden. Die Laterne offenbarte eine weitere Männerleiche. Wieder war der Unterleib nur ein fleischiges Loch. Ein Wurm wand sich heraus, fiel auf den Boden und kroch bei seiner Flucht durch die Pfütze. Als er von der Flüssigkeit eingeschlossen war, stoppten seine Bewegungen abrupt und er erstarrte. Josefa kniete sich neben die Leiche und hob einen Kochlöffel auf, der neben ihr auf dem Boden lag. Damit schubste sie den Wurm an. Keine Reaktion.

Sie legte den Löffel beiseite und steckte einen Finger in die Pfütze. Zuerst roch sie an der Fingerspitze, dann schob sie ihn in den Mund.

Essig.

Aber da war noch etwas anderes.

Sie leuchtete den Bereich ab und entdeckte mehrere geöffnete Beutel neben der Pfütze. Es sah aus wie Salz.

Josefa nahm ein wenig davon zwischen die Fingerspitzen und streute es auf ihre herausgestreckte Zunge. Eindeutig Salz. Sogar das edle Weißhornsalz, erkennbar an der leicht bitteren Note.

Josefa blickte vor sich auf den Boden und erkannte, dass vor ihr eine wirksame Waffe lag. Ein Mittel, diesen Viechern den Garaus zu machen.

Neben den Salzbeuteln lag eine noch fast volle Glasflasche, auf der in Handschrift Essig stand. Sie nahm die Flasche sowie zwei volle Salzbeutel, drehte sich zum Tisch und legte die Zutaten darauf ab. Sie zog den Korken aus der Flasche und kippte den gesamten Inhalt eines Beutels vorsichtig hinein. Als er leer war, schloss sie die Flasche wieder und schüttelte sie kräftig. Den zweiten Salzbeutel steckte sie sich in die Manteltasche.

Sie wollte den Raum gerade wieder verlassen, als ihr auffiel, dass sie unmöglich den Fetisch und die Flasche gleichzeitig in der Hand halten konnte. Auch die Laterne konnte sie unmöglich auf einem anderen Weg transportieren.

Sie überlegte.

Dann trat sie erneut an den Tisch, öffnete die Flasche und füllte ihren Mund mit der Flüssigkeit. Sie würde die Würmer damit einfach anspucken, sollten sie ihr zu nahekommen.

Sie setzte den Korken auf die Öffnung und schob die Flasche in ihren Mantel.

Mit dem Fetisch und der Laterne in der Hand verließ sie den Raum.

Josefa folgte den Vibrationen des Fetischs und gelangte über eine Treppe nach unten in den Bauch der Galeone. Die Prinzessin konnte nicht weit entfernt sein.

Vor ihr erstreckte sich ein riesiger Lagerraum. Er beherbergte Fässer und Kartoffelsäcke, die in den Ecken übereinander gestapelt waren. Auf beiden Seiten befand sich in einigen Metern Höhe eine Galerie mit weiterer

Fracht. Knapp unterhalb der Decke ließen massive Bullaugen ein wenig Tageslicht herein, konnten die Finsternis jedoch nicht vollständig verdrängen.

Den Blick auf die Galerie gerichtet, trat sie auf etwas Weiches. Sie blickte unter sich und sah im Licht der Laterne mehrere Hautfetzen. Diese führten über eine Blutspur zu einem schlaffen Körper, der nur aus wenig mehr bestand als der Hülle eines Menschen. Darunter bewegte sich etwas und entpuppte sich als einer dieser Würmer. Josefa spuckte einen kurzen Strahl Essig auf ihn. Sie traf ihn am Hinterteil, was ihn sofort stoppte. Er wand sich vor Schmerz und mit einem beherzten Schritt zerquetschte Josefa ihn unter ihrem Stiefel. Ein zweiter Wurm huschte an ihr vorbei und konnte fliehen.

Weitere Würmer krochen aus allen Richtungen über den Holzboden. Josefa spuckte immer wieder einen Teil des Essigs auf sie, was viele der Kreaturen verenden ließ. Diejenigen, die sie nicht erwischte, flüchteten alle in dieselbe Richtung.

Verdammt, was war hier los?

Sie hob die Laterne, drehte sich einmal um sich selbst und entdeckte einen weiteren Menschenkörper. Schlaff hingen Hautreste über die Kante einer Kiste herab. Auf der Galerie darüber sah sie die Reste einer weiteren Leiche.

Den Würmern zu folgen war nicht gerade schlau, aber Josefa spürte an den Vibrationen des Fetischs, dass dort die Prinzessin zu finden war. Sie stellte die Laterne auf eine der Kisten, zog die Essigflasche hervor und füllte ihren Mund damit.

Dann ging sie weiter, stieg über einen aufgeplatzten Kadaver und kurz darauf über einen einzelnen abgerissenen Arm.

An einer Trennwand am Ende des Raumes entdeckte sie eine Art Kokon. Mehrere Würmer krochen hinauf und bohrten sich durch die silbrigen Fäden ins Innere des riesigen Geflechts. Ein Nest! Sie würde näher herangehen müssen, um den Essig darauf verteilen zu können.

Gleichzeitig meldete sich der Fetisch mit einer tiefen beständigen Vibration. Die Prinzessin schien sich hier aufzuhalten. Vielleicht in einer der Kisten, oder ...

Kaum hatte Josefa den furchtbaren Gedanken gefasst, rumorte es in dem silbrigen Kokon. Es klang wie das Knurren eines Magens, der seit Tagen nichts zu essen bekommen hatte. Gluckern und Blubbern folgten. Deutliche Beulen zeichneten sich in dem weißen Geflecht ab. Etwas bewegte sich darin. Erst gemächlich, dann immer schneller. Wie ein Huhn, das man vor der Schlachtung in einen Leinenbeutel gesteckt hatte.

Schmatzend riss der Kokon auf der Unterseite. Ein Schwall schwarzen Wassers ergoss sich auf den Boden, dann folgte etwas Größeres.

Mehrere Kisten versperrten ihr die Sicht. Sie lauschte und hörte ein leises Atmen. Josefa ging zwei Schritte zurück, löschte die Laterne und duckte sich hinter einen Kistenstapel.

Das Stöhnen einer Frau erklang, dann ein wässriges Blubbern, gefolgt von Würgegeräuschen. Es hörte sich an, als würde sich jemand erbrechen und daran ersticken. „Bei den sieben Todsünden, es hat funktioniert."

Josefa spähte, den Mund noch immer voller Essig, über den oberen Rand der Kiste in Richtung des Kokons. Es war eine Frau, die sich aufrichtete und wankend versuchte, das Gleichgewicht zu halten. Sie kippte nach vorne, landete dumpf auf dem Boden und stöhnte auf. Schnaubend erhob sie sich. Sie war mit schwarzem Schleim bedeckt, wischte ihn von Wangen und Stirn. Dann rieb sie ihn vom Oberkörper, was ihre nackten Brüste entblößte.

Josefa erschrak, als die Frau den Kopf hob. So sehr, dass sie den Essig komplett herunterschluckte.

Sie duckte sich und presste den Mund in ihre Armbeuge, um einen angewiderten Schrei zu unterdrücken. Ihre Kehle brannte, Tränen rannen ihr aus den Augen. Der Würgereflex war kaum zu kontrollieren, aber sie durfte sich nicht verraten. Ihr Speichel floss ohne Unterlass und landete im Stoff des Ärmels.

Mit dem anderen Ärmel wischte sie sich die Tränen aus den Augen und den Schleim von ihrer laufenden Nase. Dann spähte sie erneut über den Rand der Kiste.

Die Erkenntnis war ebenso sauer wie der Geschmack in ihrem Mund. Das, was dort aus dem Kokon geschlüpft war, war die Prinzessin.

Die Tochter des Königs.

Eindeutig.

Die hervorgehobenen Wangenknochen, die sie von ihrem Vater geerbt hatte. Eine spitze Nase und scharfe Augen, in denen weder Strenge noch Güte zu erkennen war.

Die Prinzessin bewegte sich unbeholfen zur Seite. In einem Lichtschein, der durch eines der Bullaugen drang, entblößte sie ihren Unterleib. Es war der Unterleib einer Schlange!

Die Vibration des Fetischs setzte sich in Josefas Körper fort. Gebannt starrte sie auf die Kreatur, auf deren Kopf sich etwas schlängelte. Unter den Resten des schwarzen Schleims zeichneten sich dicke Stränge ab und entpuppten sich als jene Würmer, die eben noch vor Josefa geflüchtet waren. Es schien, als wären sie auf dem Kopf der Prinzessin festgewachsen.

„Es ist nicht richtig", sagte die Prinzessin und blickte in Richtung Josefa, die sich sofort hinter die Kiste duckte. „Ich rieche ... Erde. Ich rieche Leben und ... Angst."

Josefa blickte nach hinten. Wie konnte sie unbemerkt den Rückzug antreten?

Ein raues Schaben erklang. Die Prinzessin - oder vielmehr das, was aus ihr geworden war - kroch über den Boden auf sie zu.

Geduckt huschte Josefa mit Laterne und Fetisch zum nächsten Kistenstapel in Richtung Treppe, als hinter ihr ein lautes Poltern erklang. Ein Schlag traf sie in den

Rücken und sie stürzte vornüber zu Boden. Sie verlor die Laterne und den Fetisch, die beide zwischen der Fracht verschwanden.

„Haben wir da etwa eine kleine Landratte an Bord?“

Josefa rappelte sich hastig auf und drehte sich um. Die Prinzessin war zwei Köpfe größer und baute sich vor ihr auf, während sie selbst rückwärts auswich, bis sie mit dem Rücken gegen etwas stieß. Noch mehr Kisten oder eine Wand – sie konnte es nicht sagen.

Die Augen unter dem Schopf sich windender Würmer waren so schwarz wie die Reste des Schleims, der auf ihrer bleichen Haut klebte.

„Eine Waldhexe? Sag, warum bist du hier? Bist du des Lebens überdrüssig oder wurdest du von den Bauern zur Idiotin geschlagen?“ Die Prinzessin gab ein nasales Glucksen von sich, was wohl eine Art Lachen sein sollte. Sie beugte sich langsam nach unten und verzog ihren Mund zu einem widerlichen Grinsen, das spitze Zähne entblößte. „Die Tochter des Königs hat ihre Bestimmung gefunden, wie du siehst. Gerade noch rechtzeitig!“

„Aber du bist nicht die Prinzessin“, sagte Josefa, die langsam ihre Hand in die Manteltasche gleiten ließ.

„Ach nein?“

„Du bist Elenor. Die Meerhexe. Und was immer du mit der Königstochter angestellt hast: Ich werde sie von dir befreien!“

„Das hat dir der Teufel gesagt, du dreckige Algensammlerin!“

Gerade griff Josefa die Flasche, als sich Elenor von ihr entfernte und in voller Größe aufrichtete. Sie blickte über Josefa hinweg und breitete die Arme zur Seite hin aus. Ein Rumoren ging durch das Schiff, es knackte und knisterte aus allen Richtungen. Pfützen bildeten sich um die Kisten herum. Kurz darauf war das mehrstimmige Geräusch von berstendem Holz zu hören. Josefa sah, wie immer mehr Wasser aus dem Boden hervorquoll.

Elenor senkte den Blick auf Josefa und beugte sich etwas nach vorne.

„Gestern habe ich mir das Kind des Königs geholt und heute hole ich mir das Königreich!" Josefa ließ von der Flasche ab, zog den Beutel mit dem Weißhornsalz heraus und warf ihn Elenor mit voller Wucht ins Gesicht. Dort platzte er auf und verteilte seinen Inhalt vom Kopf bis zu den Brüsten auf der Meerhexe.

Während diese sich hustend das Gesicht hielt, flüchtete Josefa an den Kisten vorbei, stolperte fast über eine der Leichen und kletterte auf ein Fass. Von dort sprang sie auf einen gegenüberliegenden Holzstapel, um Elenors Reichweite zu entgehen. Diese wand sich jedoch an den Kisten vorbei und versperrte ihr den Weg. In dem Moment zog Josefa die Flasche hervor und entkorkte sie.

„Salz?", fragte Elenor und wischte sich einen Teil davon vom Oberkörper. „Ich bin geboren in Salz. Ich lebe in Salz und ich genieße das Salz!"

Ein Großteil des Gewürzes war nass geworden und klebte halb aufgelöst auf Elenors Körper. Gerade wollte sie mit dem Essig angreifen, als ihr etwas den Boden unter den Füßen wegzog und sie nach oben zerrte. Die Essigflasche rutschte ihr aus der Hand, polterte auf die Kiste unter ihr und landete im ansteigenden Meerwasser.

Im nächsten Augenblick baumelte Josefa in der Luft. Sie zappelte, konnte sich jedoch kaum rühren. Elenor hatte ihre Beine bis zur Hüfte mit dem Schlangenschwanz umwickelt. Die Meerhexe bewegte sich zur Seite, bis unter Josefa nur noch Wasser zu sehen war.

„Glaubst du erbärmliche Kreatur wirklich, mich aufhalten zu können? Du wertloser Beifang! Wollen wir einmal herausfinden, wie *dein* schmächtiger Hexenkörper auf Salz reagiert?"

Josefa schloss die Augen und konzentrierte sich. Sie schluckte etwas Luft, ließ den Gaumen schnalzen und bewegte ihre Bauchmuskeln wellenartig, während die

Meerhexe weitersprach. Kopfüber war es sogar einfacher.

„Was soll das werden?“, fragte Elenor.

Josefa entspannte sich und ließ den aufkommenden sauren Schwall einfach passieren. Sie erbrach sich in hohem Bogen in Elenors Gesicht. Diese wich kreischend zurück und ließ Josefa an ihrem zuckenden Schwanz baumeln wie an einem Galgen. Sie spürte noch, wie der feste Griff sich lockerte, dann stürzte sie in die Tiefe.

Der Aufprall im Wasser durchflutete Josefa mit schrecklicher Panik. Sie strampelte, bemerkte, dass sie Boden unter den Füßen hatte, richtete sich auf und schnappte nach Luft. Sofort hielt sie Ausschau nach Rettung, watete durch das hüfthohe Wasser und kletterte auf einen Kistenstapel.

Sie schüttelte ihren Kopf und wrang das Wasser aus den Haaren. Zuerst war es nur ein Kribbeln, aber ihre Gesichtshaut fing immer stärker an zu brennen.

Elenor schrie noch immer, beide Hände vors Gesicht geschlagen. Der Schlangenschwanz peitschte wild umher, zerstörte große Teile der Fracht, durchbrach die Stützpfeiler der Galerie und die Bordwand. Das gesamte Schiff erzitterte, kurz davor, sich endgültig der Gewalt des Meeres zu ergeben.

Josefa wich der Hexe aus, indem sie auf einen abgelegeneren Kistenstapel sprang.

„Du bist nicht mehr wert als ein stinkender Haufen Algensud! Ich werde dir jede einzelne Gräte aus deinem Leib reißen und meine Würmer sollen ihre Eier in deinen Augenhöhlen ablegen!“

Elenor wand sich vor Schmerzen und versuchte, die schäumende Masse von ihrem Körper zu wischen, schaffte es jedoch nicht. Ihre Haut warf Blasen aus Schleim, der zähflüssig von ihrem Körper troff. Die Würmer auf ihrem Kopf verkümmerten und zerbröselten wie Asche.

Der Wasserspiegel stieg unaufhörlich. Die Meerhexe landete mit einem spitzen Schrei auf einer länglichen Kiste, die auf dem Wasser trieb. Dann löste sich auch der

Schlangenleib auf. Zwei dicke schwarze Wülste am Unterleib blieben zurück und bildeten Menschenbeine. Auch der restliche Körper legte alles Fischhafte ab.

Josefa zog scharf die Luft ein. Das Brennen in ihrem Gesicht war kaum noch zu ertragen. Sie biss die Zähne zusammen, sprang von Stapel zu Stapel und dann auf die Kiste, auf der die Prinzessin lag.

Sie war voller Schleim und hatte keine Haare mehr auf dem Kopf. Gerade als Josefa sie berühren wollte, beugte sich die Königstochter zur Seite und erbrach einen Schwall Meerwasser.

Beim Teufel, sie lebte!

Und so wurde niedergeschrieben, dass eine Hexe zu schaffen vermochte, wozu zahlreiche Freiwillige, Kriegsknechte und Ritter nicht imstande waren: die Rettung des kostbarsten Schatzes, den der König hatte. Zunächst zeigte sich dieser nicht verpflichtet, Josefa das zu geben, was sie einforderte. Erst als die Königstochter wieder bei Kräften war, erinnerte sie ihren Vater an seine Tugenden und Werte. So geschah es, dass der Hexe die Burg Krähenfels überschrieben wurde und sie eine eigene Leibgarde bekam.

Auf der Burg gründete Josefa einen Zirkel, der es sich zur Aufgabe machte, die Kunst und das Erbe der Hexen zu wahren und zu lehren. Auf Drängen der Prinzessin wurden sämtliche Hexenverbrennungen und Verfolgungen verboten und unter Höchststrafe gestellt. Wegen der vielen Gerüchte und tiefen Narben, die Josefa im Gesicht erlitten hatte, mied das Volk jeglichen Kontakt mit ihr. Man nannte sie fortan nur noch „Die Speihex“ und jeder im Land hielt gebührenden Abstand von ihr.

Die Prinzessin und die Hexe jedoch trafen sich regelmäßig zu Tee und Gebäck. Und wenn sie nicht gestorben sind, dann leben sie noch heute.

Benjamin Spang ist ein Autor, der verlagsunabhängig seine Romane schreibt, veröffentlicht und bewirbt. Seinen Debütroman „Blut gegen Blut“ sowie dessen Nachfolger wurden durch erfolgreiche Crowdfunding-Kampagnen finanziert. Seine Hauptcharaktere sind fast immer weiblich, selbstbewusst und zielstrebig. Er lebt im Saarland und arbeitet dort als freier Grafiker und Social Media Marketing Manager. Wenn er nicht gerade kreativ tätig ist, guckt er Filme, isst Döner oder trifft sich mit Freunden.

Viele weitere Infos:
www.benjaminspang.de
Bilder aus dem Autorenleben:
www.instagram.com/benjaminspang
Weltenbau & Schreibstreams:
https://www.twitch.tv/benjaminspang
Exklusiver Content:
www.patreon.com/benjaminspang

Der einsamste Ort der Welt

Nina C. Hasse

Logbuch des Taeper Rock Lighthouse
Aufzeichnungen von Juniper James, Marineoffizierin & Leuchtturmwärterin

2.2.1899 – 07:30 Uhr

Der Nebel hat sich gelichtet. Die See zeigt sich von ihrer friedlichen Seite und wir konnten gestern endlich zur Insel übersetzen. Der Mann, der heute im Morgengrauen mit seinem wurmstichigen Fischerboot auf Taeper Rock anlegte und mir die nötigen Vorräte brachte – ich solle ihn Cookie nennen, das würde jeder tun – hat die achtzig gewiss längst überschritten. Für sein Alter legt er einen erstaunlich kräftigen Händedruck an den Tag.

Cookie ist freundlich, wenn auch recht wortkarg. Ein wenig erinnert er mich an den Mann, der mich gestern zur Insel gebracht hat. Rye lautete sein Nachname, wenn ich mich recht erinnere. Er muss um die vierzig Jahre alt sein und war mir gegenüber während der knapp einstündigen Überfahrt ebenso reserviert wie Cookie. Vielleicht sein Sohn? Doch Cookie antwortet bloß, dass er keine Kinder habe und niemanden namens Rye kenne.

Cookie scheint eine tiefe Verbindung zu diesem Ort zu haben und berichtet mir auf meine Nachfrage hin ein wenig widerwillig, er habe selbst vor vielen Jahren auf

Taeper Rock gelebt und gearbeitet, doch nun sei er zu alt, mehrmals täglich die neunundneunzig Stufen des Leuchtturms hinauf und hinunter zu steigen.

„Haben Sie keine Angst ganz allein hier auf der Insel?“, fragt er unvermittelt, während wir die Vorräte für die kommende Woche in der dafür vorgesehenen Kammer verstauen: Pökelfleisch, ein Sack Kartoffeln, ein Laib Brot und ein halbes Dutzend Konserven, hauptsächlich Bohnen.

„Nein“, erwidere ich. „Sollte ich?“

Er streicht sich durch den weißen Vollbart, nimmt die Schiebermütze ab und wischt sich mit dem Handrücken über die hohe Stirn, als wüsste er nicht, was er mir sagen kann – und was nicht. „Weiß nicht. Ist halt'n ungewöhnlicher Job für 'ne Frau.“

Ich lache. „Finden Sie? Es ist doch herrlich hier. Die Ruhe, das Meer ...“

„Nehmen Sie sich trotzdem in Acht. Sie wären nicht die Erste, die auf dieser Insel verloren geht ...“

Schlagartig werde ich ernst. „Sie meinen die beiden Leuchtturmwärter, die vor Kurzem verschwunden sind? Kannten Sie sie?“

„Artie und Philipp?“ Er zuckt die Achseln. „Flüchtig. Gute Männer, soweit ich weiß.“

„Was, glauben Sie, ist geschehen?“

„Weiß nicht. Vermutlich 'ne Welle, die die beiden überrascht und ins Meer gespült hat. Nicht ungewöhnlich für die Gegend hier.“ Sein Blick schweift in die Ferne, aufs offene Meer hinaus. „Aber keine Sorge, Taeper Rock ist ein Gebäude für die Ewigkeit, drinnen sind sie sicher. Halten Sie sich in den nächsten Tagen nur nicht zu nah am Anleger auf. Ein Sturm zieht auf, ich spür's in meinen alten Knochen.“

Ich blinzle in den Himmel, kein Wölkchen in Sicht. Nur unser Atem, der eisige Kringel bildet. Selbst der Wind zeigt sich heute von seiner sanften Seite; nicht einmal ausreichend, um ein Segel zu blähen.

„Also geben Sie nichts auf die Gerüchte, die man sich in Dunkill erzählt?“

„Was für Gerüchte?“

„Die Insel sei verflucht und würde das Unglück geradezu anziehen. Angeblich soll einer der Leuchtturmwärter seinen Kollegen ermordet haben und dann untergetaucht sein. Und andere behaupten, die beiden wären gar keine richtigen Leuchtturmwärter gewesen, sondern hätten auf der Insel irgendwelche Experimente durchgeführt. Und dabei sei etwas schiefgelaufen.“

„Wer sagt das?“

„Die Leute im Pub.“

„Die Leute reden zu viel.“

Mit geübten Handgriffen löst Cookie die Taue, die das Boot am Anleger halten, und klettert über die Reling. Ich glaube schon, dass er grußlos ablegt, doch dann dreht er sich noch einmal um.

„Wissen Sie, auf Taeper Rock läuft die Zeit anders. Die Einsamkeit stellt seltsame Dinge mit dem Geist eines Menschen an. Die Tage verschwimmen ineinander, dann wiederum dehnen sich Sekunden ins Unendliche. Und manchmal scheint es, als würden die Uhren rückwärtslaufen. Glauben Sie nicht alles, was Sie zu sehen meinen.“

Die Sorge des alten Mannes ist geradezu rührend. „Ich habe viele Jahre auf Schiffen zugebracht. Ich weiß, was mich erwartet.“

Mit einem kräftigen Tritt stößt Cookie das Boot vom Anleger ab.

„Denken Sie an meine Worte!“, ruft er mir über das Rauschen der Wellen zu, die gegen dunkle Felsen klatschten.

„Was soll das bedeuten?“

Doch er antwortet nicht, hebt bloß eine Hand zum Abschied.

Ich gestehe, dass seine Worte größeren Eindruck bei mir hinterlassen haben als all das Seemannsgarn, das ich in den Jahren auf See gehört habe. Irgendetwas an der Art, wie er sie vortrug, beschert mir auch jetzt noch eine Gänsehaut, während ich sie niederschreibe. Als wären sie eine Warnung ... Doch vermutlich messe ich den Äußerungen eines alten Mannes allzu viel Bedeutung bei.

2.2.1899 – 16:10 Uhr

Nachtschichten machen mir nichts aus – ganz im Gegenteil. Bei Tag zu schlafen und in der Nacht zu arbeiten, entspricht eher meiner inneren Uhr.

Im Moment sitze ich im Wachtzimmer des Taeper Rock Lighthouse und beobachte das schwindende Tageslicht, doch gleich begebe ich mich hinunter in den Maschinenraum, um die Apparatur aufzuziehen, die das Licht des Leuchtturms antreibt. Das Uhrwerk ist riesig, es nimmt nahezu den gesamten Raum neben der eisernen Treppe ein, die sich bis hinauf in die Spitze windet.

Mr. Rye zeigte mir gestern, wie ich die Mechanik bei Einbruch der Dunkelheit in Gang setze. Keine sonderlich anspruchsvolle Tätigkeit, kaum komplizierter, als einen Anker einzuholen. Kurbeln, kurbeln, kurbeln, bis der Riemen gespannt ist, sich die Zahnräder knirschend in Bewegung setzen und dafür sorgen, dass das Leuchtfeuer sich dreht.

Tick.

Tack.

Alle vier Stunden. Neunundneunzig Stufen hinunter, neunundneunzig Stufen hinauf. Oben im Wachtzimmer dröhnt der monotone Rhythmus wie ein dumpfer Herzschlag.

3.2.1899 – 7:24 Uhr

Der Kommunikator ist kaputt. Offenbar haben sowohl Cookie als auch Mr. Rye vergessen, es zu erwähnen, oder sie wissen nichts davon. Anscheinend eine technische Störung, von außen scheint er jedenfalls intakt. Ärgerlich, da ich heute meinen Vorgesetzten Colonel Gibbs kontaktieren sollte, um einen ersten Bericht zu erstatten. Nun muss ich warten, bis er sich auf anderem Wege mit mir in Verbindung setzt.

3.2.1899 – 14:37 Uhr

Den heutigen Tag habe ich hauptsächlich damit verbracht, alles auf Vordermann zu bringen, habe Böden, Schränke, Möbel und sämtliche Utensilien gereinigt. Bevor ich später die Mechanik aufziehe, mache ich noch einen Erkundungsrundgang über die Insel. Endlich kann ich mir die Zeit dafür nehmen – und das Wetter spielt auch mit.

3.2.1899 – 18:02 Uhr

Taeper Rock ist kaum größer als die Schiffe, auf denen ich Dienst geleistet habe. Der stählerne Leuchtturm steht am westlichen Ende und ragt einundvierzig Meter hinauf, was ihn zum höchsten Punkt dieses Eilands macht. Küche, Schlafraum, Wachtzimmer, Vorratskammer, Geräte- und Maschinenraum – all das befindet sich innerhalb des runden Gebäudes. Spartanisch eingerichtet, aber deutlich komfortabler als jedes Schiff der Marine.

Die Insel misst rund dreihundert Schritt in der Länge und etwa einhundertachtzig in der Breite. Trotz der Nähe zum Äquator gedeiht hier kaum etwas; nur einige Sträucher, Farne und Moose trotzen dem Westwind, auf einer Anhöhe klammert sich ein einsamer Wacholderstrauch im kargen Untergrund fest.

Der Himmel ist nahezu wolkenlos, die Luft recht mild. Außer dem Rauschen der Wellen und dem Pfeifen des Windes kein Geräusch. Nicht das Knarren morscher Planken, keine Rufe der Mannschaft bei Tag, kein Schnarchen in der Nacht.

Es ist herrlich friedlich hier.

4.2.1899 – 19:48 Uhr

Erstaunlich, wie leicht mir die Arbeit von der Hand geht. Der geregelte Tagesablauf tut mir gut, der Leuchtturm gibt den Rhythmus vor. Es scheint, als wären wir alte Freunde.

Vielleicht hat Cookie recht und die Zeit verläuft hier anders. Ich bin erst seit zwei Tagen auf der Insel, doch die Handgriffe sitzen und ich finde mich nahezu blind zurecht. Ich fühle mich hier jetzt schon heimischer als nach Monaten auf jedem Schiff, auf dem ich gedient habe.

5.2.1899 – 01:39 Uhr

Glaubte für einen Moment, eine Gestalt im Augenwinkel wahrzunehmen. Sie stand im Türrahmen zum Wachtzimmer, doch als ich die Öllampe hob, war niemand dort. Meine Fantasie spielt mir wohl einen Streich.

Unwillkürlich muss ich an die Schauergeschichte denken, die der Wirt des einzigen Pubs in Dunkill mir an meinem letzten Abend auf dem Festland erzählte. An das Phantom, das im Taeper Rock Lighthouse umgehen soll. Angeblich der Geist eines ehemaligen Leuchtturmwärters, der hier durch einen Unfall zu Tode kam. Sein Kollege habe sich nicht getraut, die Leiche ins Meer zu werfen, aus Angst, des Mordes verdächtigt zu werden. Aufgrund schlechter Witterungsverhältnisse harrte er mehrere Wochen allein im Leuchtturm aus, bis die Ablöse kam und den Mann neben dem verwesenden Leichnam fand, mit dem er sprach wie mit einem Lebenden. Seither, so heißt es, weilt der Geist des Verstorbenen auf der Insel, im Glauben, noch am Leben zu sein und weiterhin seiner Arbeit nachzugehen. Angeblich soll er auch für das kürzliche Verschwinden der beiden Leuchtturmwärter verantwortlich sein, weil er nicht duldet, dass jemand anders seine Aufgaben erledigt.

Derlei Erzählungen sind mir nur allzu bekannt. Sie finden sich so oder so ähnlich auf allen sieben Weltmeeren. Geisterschiffe, die mit den Seelen unzähliger Matrosen über den Ozean treiben, Meeresungeheuer unterschiedlichster Art, die in den Tiefen der See lauern: alles verschlingende Riesenkraken, gigantische Seeschlangen und verführerische Sirenen, die unbedarfte

Seeleute in gefährliche Gewässer locken. Die Menschen mögen Schauergeschichten, die sie sich über einem Pint oder einer Flasche Rum zuraunen können. Sie vertreiben die Langeweile an Bord, wenn Flaute herrscht.

5.2.1899 – 12:15 Uhr

Ich finde keinen Schlaf, wälze mich von einer Seite auf die andere. Seit letzter Nacht nagt etwas an mir, der Schemen im Türrahmen lässt mich nicht los. Eine diffuse Mahnung, als müsste ich mich an etwas erinnern, das ich vergessen habe.

Ich werde einen Spaziergang machen, vielleicht klärt das meine Gedanken.

5.2.1899 – 23:33 Uhr

Geräusche im unteren Bereich des Turms, wie Schritte auf den eisernen Stufen der Wendeltreppe. Ich entzünde die Öllampe und sehe nach. Niemand dort. Werde das Gefühl nicht los, dass mich jemand beobachtet. Nun wieder Stille.

6.2.1899 – 04:03 Uhr

Habe die Mechanik zum vierten und letzten Mal aufgezogen. Heute keine Schritte auf der Treppe. Wahrscheinlich waren es gestern bloß meine überspannten Nerven durch zu wenig Schlaf, die mir die Geräusche vorgaukelten. Ich brühe mir noch eine Kanne Kaffee auf.

Während das Wasser vor sich hin köchelt, ein neuerliches Geräusch:

Tick. Tick. Tick.

Deutlich leiser als der alles durchdringende Rhythmus der Mechanik.

Tick. Tick. Tick.

Die Standuhr neben der Tür. Normalerweise hört man von ihr nur einen Gong zur vollen Stunde. Ich trete näher heran. Der Sekundenzeiger ruckt vor und zurück, vor und zurück, als hätte er die Orientierung verloren.

Der Kessel pfeift, Wasserdampf füllt den Raum. Ich drehe mich um, will ihn vom Ofen nehmen. Dann – ein Flimmern im Augenwinkel, im Spiegel neben der Tür zur Treppe

Darin eine verschwommene Gestalt. Ich trete näher, der Schemen tut es mir gleich.

Tick. Tick. Tick.

Noch ein Schritt, ich blinzle – und stehe mir selbst gegenüber. Der Spiegel ist nahezu blind und schwarz an den Rändern. Kein Phantom, nur ein verzerrtes Bild meiner selbst.

Ein Gong ertönt, einmal, zweimal ... viermal. Ich schaue hinüber zur Standuhr. Der Sekundenzeiger setzt seinen Weg über das Ziffernblatt nun wieder ungerührt fort.

Sobald meine Schicht zu Ende ist, muss ich dringend schlafen.

6.2.1899 – 16:51 Uhr

Nach Tagen voller Sonnenschein und sternklaren Nächten heute zum ersten Mal Regen und auffrischender Wind, doch die See ist ruhig. Heute nur ein kurzer Spaziergang um den Leuchtturm herum. Noch immer kein Schlaf. Kopfschmerzen. Muss die Mechanik aufziehen.

7.2.1899 – 00:35 Uhr

Erneut Schritte auf der Treppe. Gehe nachsehen.

7.2.1899 – 00:49 Uhr

Niemand außer mir im Turm, doch auf den Stufen sind schlammige Fußabdrücke zu erkennen. Sie führen nach unten, aus dem Leuchtturm hinaus, und enden auf der Türschwelle. Es befindet sich noch jemand auf der Insel.

Doch wie kann es sein, dass schlammige Fußabdrücke mitten auf der Treppe beginnen und nach unten führen, zuvor aber niemand hinaufgestiegen ist? Und warum brechen sie ebenso abrupt ab, wie sie begonnen haben? Keinerlei Hinweise, in welche Richtung sich der Schemen von dort aus bewegt hat. Er scheint an Ort und Stelle verschwunden zu sein.

Ich darf meinen Posten nicht verlassen, doch sobald es hell wird, werde ich nach ihm suchen. Ich will dieses Phantom mit eigenen Augen sehen.

7.2.1899 – 8:11 Uhr

Die Fußspuren sind verschwunden. Ich habe sie nicht entfernt – wer dann? Waren sie überhaupt dort?

Muss dringend schlafen.

8.2.1899 – 00:04 Uhr

Jemand ist im Turm. Über das Brechen der Wellen gegen die Klippen und das Ticken des Uhrwerks hinweg, vernehme ich erneut das Geräusch schwerer Schritte auf der Treppe. Bevor ich hinauf ins Wachtzimmer stieg, habe ich die Tür zum Leuchtturm verriegelt. Dennoch ist jemand hereingekommen, irgendwie. Ich bilde mir das nicht ein. Oder doch?

Ich werde nachsehen.

8.2.1899 – 00:15 Uhr

Ich öffne die Tür, blinzle ins spärlich beleuchtete Treppenhaus. Ein Schemen bewegt sich langsam die Stufen hinunter. Er geht gebeugt und trägt etwas über der Schulter. Ein Sack?

Ich muss ihm nachgehen, schnell!

Vorsichtig steige ich die Wendeltreppe hinunter, doch die Gestalt ist verschwunden, das Geräusch der Schritte verklungen.

Die Tür ist fest verschlossen, der Riegel vorgelegt. Es kann niemand hereingekommen sein, selbst mit einem Schlüssel nicht. Spielt mein Verstand mir einen Streich? Doch ich kann nicht eher ruhen, bis ich mich davon überzeugt habe, dass wirklich niemand hier ist. Und wenn ich dafür jeden einzelnen Stein auf dieser Insel umdrehen muss!

Ich spähe durch die vergitterte Luke in der Tür. Niemand zu sehen. Entschlossen drehe ich den Schlüssel im Schloss, entferne den Riegel und trete auf die Schwelle des Leuchtturms. Es regnet in Strömen, dicke Tropfen rinnen in meinen Kragen. Der Mond versteckt sich hinter dunklen Wolken. Das Leuchtfeuer und der Schein der Öllampe müssen ausreichen.

Bis ich die Mechanik wieder aufziehen muss, bleibt noch ein wenig Zeit. Ich werde meine Jacke überziehen und mich auf der Insel umsehen. Neben der Tür zum Maschinenraum habe ich einen Spaten gesehen, der dort an der Wand lehnt. Nicht unbedingt die beste Waffe, aber besser als nichts!

8.2.1899 – 03:27 Uhr

Meine Hände zittern, während ich diese Zeilen schreibe, meine Gedanken rasen.

Von dem Schemen keine Spur. Ich habe den Leuchtturm und die gesamte Insel abgesucht, nirgends ein Versteck.

Jedoch habe ich etwas anderes gefunden: Unter dem Wacholder befindet sich ein Grab, Knochen liegen darin, ein fast vollständiges Skelett.

Instinktiv zog es mich an diesen Ort, als wüsste ich, dass ich dort auf etwas stoßen würde. Die Schaufel drang erstaunlich leicht ins durchweichte Erdreich. Ungewöhnlich, wo der Boden hier doch sonst so hart ist. Hat dort kürzlich erst jemand gegraben?

Die Tücher, in die der Leichnam eingewickelt war, sind fast vollständig verrottet, doch im Kragen der zerlumpten Jacke entdecke ich die Überreste eingestickter Buchstaben. Nur mit Mühe lassen sie sich zu einem Namen zusammensetzen:

Arthur Connors.

Artie.

Einer der verschollenen Leuchtturmwärter. Wie ist das möglich? Er wird doch erst seit Kurzem vermisst? Was hat den Verwesungsprozess derart beschleunigt?

Zwischen den Rippen des Skeletts liegt ein mit Leder umwickeltes Buch. Es sieht fast aus wie jenes, in das ich diese Zeilen schreibe, vermutlich handelt es sich um ein altes Logbuch. Ich werde die Seiten trocknen, hoffentlich lässt sich noch etwas entziffern.

Ich habe eine Plane aus dem Vorratsraum über dem Grab ausgebreitet und sie mit Steinen beschwert. Das muss erst einmal genügen.

Langsam beruhigt sich mein Puls, meine Gedanken ordnen sich. Ich muss das Festland kontaktieren – irgendwie. Vielleicht gelingt es mir, den Kommunikator zu reparieren.

Doch zunächst muss ich mich waschen. Ich bin von Kopf bis Fuß voller Schlamm.

8.2.1899 – 09:17 Uhr

Ich komme mit dem Kommunikator nicht weiter. Ich weiß nicht, was damit nicht stimmt. Alles scheint soweit intakt, doch egal, welche Frequenz ich einstelle: Ich höre nur Rauschen.

8.2.1899 – 15:56 Uhr

Cookie hatte recht: Ein Sturm zieht auf. Am Horizont ballen sich schwarze Wolken, in der Ferne donnert es bereits.

Um die sterblichen Überreste zu schützen, habe ich das Loch wieder zugeschaufelt. Die Plane genügt nicht, der Wind würde sie fortreißen, der Regen sämtliche Spuren vernichten. Bis es mir gelingt, Kontakt zum Festland herzustellen, werde ich das Grab nicht mehr anrühren.

Nun drängt die Zeit. Ich muss die Mechanik aufziehen und das Licht des Leuchtturms einschalten.

8.2.1899 – 18:11 Uhr

Draußen wütet der Sturm. Regen prasselt gegen die Fenster, so laut, dass er alle anderen Geräusche übertönt, sogar das Rattern und Knirschen der Maschine. Das Licht des Leuchtfeuers scheint die Dunkelheit kaum zu durchdringen, hoffentlich reicht der Schein weit genug aufs Meer hinaus.

Die Stahlkonstruktion des Turmes schwankt. Nicht so heftig wie ein Schiff auf hoher See, aber dennoch spürbar. Cookies Worte kommen mir in den Sinn: Der Leuchtturm ist ein Gebäude für die Ewigkeit. Ich bin hier sicher.

(Hat Artie sich ebenfalls sicher gefühlt?)

9.2.1899 – 3:42 Uhr

Das Schlimmste scheint überstanden. Es regnet nicht mehr so heftig und auch der Wind lässt langsam nach.

Ich betrachte das halb vermoderte Logbuch. Ich weiß, ich sollte es nicht berühren, um es nicht vollends zu zerstören, doch es schreit geradezu nach mir. Ich kann nicht widerstehen.

Vorsichtig ziehe ich das wellige Papier auseinander, die Seiten lösen sich schmatzend. Auf der ersten Seite ist die Tinte verlaufen, ebenso auf der zweiten, dritten und den folgenden. Ich hatte gehofft, einen Hinweis zu finden, doch dies ist kaum mehr als ein matschiger Klumpen Papier.

Zwischen den Seiten entdecke ich eine Fotografie. Sie ist durchweicht, doch das Motiv ist noch zu erkennen: Zwei Männer im Maschinenraum des Leuchtturms, die Arme um die Schultern des anderen gelegt. Hinter ihnen ragt das riesige Uhrwerk in die Höhe. Das Gesicht des Mannes, der rechts im Bild steht, kommt mir bekannt vor, doch ich kann es nicht sofort zuordnen. Wo habe ich ihn schon einmal gesehen?

Ich drehe die Fotografie um. Auf der Rückseite ein handschriftlicher Vermerk, geschwungene Buchstaben in schwarzer Tinte, noch gut lesbar:

Taeper Rock Lighthouse, Januar 1899.
Arthur »Artie« Connors (links) und
Philipp »Cookie« Rye.

Mr. Philipp Rye, der Mann, der mich auf die Insel brachte.

Cookie, der Mann, der mich mit Vorräten versorgte.

Es lässt sich nicht leugnen. Cookie ist Philipp Rye – nur vierzig Jahre älter.

Wie zur Hölle ist das möglich?

Irritiert blättere zur letzten beschriebenen Seite; das Buch ist nur etwa zu einem Drittel gefüllt.

Zu meiner Überraschung sind die knappen Einträge dort nicht ganz so zerlaufen wie der Rest. Zerfaserte Buchstaben, in Eile hingekritzelt. Im flackernden Licht der Öllampe kann ich einige Wörter entziffern:

2.2.1899

Das Experiment ging furchtbar schief! Artie … Forschungskollege und mein bester Freund … tot … unter dem Wacholder begraben … Ich hätte auf ihn hören sollen! Mein verfluchter Ehrgeiz … Wir waren noch nicht so weit … die Zeitmaschine funktioniert nicht richtig … Riss im Gefüge von Raum und Zeit. Muss die Maschine reparieren!

… alles MEINE SCHULD!
MEINE SCHULD!
MEINE SCHULD!

8.2.1899

… so gut wie möglich wiederhergestellt … Morgen bei Tagesanbruch werde ich eine Woche in die Vergangenheit reisen … muss das Experiment und ARTIES TOD VERHINDERN!

9.2.1899

Lastet tatsächlich ein Fluch auf Taeper Rock? … bei meinen Berechnungen muss mir ein Fehler unterlaufen sein … Statt selbst in die Vergangenheit zu reisen, habe ich versehentlich eine Zeitschleife im Leuchtturm erzeugt …

Höre meine eigenen Schritte … sehe mich immer wieder selbst, wie ich Arties Leichnam die Treppe hinuntertrage …

Nach 7 Tagen, stets am 9. Februar um 6:00 Uhr morgens, wird der Leuchtturm (und alles ... darin befindet), eine Woche in der Zeit zurückversetzt.

Sämtliche Arbeiten, sämtliche Änderungen ... vergebens und auch meine Erinnerungen schwinden ... Wenn ich Artie retten will, muss ich die Insel verlassen und außerhalb der Zeitschleife weiterforschen. Werde ... Logbuch bei Artie begraben, für den Fall, dass ich scheitere ...

... brauche Ersatz für Leuchtturmwärter ... Maschine muss in Gang gehalten werden ...

Artie zu retten, ist alles, was noch zählt.

ICH DARF NICHT VERSAGEN!

9.2.1899 – 5:50 Uhr

Ich habe versucht, zu fliehen, den Leuchtturm zu ver-lassen – doch die Tür ist verriegelt. Durch die vergitterte Luke kann ich einen Schemen im Nebel erkennen, der ganz in der Nähe steht. Ich bin sicher, dass es Cookie ist.

„Philipp Rye!", brülle ich und hämmere mit den Fäusten gegen die Tür. „Lassen Sie mich hier raus!"

Ohne Eile tritt er näher. Im Licht der Morgendämmerung kann ich sein Gesicht erkennen. In seinen Zügen liegt Gram, doch er macht keine Anstalten, die Tür zu öffnen.

„Es tut mir leid, Juniper. Sie verstehen das nicht."

„Geben Sie mir den Schlüssel! Sofort!"

„Das geht leider nicht. Sie sind die Leuchtturmwärterin von Taeper Rock. Ich brauche Sie. Die Maschine muss in Gang gehalten werden, damit der Zeitriss sich nicht ausdehnt. Solange sie regelmäßig aufgezogen wird, bleibt er ein lokales Phänomen. Breitet er sich aus, könnte unsere gesamte Zeitlinie ausgelöscht werden. Und das wäre doch recht ... bedauerlich."

Verzweifelt rüttele ich an den Gittern. Cookie betrachtet mich mitleidig und ich erkenne: Er wird mich nicht gehen lassen – egal, wie sehr ich bettle und flehe.

„Wie lange schon? Wie viele Wochen? Wie viele Jahre?“, flüstere ich. Der Kloß in meinem Hals erschwert mir das Sprechen.

„Ist das wirklich wichtig? Wenn meine Mission erfüllt ist, werden Sie nie nach Taeper Rock kommen. Sie erhalten Ihr Leben zurück, so wie es war.“

„Und was geschieht mit meinem Leben, wenn es Ihnen nicht gelingt? Wenn Sie sterben, bevor Sie die Maschine reparieren können?“

„Was glauben Sie, wie oft wir dieses Gespräch schon geführt haben, Juniper?“ Mit einem traurigen Lächeln auf den Lippen wendet er sich in Richtung Anleger. „Ich werde schon einmal anfangen, die Vorräte abzuladen. Im Gegensatz zu Ihnen habe ich nicht alle Zeit der Welt. Wir sehen uns gleich.“

Wie erstarrt sehe ich ihm nach.

Es gibt kein Entkommen für mich. Wie oft habe ich es wohl schon versucht? Ich kann nichts tun, nur zusehen, wie die Zeit verstreicht. Und versuchen, mich zu erinnern. Irgendwie ...

Ich eile die neunundneunzig Stufen hinauf. Hoffentlich gelingt es mir, die Erinnerungen festzuhalten. In wenigen Augenblicken wird dieser Text verschwunden sein und mit ihm alles, was ich in den letzten Tagen erlebt habe. Vielleicht bleibt etwas davon in meinem Gedächtnis zurück, solange ich nur weiterschreibe.

Wenn ich Cookie gleich gegenübertrete, muss ich wissen, wer er ist.

Es ist 5:59 Uhr. Jeden Moment beginnt alles von vorn.

Ich darf nicht vergessen. Ich muss mich erinn–

Logbuch des Taeper Rock Lighthouse
Aufzeichnungen von Juniper James, Marineoffizierin
& Leuchtturmwärterin

2.2.1899 – 07:30 Uhr
Der Nebel hat sich gelichtet ...

Nina C. Hasse,
geboren 1986, ist Autorin und freie Lektorin. Sie lebt mit ihren felinen Assistenten Holmes und Watson in der idyllischen Krimistadt Münster und liebt Agatha Christie, den Herbst und Reisen im Wohnmobil an einsame Orte.
2016 erschien ihr Debütroman»Ersticktes Matt«, ein Steampunk-Krimi in einem alternativen New York des Jahres 1893. Mit »Ad Lucem – Terra« startet demnächst eine neue Abenteuerserie.
ninahasse.com

Ende eines Raubzuges

Wolfgang Lamar

Manchmal denke ich, dass ich eine Insel auf dem Rücken trage. Zusammengebacken aus Blut, Knochen und Alpträumen. Dies wäre eine Erklärung für so vieles in meiner Existenz. Ich rolle in schwerer See, tauche tief in die Wellenfront ein und Tonnen salziges Wasser spülen über mich hinweg. Es ist nicht die Last einer Insel, es ist die Last meiner Schande. Dort wo jetzt weiße Gischt aus meinen Speigatten sprüht, rann einst das Blut meiner Freunde in Strömen herab. Ich half dabei, Tausende von ihnen zu töten. Du fragst dich, wie ich, ein seelenloses Werkzeug aus Stahl, derlei fühlen kann? Sag mir die Antwort, wenn du sie kennst.

„Mikhail, warum sagst du nichts an, für den Maschinenmaat? Du darfst unsere alte Lady nicht so hart in die Wellen steuern. Spürst du ihr Zittern nicht in deinen Knochen?«

Der Kapitän kannte seine Slava, jeder Fehler am Ruder zupfte an seinen Sinnen. Er drängte den Steuermann beiseite.

„Stelle den Maschinentelegraphen auf Rückwärtsfahrt. Langsam ins Wellental, damit der Bug nicht zu hart einsetzt." Er drehte das Steuerrad um einige Grad. „Immer schön mit dem Bug voran gegen die See." Mit Ruder und Maschine half der Kapitän der alten Slava über die Wellen, beobachtet vom skeptisch dreinschauenden Mikhail. Der erste Steuermann, Gabriel, stellte sich dazu und flüsterte:

„Schau hin, der Alte und seine Slava sind wie ein altes Ehepaar. Die kannten sich schon, da war die Slava noch das Fabrikschiff der Walfangflotte. Was wir an der Akademie gelernt haben, ist ein Bärenschiss gegen seine Erfahrung."

Der Kapitän stellte sich ihnen gegenüber taub, aber auch wenn seine Arme nicht mehr so kräftig waren, seine Ohren taugten noch. Er dachte nicht gerne an jene dunklen Tage des Walfangs und sprach nie darüber. Woher der verflixte Kerl nur davon wusste. Seine Slava, missbraucht dazu, die Bewohner des Meeres abzuschlachten, zu kochen, für billiges Fett und Margarine. Er war voller Stolz gewesen, mitzuhelfen, bis er die Wale aus der Nähe sah, die gebrochenen Augen. Den klagenden Gesang der überlebenden Wale hörte, der aus dem Meer in die Kabinen dröhnte. Er lernte, dass viele Menschen die Majestät der Natur und des Meeres hassten. Sie ertrugen es nicht, dass etwas Größeres als sie selbst existierte. Nachdem das Gemetzel ein Ende fand, weil die Wale zu selten wurden, lag die Slava Jahre auf Reede. Er war zur Kriegsmarine gegangen, hatte dort studiert, und als die Slava zu einem Forschungs- und Explorationsschiff umgebaut wurde, war er der Erste, der sich für die neue Mannschaft meldete. Sie fuhren nicht mehr durch Ströme von Blut, sondern sammelten Wissen. Wenn die Menschheit die Meere nur erst kennen und verstehen lernte, vielleicht fand das Sterben, der Raubzug im Wasser, dann endlich ein Ende.

„Kapitän Svoboda, wie lange wollen sie hier mit uns über die Wellen Achterbahn fahren? Wir müssen endlich unser Einsatzgebiet erreichen!"

Der Kapitän bedeutete dem Steuermann, wieder das Ruder zu übernehmen, und wandte sich zum Sprecher. Der Chefwissenschaftler Hardnose – seine Nemesis auf dieser Reise – stand direkt vor ihm.

„Ein Sturm ist ein Sturm und vorbei ist er, wenn er vorbei ist. Was ist daran nicht zu verstehen, Mr. Hardnose?"

„Aber wir fahren laut GPS immer weiter nach Westen, wir hätten schon längst nördlich Richtung Äquator schwenken sollen. Wissen Sie überhaupt, was die Charter dieses Schiffes meine Firma kostet? Da kann ich wohl mindestens verlangen, dass wir unser Ziel pünktlich erreichen."

Kapitän Svoboda sandte ein Stoßgebet um Ruhe und Gelassenheit zum Himmel. Der wissenschaftliche Leiter schien nur von Finanzwissenschaften Ahnung zu haben. Er konnte diesen Schnösel einfach nicht leiden. Geduldig setzte er ihm erneut die Regeln von Wind und Strömung auseinander.

„Wissen Sie, Kapitän Svoboda, das ist mir vollkommen egal. Wenn Sie und ihr alter Dreckskahn nicht funktionieren wie vereinbart, dann lassen wir uns per Hubschrauber vom Schiff holen und Sie sehen keinen verdammten Cent."

Der Kapitän seufzte tief. Ob es Zweck hatte, dem Dummkopf zu sagen, dass sie sich außer Reichweite eines jeden Hubschraubers befanden? Dieser Mensch hatte keine Vorstellung von der Größe des Pazifiks, und er als Kapitän hatte weiß Gott andere Dinge zu erledigen, als Ignoranten den Ozean zu erklären.

„Aye Sir, wenn Sie Wind und Wellen Einhalt gebieten, dann sind wir in zwei Tagen da."

Eine Woche und unzählige Beschwerden des Chefwissenschaftlers später, zog die Slawa eine Bugwelle durch die spiegelglatte See der Rossbreiten. Delfine ritten auf der Welle mit. Die größten und stärksten Tiere glitten aufrecht, auf ihre Schwanzflosse gestützt, über den Wellenkamm. Die dienstfreien Crewmitglieder und Wissenschaftler standen an der Reling, klatschten vor Begeisterung und feuerten die Delfine mit ihren Rufen an.

Kapitän Swoboda kam es vor, als seufzte das Schiff vor Freude.

Der Bug schien höher über das Wasser zu ragen, der Lärm der Dieselmaschine melodiöser. Swoboda tätschelte die Instrumente auf der Brücke und genoss den Moment mit seiner Slawa.

Es klopfte an der Tür zur Brücke. Verwundert rief der Kapitän: „Herein!" Die Mannschaft trat einfach ein, wenn sie Dienst hatte, es musste ein Mitglied der wissenschaftlichen Crew sein.

„Hallo Kapitän, ich bin Laima Galdikas. Ich arbeite zwar in der Exploration, aber meine Liebe gehört den Walen. Darf ich ihnen ein paar Fragen stellen und vielleicht ihr Sonar studieren?"

Swoboda kannte ihren Namen nur von der Passagierliste. Die Wissenschaftler blieben lieber unter sich. Sie liebte Wale?

Natürlich konnte der Kapitän ihr die Bitte nicht abschlagen. Bald waren sie in ein Gespräch über ihre Erlebnisse auf dem Meer vertieft. Ihr umfassendes Wissen über den Ozean beeindruckte ihn sehr.

„Turteln Sie hier herum, Galdikas? Helfen Sie, den Tauchroboter klarzumachen. Wir brauchen jede Hand. Und Sie, Kapitän, hören auf Ehrenrunden zu drehen und steuern exakt diese Koordinaten an. Wird Zeit, dass Sie sich Ihr Gehalt verdienen."

Die Frau nickte dem Kapitän verständnisheischend zu und verließ die Brücke.

„Galdikas hat wenigstens geklopft, ein wenig Höflichkeit stünde Ihnen ebenfalls gut zu Gesicht, Hardnose." Swoboda schenkte dem Chefwissenschaftler nicht die Genugtuung weiterer Beachtung und wandte sich der Kursberechnung zu.

Die Exploration des Meeresgrundes dauerte nun schon zwei Wochen. Für Kapitän Svoboda gab es nur Routinearbeiten zu erledigen. Er verbrachte viel Zeit im Steuerraum des Tauchroboters. Galdikas erklärte ihm geduldig, was er sah. Chimären, Rippenquallen und

Kalmare, allesamt erstaunliche Lebewesen und daneben Bilder der Zerstörung. Spuren voriger Expeditionen zogen sich kreuz und quer über den Meeresboden. Aufgewirbeltes Sediment hatte sich über die Schwämme und die Kolonien der Röhrenwürmer gelegt und das Leben in tote groteske Skulpturen verwandelt.

Hardnose war bester Laune, die geschürften Manganknollen enthielten einen hohen Anteil an seltenen Erden und sogar Spuren von Gold. Über die Bordkommunikation hörten sie hier unten im Steuerraum die aufgeregten Schreie, wenn eine neue Ladung untersucht wurde. Der Kapitän befürchtete neues Unheil für das Meer und seine Stimmung sank ins Bodenlose.

„Kapitän, ich habe Schichtende, begleiten Sie mich in die Messe?"

Er zuckte, aus seinen Grübeleien gerissen, zusammen und sah auf. „Galdikas, Sie sind das? Ich war wohl in alten Erinnerungen versunken."

Ihr mitfühlender Gesichtsausdruck besänftigte seinen Missmut. Widerwillig lächelte er und sie lächelte zurück. Verwirrt folgte er ihr zur Offiziersmesse.

„Artjom, findest du nicht, wir sollten etwas gegen Hardnose unternehmen?"

Über einem Glas Limonade waren sie schnell zum Vornamen übergegangen. Laima. Der Klang ihres Namens rollte über seine Zunge wie bester Wodka.

Er nickte. „Ich war bei der Vernichtung der Wale dabei. Wenn es etwas gibt, das ich tun kann, um Hardnose aufzuhalten, gerne. Diese Expedition dient nicht der Forschung, sondern der Ausbeutung, und hätte nie stattfinden dürfen. Aber das Ozeanografische Institut braucht Geld für den Unterhalt der Slava."

„Geld ist Macht, ihr Menschen wollt es so. Deine Slava – hast du eine Ahnung, warum sie einmalig ist?"

„Ihr technischer Aufbau und ihre Geschichte sind einmalig." Der Kapitän studierte Laimas Gesichtsausdruck. „Dein Gesicht sagt mir, das ist nicht das, was du meinst."

„Nein. Ich sage, dass Slava eine Seele hat, eine eigenständige Person ist. Hast du nie ihre Stimme gehört?“

Doch, er hatte seinem Schiff zugehört. Er wusste, dass sie mit den Walen sprach, aber mit wem sollte er darüber reden? Man würde ihn an Land bringen und in einer Klinik versauern lassen.

„Liebe Laima, die Sonne ist schon untergegangen, wir sollten lieber morgen weiter darüber sprechen.“ Artjom fühlte sich von der ungewohnten Nähe zu einer Frau aufgewühlt.

Sie beugte sich zum Kapitän hinüber und legte ihm beschwörend die Hand auf den Unterarm.

„Mein lieber Artjom, wir reden in meiner Kajüte darüber, jetzt sofort.“

„Aber was soll die Mannschaft denken?“

„Dass der Kapitän endlich Glück bei einer Frau hat? Sie respektieren dich und werden sich für dich freuen.“

„Du weißt entschieden zu viel über mich und mein Schiff.“

Lachend ergriff er ihre dargebotene Hand und folgte ihr.

Die Nacht war vorangeschritten. Artjom und Laima lagen auf einer Decke, die auf dem Fußboden ausgebreitet war.

„Laima, spürst du die tiefen Töne, den Infraschall, der durch Slavas Rumpf dröhnt? Die Wale bleiben durch alle Ozeane damit in Verbindung. Slava singt mit ihnen. Auf eine seltsame Art und Weise trägt Slava die Essenz, die Seele der Getöteten in sich wie ein stählerner Wal. Woher weißt du es? Wieso hörst du sie auch?“

Laima wuschelte ihm durch sein Brusthaar.

„Alter Seebär oder nicht, warum hast du nicht gegoogelt? Denn ich bin, was mein Name sagt.“

„Du bist eine Göttin? Das ist genauso wahrscheinlich wie ein Schiff mit einer Seele.“

Artjom und Laima entfachten in meinem Rumpf einen seltsamen Zauber und für ein paar Stunden waren die Träume meiner Seelen leichter. Der Gedanke an den Friedhof am Grund der Tiefsee verschwand jedoch nicht. Wir näherten uns unaufhaltsam. Unter keinen Umständen durfte ich die Maschinen der Wissenschaftler dort gewähren lassen. Seit Äonen trafen sich dort die Wale, um die Träume und das Wissen der Alten an die Jungen weiter zu geben. Die Seelen, die ich trage, sehnen sich danach, ihre Reise zu beenden.

Die Begeisterung der Forscher über die Funde war der Gewöhnung gewichen. An diesen neuen Koordinaten suchten sie nach mehr als bloßen Manganknollen.

Artjom konnte Slava mit Laimas Hilfe endlich besser verstehen, und Slava übermittelte ihm äußersten Widerwillen, an dieser Stelle des Ozeans zu verharren. Die Strahlruder arbeiteten nur noch mit Aussetzern. Wie befürchtet kam der Chefwissenschaftler wieder einmal auf die Brücke gestürmt.

„Die Zeit, in der sie mit einem Mitglied meines Teams rumturteln, hätten sie besser für die Wartung ihres Schrottkahns genutzt. Wieso können wir die Position nicht halten? Ich werde dafür sorgen, dass Sie eine gewaltige Konventionalstrafe aufgebrummt kriegen, das können Sie mir glauben!“

„Ich bezweifle nicht, dass Sie Ihr Bestes versuchen, mein Herr.“ Artjom ließ das Dauerfeuer aus Drohungen kalt. „Ihr Team ist keine Militäreinheit. Wie Ihre Leute ihre Freizeit verbringen, geht Sie nichts an. Was dieses Schiff angeht: Slava hasst Sie aus tiefster Seele, weil Sie alles mit Füßen treten, was ihr etwas bedeutet.“

„Sie sind ja verrückt. Ich werde Sie Ihres Amtes entheben lassen. Zum Glück kreuzen Einheiten unserer vaterländischen Marine in diesem Seegebiet. Die werden Sie einbuchten.“ Dass der Admiral des erwähnten

Geschwaders ihn absetzte, hielt Artjom für unwahrscheinlich. Sie kannte sich seit der Marineakademie.

Rauch auf der Brücke und das Schrillen der Alarmglocke unterbrachen ihren Disput. Die Besatzung löschte bereits die Flammen, die aus der Funkerbude schlugen. Der Bootsmann kam angerannt, um Meldung zu machen.

„Kapitän, es gibt einen Kurzschluss in der Funkanlage."

„Das bedeutet, Bootsmann?"

„Es ist in einem der erneuerten Kabelkanäle. Dafür ist kein Ersatz an Bord. Ich weiß nicht, bis wann wir das reparieren können. Wir sind bis auf weiteres ohne Kommunikation."

Respektvoll zog sich der Bootsmann nach seiner Meldung zurück. Der tobende Hardnose nahm seinen Platz ein.

„Falls Sie glauben, solche kindischen Manipulationen könnten Ihren Hals retten, verrückter Svoboda, muss ich Sie enttäuschen: Ich habe ein Satellitentelefon dabei."

Mit stampfenden Schritten ging er zur Tür der Brücke hinaus und versuchte, sie zuzuschlagen. Eine armselige Verstellung. Der Stahl des Deckbodens war zu dick, um unter menschlichen Schritten zu erzittern, und die Tür besaß einen Schließdämpfer. Das Brückendeck zitterte dennoch, Slava war in Aufregung.

Es klopfte an der Tür. Artjom erkannte Laimas Silhouette durchs Bullauge.

„Steuermann, halte die Position. Ich werde mir anschauen, was die Wissenschaftler an der Slip treiben und was Hardnose so aufregt."

Draußen vor der Tür gab Laima ihm einen Kuss auf die Wange.

„Danke, dass du mitkommst. Du hast die Veränderung bemerkt?"

„Ja, Slava kämpft gegen die Steuerung, als wollte sie einen Aufstand wagen. Was habt ihr im Meer gefunden?"

„Ich habe dienstfrei, aber der Schleppschlitten wird

hochgezogen und seitdem ist Slava alarmiert. Wenn ich mich nicht täusche, ist der Schlitten auf das Heiligste der Wale gestoßen."

„Und was ist das?"

„Ein Treffpunkt, ein Ritualort, ein Friedhof. Etwas vom Wesen der Wale, das Menschen nicht verstehen." Sie breitete die Arme aus, wie um den Ozean zu umarmen.

„Was unternehmen wir dagegen?"

„Wir warten ab, wofür die Menschen sich entscheiden, Profit oder Respekt."

Laima gewährte ihm einen Blick auf etwas, das sie unter der Jacke trug. Artjom sah die zertrümmerte Elektronik eines Satellitentelefons. Er nickte anerkennend.

„Unsere letzten gemeldeten Koordinaten liegen tausend Seemeilen von hier, das offizielle GPS-Signal ist wegen der Geheimhaltung vor der Konkurrenz deaktiviert, die inoffiziellen werden durch Störstrahlung ausgeschaltet. Was immer geschieht, nur dieses Schiff und das Meer werden davon erfahren."

Artjom und Laima standen am Rand der Slip. Früher hatte die Winde die Kadaver der Wale an Bord gezogen. Nun war es der Schleppschlitten, der wie eine Planierraupe den Meeresboden zusammengeschoben und mit seinem Korb die größeren Gegenstände herausgefiltert hatte. In der Sonne leuchteten Knochen, dazwischen glitzerten Kristalle.

„Sie haben beides gefunden, den Friedhof und den verwitterten Schlot des Vulkans. Millionen Tonnen Kimberlit, die nur darauf warten, Diamanten im Überfluss zu liefern."

Artjom drückte Laimas Hand.

„Ich fürchte das, wofür sie sich entscheiden werden, meine Liebste. Es gibt aber anständige Frauen und Männer auf dem Schiff, gib ihnen eine Chance. Sie können sich entscheiden, den Ort zu respektieren."

„Wir dürfen den Frevel am Meer und seinen Geschöpfen nicht zulassen, aber warten wir ab."

In der Schiffsmesse floss der Alkohol in Strömen. Auf dem Tisch des Chefwissenschaftlers lagen Goldnuggets und Brocken milchig-trüber Kristalle.

„Das ist es, wofür wir diese beschissene Seefahrt erdulden. Diamanten, groß wie Hühnereier, selbst die winzigsten Anteilsprozente an dem Fund machen jeden von uns reich. Theoretisch, denn die beiden dort wollen uns aufhalten." Anklagend streckte Hardnose seinen Zeigefinger dem Kapitän und Laima entgegen. „Der Kapitän behauptet, sein Schiff weigere sich, an diesem Ort zu bleiben, weil dieses Stück Meer den Walen angeblich heilig wäre. Meine eigene Biologin bestärkt ihn darin und sagt, wir sollen fliehen. Hat jemand von euch jemals größeren Mist gehört? Steckt sie in die Bilge, da sind sie den Fischen am nächsten und haben Gesprächspartner. Wer sich zwischen uns und unseren Reichtum stellen will, kann sie gerne begleiten.

Schweigen. Zwischen gesenkten Köpfen hatten die beiden Steuermänner ihre Häupter trotzig erhoben.

Nach sprachlosen Sekunden erhob sich ein Tumult, an dessen Ende der Kapitän, Laima und die zwei Steuermänner gebunden am Boden lagen.

Triumphierend stand der Chefwissenschaftler über ihnen.

„Nehmen Sie es nicht persönlich, aber Sie können sich nicht gegen den Fortschritt stellen." Zur Mannschaft gewandt sagte er:" Ich danke euch für eure Hilfe. Bringt sie weg und teilt euch auf, was auf dem Tisch liegt."

Die Matrosen schleppten sie zur tiefsten Luke im Schiff.

„Kapitän, Sie sind ein guter Mensch, es tut mir leid, Sie einzusperren, aber wir haben die Chance Oligarchen zu werden! Ich verstehe nicht, wieso Sie ein reiches Leben ausschlagen. Aber wenn Sie mich nicht angreifen, löse ich die Fesseln."

Svoboda hielt ihm seine Hände hin.

„Schade, dass du es nicht besser weißt, Matrose. Trotzdem danke, ich werde friedlich bleiben."

Schraubenschlüssel klapperten auf dem Stahl.der Luke. Von der anderen Seite wurden die Bolzen eingeschraubt, durch die Luke durfte kein Wasser nach oben dringen. Die vier Menschen in der Bilge waren endgültig gefangen. Brackiges Wasser schwappte ihnen zwischen den Beinen, das einzige Licht kam von den fluoreszierenden Zifferblättern ihrer Armbanduhren.

„Laima, ich hätte gern mehr Zeit mit dir verbracht. Mikhail und Gabriel, eure Treue rührt mich, aber den Lohn dafür werdet ihr aus Gottes Hand empfangen. Die werden uns hier verrotten lassen."

Zur Antwort dröhnte und zitterte der Schiffsboden, kreischend rieben die Rumpfplatten über das Skelett aus Stahlträgern. Wasser gurgelte unter den Streben hindurch.

„Hört ihr das? Die Slava schreit und im Meer antworten die Wale. Miteinander verbunden in einem großen Chor."

Artjom erinnert sich an die Träume der letzten Nächte und unter den dröhnenden Klängen des Schiffrumpfes erkannte er ihre Wahrheit. Sie trieben über den Klüften der Ahnen. Seit es diesen Ozean gab, kamen die Häupter der Sippen hierher, um zu sterben. Sie sangen ihr letztes Lied, um ihre Geschichte an die Nachkommen weiter zu geben. Slava trug die ungesungenen Lieder derer mit sich, die auf ihrem Deck der Gier geopfert wurden. Er wusste bis ins Mark seiner Knochen, worum sein Schiff ihn bat.

„Laima, Mikhail, Gabriel, ich habe eine Idee. Aber wir werden es wohl nicht lebend überstehen. Seid ihr bereit dafür?"

"Nein Kapitän", antwortete Mikail, „kein Mensch ist bereit dafür. Aber die Meuterer haben uns hier drin doch schon zum Tode verurteilt, die werden uns nicht mehr herauslassen. Ich will nicht verdursten, dann sterbe ich lieber, wann ich es will."

Gabriel nickte knapp, Laima ebenfalls.

„Dann lasst uns die Flutventile öffnen."

Artjom legte Laimas Hände und die der Männer auf den Längsträger an der Bordwand, an dem sie sich bis zu den Ventilen vortasten konnten.

Laima gab ihm einen langen Kuss.

„Deine Tat wird nicht umsonst sein, mein Lieber."

Nach langer Suche in der Dunkelheit waren die vier an den Flutventilen angekommen. Auf einen Zuruf des Kapitäns öffneten sie sie.

Wie herrlich das Wasser über mein Deck strömt. Mein Leib ist nicht mehr getrennt vom Ozean. Die Lieder, die ich trage, singt mein Herz endlich am richtigen Ort. Der Jubel meiner Freunde umtost mich. Der Kapitän hat mich nach Hause gebracht. Friede seiner Seele und Frieden den treuen Steuerleuten. Danke Laima, Frau der Wellen.

Artjom sah das Leuchten eines Sonnenaufgangs über dem Wasser. Er ruderte mit den Armen, kämpfte gegen den Widerstand des Wassers, gegen den Mangel an Luft in seiner Lunge. Kraftlos trieb er zur Oberfläche. Hilfreiche Hände streckten sich ihm entgegen. Gabriel und Mikhail zogen ihn über das Dollbord eines Bootes. Schneeflocken setzen sich sanft auf die Ruderbänke vor ihm, am Horizont brach sich Nebel an den Felsen hoher Klippen. Der Vordersteven ragte hoch über die Wellen, Geschnitzt zu einem Drachen. Laima stand davor. Gekleidet in graue Wolle, die Schultern bedeckt von einem Tuch, das wie Fischschuppen in der Sonne glänzte. Ihre linke Hand lag auf dem Leib des Drachen, ihre Rechte hielt eine Harpune, gefertigt aus Knochen.

„Willkommen in neuen Gewässern, mein Kapitän."

Wolfgang Lamar wurde 1956 in Essen/Ruhr auf Kohle geboren. Mit der Familie verschlug es ihn an den Niederrhein. Dort arbeitete er als Offsetdrucker. Eines Tages schickte seine Frau, ihn in eine Schreibwerkstatt um in Ruhe backen zu können. Schreiben spielt nun eine Hauptrolle bei ihm. Er veröffentlichte Kurzgeschichten und arbeitet an einer Romanveröffentlichung.

Twitter @LamarEtHenry

Acht Glasen

Christian Künne

Das Flattern der Segel erzeugte ein schnell schlagendes Geräusch, wie es Ginny auf der Reise bislang noch nicht vernommen hatte. Wellen wanderten über den weißen Stoff, als würde sich die Bewegung des Meeres in ihnen abbilden.

Vom Wind spürte Ginny wenig auf der eigenen Haut. Sie saß mit dem Rest ihrer Familie, den Offizieren und dem Kapitän im Windschatten des Achterdecks an einem groben Tisch. Zu gern wäre sie aufgesprungen und zum Achterdeck aufgestiegen, damit der Wind Wellen in ihre Haare schlagen konnte. Doch das war im Moment unmöglich. Trotz der einfachen Möbel war es ein festlicher Anlass, der sie an ihren Platz zwang.

Eine kleine Hand schob sich in ihre. Sie gehörte ihrer kleinen Schwester Eleane. Sie öffnete den Mund, doch Ginny legte ihr schnell einen Zeigefinger auf die Lippen. Mit einem Nicken deutete sie am Tisch entlang. Der Kapitän und ihr Vater unterhielten sich, ihr Bruder und die Offiziere hörten offensichtlich amüsiert zu. Sie würden ein Wort aus Eleanes Mund wahrscheinlich gar nicht wahrnehmen, doch ihre Mutter, die zu Ginnys anderer Seite saß, würde es unter keinen Umständen dulden.

Plötzlich machte sich ein unangenehmes Gefühl in ihr breit, ein Ziehen in ihrem Kopf. Doch die Ursache war nicht der Anblick ihrer Mutter, die steif und aufrecht dasaß und den Männern lauschte.

Der alte Calch musterte sie. Für einen Moment schauten sie einander in die Augen, tief in das jeweilige Blau. Calch sah weg und das Ziehen in ihrem Kopf verschwand.

Doch sie wandte sich nicht ab. Das Gesicht des Buchhalters, der schon seit vielen Jahren in der Reederei ihres Vaters arbeitete, war durch tiefe Falten und bräunliche Flecken auf der Haut gezeichnet. Nicht zum ersten Mal fragte Ginny sich, warum Calch auf der *SV Myzen* mitfuhr – dem neuen Stolz der Reederei, und damit ihres Vaters. Dem Schiff, das die ganze Familie in die Neue Welt brachte. Ein alter Buchhalter war hier merklich fehl am Platze.

Als die Schiffsglocke ertönte, fuhr Ginny zusammen. Sie zählte die Schläge mit, wie jedes Mal. Drei Doppelschläge. Ende der Dreiviertelwache. Das Signal, auf das alle gewartet hatten. Zügig kamen die Männer der Besatzung, sofern sie nicht anderweitig Dienst taten, an Deck und verteilten sich auf dem freien Teil des Oberdecks.

Ginny spürte die Blicke der Seemänner, die immer wieder zu ihr streiften. Sie lösten ein unangenehmes Ziehen aus, eines in der Magengegend. Ihre Zofe hatte sie vor der Überfahrt eindringlich vor den Seemännern gewarnt. Abergläubische Tölpel, die Frauen auf einem Schiff als böses Omen betrachteten, hatte Chrysta sie genannt. Und das sei noch die bessere Sorte.

In diesem Moment wünschte Ginny sich ihre Zofe an ihre Seite. Als Tochter des Reeders war sie zwar sicher vor den Annäherungen der Seemänner, doch Chrysta hätte dafür gesorgt, dass die Männer sie nicht länger anstarrten. Der Ausdruck von Gewalt oder Gier in den Augen einiger wurde ihr unerträglich. Die Blicke waren wie fette Würmer, die über ihre Haut krochen, und unwillkürlich rieb Ginny sich die Arme. Warum gestattete Mutter ihr keine einfachere Kleidung? Die Betonung der Weiblichkeit durch ihre üblichen Kleider erregte deutlich mehr unerwünschte Aufmerksamkeit, davon war Ginny überzeugt.

Zusammen mit dem Schiffsjungen trug der Smutje einen mit heiß dampfendem Fleisch beladenen Tisch heran. Als der Tisch stand, schlug der Koch dem Jungen kurz und kräftig mit der flachen Hand auf den Hinterkopf. Hastig verschwand dieser wieder unter Deck, eine Hand um einen Gegenstand unter seinem Hemd gekrallt.

Ginny sah ihm nach. Er war wohl etwas älter als Eleane, aber jünger als sie selbst. Jedes Mal, wenn sie ihm begegnete, schien er bedrückt zu sein. Ein Gefühl, das sie ebenso begleitete. Vielleicht war seine Stimmung sogar noch düsterer. Nur der Gegenstand unter seinem Hemd gab ihm anscheinend etwas Halt. Was es wohl war?

Der Kapitän stand auf und setzte zu einer Ansprache an. Die Hand ihrer Schwester suchte die ihre erneut.

„Guck mal“, flüsterte Eleane und deutete, ein Kichern unterdrückend, neben ihren Stuhl.

Ginny blickte an ihr vorbei zu der Hündin, die sich bei ihrem letzten Zwischenstopp auf einer kleinen Insel an Bord geschlichen hatte. Ginny konnte es dem Tier nicht verübeln – die kleine Hafenstadt, in der sie Proviant aufgefüllt hatten, war furchtbar trostlos gewesen. Die Menschen dort hatten eine Aura verströmt, als hätten sie das Leben aufgegeben. Die kleine Insel, deren Speerspitze die Stadt bildete, wirkte wie ein Schiff, das ziellos auf dem Meer trieb und dessen Mannschaft einzig noch auf den Tod wartete.

Ginny schüttelte die Erinnerung ab. Die Hündin mit dem dunklen Fell lag friedlich zu Füßen ihrer Schwester und döste. Ginny hoffte, dass keiner der Seemänner auf die Idee kam, das Tier einfach über Bord zu werfen. Vielleicht konnten sie ihm beibringen, die Ratten auf dem Unterdeck zu jagen – dann würde der Kapitän bestimmt nichts sagen.

„Der Hund heißt Arti“, flüsterte Eleane.

Ginny kicherte leise. „Aber sie ist doch eine Hündin“, flüsterte sie zurück.

„Das ist aber der Name, den sie mir gesagt hat.“ Eleane beugte sich hinunter, um die Hündin zu streicheln.

Ginny spürte plötzlich den Griff ihrer Mutter um ihr Handgelenk. Sie hätte es wissen müssen.

„Ruhe, ihr zwei!" Dieses fauchende Schreien, das gerade noch einen halben Meter weiter zu hören war, beherrschte nur ihre Mutter. „Vater spricht!"

Wortlos setzte Ginny sich aufrecht hin. Der Kapitän hatte wieder Platz genommen, dafür stand nun ihr Vater und hielt seinerseits eine Ansprache – sein Gewehr mittig mit einer Hand gepackt und über den Kopf erhoben.

„... dank meines günstigen Jagdgeschicks", sagte ihr Vater gerade, „an dem auch Ihr teilhaben sollt. Deshalb gibt es heute ein kleines Festmahl – zu unseren Ehren, die das Meer bereisen und es sich Untertan machen. Esst Euch satt an der Hirschkuh, auf dass mein Jagdgeschick in Euer Segelglück münden mag."

„Aye!", riefen die Männer wie aus einem Munde.

Ihr Vater ließ sich gerne feiern und posierte noch mehrere Sekunden lang mit erhobenem Gewehr. Dabei hatte das Wild auf der Insel kaum Fluchtmöglichkeiten gehabt. Es hatte sich nicht einmal zwischen den zarten, jungen Bäumen verstecken können.

Ginny blickte wieder hinauf zu den Segeln. Sie blähten sich nicht länger, still hing der Stoff herab. Stattdessen liefen heißkalte Wellen über ihren Rücken und erzeugten ein neues Ziehen in ihrem Körper. Als würde sie versinken in ein tiefes Blauschwarz.

Ginny lag in ihrer Hängekoje und starrte an die Decke. Sie hätte nicht geglaubt, dass sie das Schaukeln des Schiffes auf den Wellen vermissen würde. Das Schaukeln hatte etwas von einem Wiegenlied gehabt, das sie einlullte. Nun fehlte es und sie musste allein den Weg ins Land der Träume finden.

Die Schiffsglocke ertönte, leise, aber deutlich. Zwei Doppelschläge und ein Einzelschlag. Vorsichtig, um sich nicht am Balken zu stoßen, richtete sie sich auf und schob die Decke vom Körper. Es war warm, auch ohne die Decke und nur mit einem Nachtkleid. Ginny blinzelte. Sie schwitzte nicht, doch die Luft schien sich schwer auf ihren Körper zu legen, als wollte sie ihn auspressen.

Durch den Vorhang war das Licht der Öllampe auf der anderen Seite auszumachen. Die große Kabine für den Kapitän und die Offiziere, gleichzeitig Kommando- und Schlafstätte, war mit Laken in mehrere Bereiche geteilt worden. Ginny teilte sich ihren Bereich mit Eleane, die tief und fest schlief.

Unter Eleanes Hängekoje lag die Hündin zusammengerollt. Plötzlich bewegte Arti den Kopf und schlug die Augen auf. Sie leuchteten irritierend grün, hielten Ginnys Blick gefangen. Der Bann riss erst, als das Tier unvermittelt aufsprang.

Plötzlich stand Ginny in der Kajüte, ohne sich zu erinnern, aus der Koje geklettert und zwischen den Tüchern hindurch getreten zu sein. Das Licht der Öllampe auf dem Besprechungstisch zeichnete groteske Schatten auf die hängenden Tücher. Ihre Eltern, ihr Bruder, der alte Calch, der Kapitän und die Offiziere schliefen irgendwo dahinter.

Die unnatürliche Wärme schien von der Lampe auszugehen. Ginny blinzelte ins Licht. Es musste ein Traum sein. Selbst ohne den Wellengang hatte sie das Land der Träume gefunden – oder es sie. Nur das mehrtönige Schnarchen hinter den Tüchern drang mit einer Echtheit in ihre Ohren, die sie am Traum zweifeln ließ.

Leichtes Scharren auf Holz. *Arti,* dachte Ginny und drehte sich um. Sie war plötzlich draußen, auf dem Oberdeck. Dichter Nebel umhüllte sie. Seltsamerweise wärmte er sie wie die Luft unter Deck. Der Eindruck eines Traums verstärkte sich. Irgendwo leuchtete eine Lampe, aber das Licht war diffus, verschmiert in der Feuchtigkeit der Luft.

Ginny blickte sich um, erkannte die Hündin als Schatten im Nebel, der gerade verschwand. Sie folgte dem Tier. Vorsichtig schritt sie über die Planken, bis sie schließlich die Reling erreichte. Arti war nicht da.

Ginny sah aufs Wasser, doch der Nebel verwehrte ihr die Sicht auf die See und erstickte jedes Geräusch. Nicht den kleinsten Wellenschlag gegen den Rumpf konnte Ginny vernehmen. Mit dem Nebel um und über dem Schiff konnten sie gleichsam am Himmel hängen oder durch fremde Welten schweben. Ginny lächelte.

Mit einer Hand an der Reling ging sie weiter. Sie sog die Nachtluft ein, konnte freier atmen als in der Kajüte. Zumindest der Salzgeruch machte deutlich, dass sie sich noch auf dem Meer befanden. Es konnte kein Traum sein, das hier war zu echt – trotz der seltsamen Wärme.

Ginny hielt inne, legte beide Hände auf die Reling und starrte in das Grau vor sich. Wo war die Hündin?

Ein Nebelschwall waberte an Deck, gleich einer großen Welle, die auf einen Strand brandete. In ihr wirbelten Schatten und Ginny sah sich plötzlich umgeben von ihnen. Nah, doch nicht greifbar.

Ihre Finger krallten sich fester um das Holz. Seine Konturen veränderten sich, die Textur schnitt die Linien ihrer Handfläche. Ginny starrte auf ihre Hände, dann auf das Geländer. Doch da war nicht mehr nur eine Reling, nicht mehr nur ein Schiff. Ein zweites lag darunter, aus schwarzem Holz. Es wogte leicht hervor, kaum sichtbar, nur ganz nah an der realen Welt.

Es musste doch ein Traum sein! Ginny riss ihre Hände weg, das Holz stöhnte, splitterte auf. Ein Holzstück lag in ihrer Hand, als sie endlich einen Schritt zurücktreten konnte.

Sie hatte keine Zeit, den Splitter zu begutachten, denn der Nebel lichtete sich in unheimlicher Geschwindigkeit und gab das Licht der Sterne frei.

Neben dem Schiff ragte eine Felswand aus dem Wasser empor. Nein, nicht nur nackter Fels. Zuerst erkannte Ginny es nicht, dann … Sie sog scharf die Luft ein, die Kälte kam aus ihrem Inneren und ließ sie zittern. Sie konnte sich nicht bewegen, nicht wegsehen.

An die Felswand war eine Gestalt gekettet, schwer geschunden und blutbesudelt.

Ginny zwang sich, wieder an die Reling zu treten. Ihr Herz pochte wild. Sie konnte das Gesicht nicht erkennen, doch der Körper kam ihr vertraut vor. Ein Mädchen, nein, eine junge Frau, nackt und tot. Die Erkenntnis traf sie wie ein Schlag: Die Tote war sie selbst.

Sie sah nach oben, den Fels entlang, wie magnetisch angezogen. Auf der Felsspitze stand eine Frau, eine erwachsene Frau mit auffallend schwarzen Haaren, die über ihren grüngewandeten Körper fielen. Ihre grünen, stechenden Augen blickten auf Ginny hinab, in ihre Seele, ihren Verstand.

„Nein ..." Kaum mehr als ein Flüstern löste sich von Ginnys Lippen.

Der Nebel kehrte zurück, rollte über den Felsen und verschluckte die Sicht. Alles nur noch Grau in Grau. Es war nicht mehr als ein Abbild eines Albtraums gewesen. Oder nicht? Traum, kein Traum, Schlafen und Wachen gingen ineinander über.

„Mädchen, was machst du hier draußen?"

Die Stimme ließ Ginny erschrocken zusammenfahren. Sie wandte sich um. Für einen Augenblick war ihre Sicht unscharf, verschwommen. Doch nicht wegen des Nebels, der nun weniger dicht über dem Schiff lag. Es war, als würde sie wieder in die Realität zurückfallen – oder doch aus einem Traum erwachen.

Calch, der alte Buchhalter ihres Vaters, stand vor ihr. Er sah weniger besorgt als missmutig aus.

„Mr. Calch!", brachte Ginny hervor. „Haben Sie ..."

Ihr wurde plötzlich bewusst, dass sie nur im Nachtkleid auf dem Oberdeck stand. Von der umhüllenden Wärme war nichts geblieben. Sie schlang die Arme um ihren Oberkörper.

„Was ist das?" Calch deutete auf ihre Hand. Ginny offenbarte den Gegenstand. Ein Stück schwarzes Holz lag auf ihrer Handfläche, seltsam geformt, auf der einen Seite flach und breit, auf der anderen rundlich. Calch kam näher und streckte eine Hand nach dem Holzstück aus, zog sie jedoch schnell wieder weg. „Totenholz“, murmelte er und starrte Ginny einige Sekunden lang an.

Ginny starrte zurück, versuchte die Gedanken des alten Mannes zu erraten. Calch wandte sich ab. Schnellen Schrittes ging er fort.

Vermutlich würde er mit ihrem Vater sprechen. Ginny ballte die Faust um das Stück Holz.

Soll er doch, dachte sie.

Ginny hatte sich mit Arti in den schlecht beleuchteten Vorratsbereich unter Deck begeben, um die Hündin zur Jagd auf Mäuse und Ratten zu animieren. Die Erlebnisse der vergangenen Nacht hallten in ihrem Kopf nach.

Was Traum und was real gewesen war, konnte sie nicht sagen. Sie waren eins, beide Welten. Der Nebel verband sie miteinander. Der Nebel, in dem das Schiff noch immer trieb, gefangen in der Flaute, und das Totenholz, das Ginny sicher unter ihrem Kleid verwahrte.

Sie hatte die restliche Nacht gegrübelt und war zu keiner Erkenntnis gekommen. Ihr blieb keine andere Wahl, als die kommenden Tage wie üblich anzugehen. Sie war hier auf dem Schiff, das nächste Stück Land weit entfernt.

„Na los, Arti!“ Sie deutete in eine der dunklen Ecken zwischen einigen Fässern. Die angebundenen oder in Käfigen untergebrachten Nutztiere um sie herum dösten allesamt vor sich hin. Das schien die Hündin anzustecken: Sie lag zu Ginnys Füßen und blinzelte träge zu ihr hinauf.

„Komm, jag schon.“ Mit einem Seufzer ging Ginny in die Hocke und kraulte Arti hinter dem Ohr. „Ich will doch bloß nicht, dass die Männer dich über Bord schmeißen.“

„Das werden sie nicht“, ertönte eine Stimme hinter ihr und Ginny fuhr auf.

Als sie ihren Bruder erblickte, streckte sie ihm die Zunge

raus. „Oscar, du hast mich erschreckt."

„Du benimmst dich kindisch", kommentierte Oscar und verschränkte die Arme hinter seinem Rücken.

Als die Schiffsglocke ertönte, blickte Ginny unwillkürlich zur Decke. Zwei Doppelschläge.

„Mutter fragt nach dir. Beeil dich lieber." Dann drehte er sich um und ging.

„Hält sich für so erwachsen, macht aber noch immer die Botengänge für Mutter." Ginny seufzte und nahm den Kopf der Hündin in beide Hände. „Dir sagt niemand so leicht, was du zu tun hast, nicht wahr?" Sie drückte ihr einen Kuss auf die Schnauze und richtete sich auf.

„Magst du mitkommen?" Sie wartete kurz, bis die Hündin an ihrer Seite war, dann trotteten sie durch die Schatten des Unterdecks zur Treppe.

Bevor Ginny einen Fuß auf die unterste Stufe setzen konnte, rempelte jemand sie aus der Dunkelheit heraus an. Gerade noch konnte sie sich auf den Beinen halten. Überrascht blickte sie auf den Schiffsjungen, der gestürzt war und nun auf seinem Hosenboden saß.

„Ist alles in Ordnung bei dir?" Ginny wollte ihm eine Hand zum Aufhelfen ausstrecken, doch er sprang bereits wieder auf die Füße.

Kurz knetete der Junge seine Hände, den Kopf gesenkt. „'Tschuldigung, Miss", murmelte er schließlich und rannte die Treppe hinauf.

Ginny wollte ihm hinterherrufen, aber Artis Knurren hielt sie davon ab. Die Hündin starrte in die Dunkelheit. In den schwachen Lichtkegel vor der Treppe ragte eine Schuhspitze, die plötzlich weggezogen wurde. Von einem Schuh, der ihr bekannt vorkam.

„Vater?" Ginny zögerte. Warum versteckte er sich?

Arti hatte sich wieder beruhigt und machte sich daran, die Stufen hinaufzuklettern. Auf halber Strecke blickte sich die Hündin um, als wollte sie sich vergewissern, dass Ginny ihr folgte.

„In Ordnung." Ginny warf einen letzten Blick in die Dunkelheit. Sollte Vater machen, was er wollte. Das tat er ohnehin immer.

Sie folgte der Hündin an Deck. Arti war irgendwo im Nebel verschwunden, wie schon in der vergangenen Nacht. Missmutig tastete Ginny sich vor. Sollte halt auch die Hündin machen, was sie wollte.

Am Deckaufbau angekommen, strich sie über das Holz und folgte ihm bis zur Tür der Kapitänskajüte. Leise Stimmen drangen durch den Nebel. Wenige Schritte entfernt, aber dennoch nur als Schemen sichtbar, standen zwei Personen. Die kleine, schmale Gestalt konnte nur der Schiffsjunge sein. In der anderen Person erkannte sie einen der Offiziere.

„Wo warst du?", zischte der Offizier. Er hatte den Schiffsjungen am Kragen gepackt.

Die gemurmelte Antwort konnte Ginny nicht verstehen. Dafür hörte sie den Knall der Ohrfeige, die der Offizier dem Jungen verpasste.

Erschrocken öffnete Ginny die Tür und stolperte in den Raum dahinter. Sie musste sich an einem der Tücher festhalten, um nicht zu stürzen.

Der Kapitän und der erste Offizier standen über den Besprechungstisch gebeugt und besahen einige Papiere. Als Ginny einen weiteren Schritt machte, blickten die Männer auf.

„Etwas übermütig, Miss?" Der erste Offizier lächelte ihr zu. Der Kapitän sagte nichts.

Rechter Hand wurde eines der Tücher beiseite geschoben und ihre Mutter kam in Sicht. „Ginny", sagte sie bloß und verschwand wieder in dem Schlafbereich, den sie mit Ginnys Vater teilte.

Ginny war gerade durch den Spalt geschlüpft, als sie das Knarren der Kajütentür hörte und sich umdrehte. Ihr Vater war eingetreten. Er sah sie und reckte das Kinn, sprach sie jedoch nicht an.

„Mr. Agathon?", sprach der Kapitän ihren Vater an.

Ihr Vater machte eine knappe Handbewegung, dann trat er an den Besprechungstisch. Ginny musterte ihren Vater und erkannte zum ersten Mal, dass die angebliche Größe dieses Mannes nur von seinen eigenen hohlen Worten stammte.

Mit Verachtung wandte Ginny sich ab und ihrer Mutter zu. Der strenge Blick ihrer Mutter versprach hingegen bedeutsame Worte. Und Ginny konnte sich gut vorstellen, dass es keine angenehmen sein würden. Vielleicht hatte Calch gar nicht mit ihrem Vater über die vergangene Nacht gesprochen, sondern mit ihrer Mutter.

Der Nebel lag noch immer schwer auf der *Myzen*. Ginny wanderte langsam zwischen den Seemännern hindurch, die schweigend auf den Planken saßen – dunkle Silhouetten im allumfassenden Grau – und Segeltuch und Kleidung flickten, wie am Seemannssonntag üblich.

Die Worte ihrer Mutter vom Vortag hallten in ihr wider. Sie wusste nicht, was sie entsetzlicher fand: dass ihre Eltern vorgehabt hatten, sie in der Neuen Welt mit einem angesehenen Neffen des alten Calch zu vermählen, oder die Wut ihrer Mutter auf sie, dass Calch der Heirat nicht länger zustimmte.

„Calch, der alte Griesgram", flüsterte Ginny und tastete sich langsam zur Reling.

Sie wusste, dass Calchs Sinneswandel etwas mit der seltsamen Nacht zu tun hatte. Wie hatte er den Holzsplitter bezeichnet? Totenholz. Er hatte vermutlich noch mehr gesehen, glaubte, mehr zu wissen. Und nun hielt er sie für ... verflucht?

Ginny schüttelte den Kopf. Sollte der alte Mann denken, was er wollte. Wenn es ihr die Heirat ersparte, konnte sie nur froh darum sein. Auch wenn ihre Mutter wütend war und ihr Vater offenbar nicht einmal mehr mit ihr sprechen wollte ... Zum Teufel mit den beiden!

Ihr Vater. Die Spitze seines Schuhs unter Deck, als der Schiffsjunge in sie hineingelaufen war. Was hatten die beiden da unten zu schaffen gehabt?

Ginny starrte hinaus aufs Meer und suchte nach sich bewegenden Schatten. Keine andere Welt, die sich zeigte. Nur dichter grauer Nebel.

Sie ging weiter die Reling entlang zum Bug des Schiffes. Die nähenden Seemänner ließ sie hinter sich, duckte sich unter tief hängender Takelage hindurch und erreichte schließlich den Bug.

Vor ihr zeichnete sich etwas im Grau ab. Ein Schatten, eine Bewegung. Ihr Herz machte einen Satz. Doch als sich die Schwaden etwas hoben, erkannte sie den Schiffsjungen.

Er stand am Beginn des Bugspriets, einen halben Fuß noch auf dem Vordersteven, und hielt sich mit einer Hand an einem Tau fest. Mit der anderen drückte er das Ende einer Eisenkette an die Brust, den Rest hatte er sich um den Körper gewickelt.

„Junge!" Kurz überlegte sie, ob sie auf den Vordersteven klettern sollte, um ihn wieder an Deck zu ziehen.

Die Schiffsglocke ertönte. Ein Doppelschlag und ein Einzelschlag.

Ginny streckte beide Arme nach ihm aus. „Junge, komm wieder an Bord!"

Er starrte in den Nebel unter sich.

„Junge!"

Sein Kopf ruckte nach oben und er sah Ginny in die Augen. Er lächelte. Dann nahm er die Hand vom Tau, griff unter sein Hemd und zog einen Anhänger an einer Kette hervor. Es war nicht mehr als ein einfacher Metallring.

Er zerriss die Kette. „Hier", sagte der Junge und warf sie Ginny zu. „Ich kehre nun heim. In die Arme meiner Mutter."

In dem Moment, als Ginny den Anhänger fing, ließ sich der Junge zur Seite fallen. Er verschwand im Nebel und einen Augenblick später hörte Ginny den Körper ins Wasser eintauchen. Das Meer hatte den schmächtigen Leib empfangen.

Ginnys Beine gaben unter ihr nach. Sie spürte den Schrei in sich aufsteigen, doch er löste sich nicht von ihren Lippen. Mit tränenüberströmtem Gesicht konnte sie nur den einfachen Metallring, den der Junge als Anhänger getragen hatte, mit der Faust umschließen. Welche Bedeutung er für den Jungen auch besessen hatte, nun besass er eine für sie.

Stunden später saß Ginny mit Eleane und Arti in der Nähe des Hauptmasts. Ihre Mutter hatte ihnen ohne ein weiteres Wort Nähzeug und auszubessernde Kleidung in die Hände gedrückt. Die Seemänner hatten die Näherei inzwischen eingestellt.

Ginny hatte in der ganzen Zeit kaum mehr als ein Dutzend Stiche gesetzt. Immer wieder stand ihr das Bild des stürzenden Schiffsjungen vor Augen. Und der kurze Blickkontakt, den sie geteilt hatten.

Wie von selbst fanden ihre Finger den kleinen Anhänger, den er ihr kurz vor seinem Tod zugeworfen hatte. Sie hatte ihn an ihrer eigenen Kette angebracht und drehte ihn nun in der Hand, betrachtete ihn von allen Seiten. Ein einfacher Metallring, an einer Seite eine Bruchstelle, als wäre der Ring nur ein Teil eines größeren Schmuckstücks.

Ginny hatte ihn immer wieder danach greifen sehen. Er hatte ihm Trost gespendet, vielleicht auch eine schöne Erinnerung heraufbeschworen. Am Ende hatte das nicht ausgereicht.

Nun spendete er ihr ein wenig Trost. Genauso wie das Stück Holz, das sie unter dem Kleid verbarg. Vielleicht würde beides zusammen ausreichen, ihr genug Zuspruch für den Rest der Überfahrt zu geben.

Der Nebel hatte sich ein wenig gelichtet. Ginny konnte die Reling erahnen, ebenso die Tür zur Kapitänskajüte, aus der gerade einer der Offiziere trat. Es war derjenige, der dem Schiffsjungen die Ohrfeige verpasst hatte.

Der Offizier kam auf Ginny zu. „Miss, dürfte ich Euch kurz sprechen?"

Sie nickte, legte die Handarbeit zur Seite und stand auf. Der Offizier führte sie einige Schritte zur Reling.

„Ihr habt mit dem Jungen gesprochen, bevor er über Bord ging. Was hat er Euch mitgeteilt?" Er legte eine Hand um Ginnys Ellenbogen und schob sich nah an sie heran.

Sie trat einen Schritt zurück. „Fasst mich nicht an! Ich weiß, was Ihr getan habt. Der Junge ..." Sie kniff die Lippen zusammen und sprach nicht weiter.

Der Offizier ließ sie los. In seinem Gesicht zeigte sich eine Mischung aus Angst und Abscheu. Drohend hob er eine Hand. „Nicht ein ..."

Ein Seemann rempelte den Offizier an und blieb neben ihm stehen. „Der Junge wollte sich von Euch nicht mehr prügeln lassen", zischte er dem Offizier zu. „Und noch weniger bei Euch liegen. Vor allem, da er einen anderen ... Gönner gefunden hatte." Er zwinkerte Ginny zu.

Unvermittelt schlug der Offizier zu. Er rammte dem Seemann eine Faust in den Magen, hielt ihn am Kragen und verpasste ihm zwei weitere Faustschläge ins Gesicht. Der Seemann hatte keine Zeit gehabt, die Arme schützend zu heben. Blutend und röchelnd stürzte er zu Boden.

Der Offizier griff nach einem kurzen Stück Tau, verknotete ein Ende und schlug damit auf den Seemann ein. Immer und immer wieder.

Entsetzt schaute Ginny zu, zuckte bei jedem Treffer des Knotens auf Rücken, Armen und Beinen des Seemanns zusammen.

Endlich konnte sie sich von der Gewalttat losreißen. Die anderen Männer sahen stumm und ungerührt zu. Ein Offizier strafte einen Seemann – für die meisten von ihnen ein gewöhnlicher Anblick.

In der Tür zur Kapitänskajüte standen ihr Vater und Calch. Das Gesicht des Buchhalters zeigte ein kaltes

Nichts, sowohl dem Seemann als auch ihr gegenüber. Das Ziehen in ihrem Kopf kehrte zurück und ließ ihr schwindelig werden. Nur dank höchster Konzentration klärte sich ihr Blick.

Der Offizier warf das Tau beiseite und atmete tief durch. Der bestrafte Seemann lag reglos auf den Planken, die Kleidung zerfetzt. Blut lief in dicken Rinnsalen auf das Holz.

Die Schiffsglocke ertönte. Ein Doppelschlag.

Ginny zitterte. Der Seemann war tot oder würde es bald sein. Sie griff nach dem Holzstück und dem Metallanhänger. Ihre Berührung war kein Trost.

Der Offizier stellte sich vor die Männer. „Der Geist dieses Mannes ist verwirrt. Weil er sich versündigt hat. Sich eingelassen hat auf die Teufelei." Er deutete auf Ginny. „Sie war bei dem Jungen, als er über Bord ging." Dann nickte er zu dem Seemann am Boden. „Und dieser Mann war der erste, der sie dort am Bug vorfand. Mit ihr sprach, ihren Einflüsterungen lauschte. Besseren Wissens."

Ginny konnte nicht glauben, was sie hörte. Sie wollte schreien, sich auf den Offizier stürzen, doch weder ihre Stimme noch ihre Beine gehorchten. Es war, als hätte sich eine unsichtbare Decke auf sie gelegt und eingeschnürt.

„Sie hat den Jungen zu mancher Schandtat angetrieben und dazu gebracht, in Sünde zu handeln." Der Offizier warf ihrem Vater einen Blick zu, der daraufhin erblasste. Nur Ginny und die beiden Männer schienen es mitzubekommen. Die anderen starrten ausschließlich auf sie.

„Und diese Flaute, die uns peinigt ..."

„Aye", rief Calch. Die Männer sahen zu ihm, doch er wandte sich nur Ginnys Vater zu, um ihm etwas ins Ohr zu flüstern.

Ginny beobachtete, wie sich dessen Gesicht veränderte. Sie konnte sich noch immer nicht rühren. Auch nicht, als die Männer sie ergriffen.

Sie konnte nicht mehr weinen. Ihr Kopf dröhnte, alle Geräusche klangen gedämpft. Sie umfasste die Fußfessel und zog erneut an der Eisenkette. Ohne Erfolg.

Ginny schloss die Augen und atmete durch. Sie hatte ihre Mutter toben gehört. Auch ihr Bruder hatte gebrüllt. Eleane hatte sicher geweint. Es hatte nichts geändert.

Das konnte nur ihr Vater. Und der wollte ihre Situation nicht ändern. Das war ihr in den letzten Stunden klar geworden. Es war das, was sie unter Deck gesehen hatte. Ihr Vater und der tote Junge, zusammen im Schatten der Treppe. Er konnte nicht zulassen, dass sie davon erzählte. Das große, selbstgeschaffene Bild von sich auch nur ankratzte.

„Morgen früh werden sie dich dem Meer übergeben." Calch tauchte aus den Schatten auf und blieb in einigen Schritten Entfernung stehen.

Ginny bettete ihr Gesicht auf die Knie. Sie wollte nicht hören, was der Alte zu sagen hatte. Nur ein wenig Schlaf wollte sie. Die Nacht musste weit fortgeschritten sein.

„Einige der Männer hätten dich am liebsten als neue Galionsfigur an den Bug gefesselt." Nachdenklichkeit schwang in Calchs Stimme mit. „Sei froh, dass dir diese Qualen erspart bleiben."

Nun sah Ginny doch auf. „Warum?" Sie war selbst überrascht, wie klar ihre Stimme klang.

„Du hast es doch auch gesehen." Das schwache Licht einer Kerze zeichnete scharfe Konturen in sein Gesicht. „Der Fels im Nebel, du daran gefesselt. Es ist eindeutig. Wenn wir jemals wieder Land sehen wollen, müssen wir dich als Tribut zurücklassen. So schmerzlich das auch sein mag."

„Nein, das ist ..." In ihrem Kopf tobten die Bilder und Gefühle durcheinander. Calch wollte sie wegen einer seltsamen Erscheinung opfern und ihr Vater ...

Die Schiffsglocke ertönte. Ein Einzelschlag.

„Das ist ...", setzte Ginny erneut an und fand wieder nicht die richtigen Worte. Stattdessen fing sie an zu lachen, lauter und immer lauter. Sie lachte noch immer, als Calch schon längst fortgegangen war.

Etwas Feuchtes, Warmes weckte sie. Ginny öffnete die Augen. Die Hündin saß vor ihr und leckte ihr über Gesicht und Hände.

„Arti“, sagte sie schwach. „Schön, dass du hier bist.“ Tränen liefen über.

Sie streckte die Hand nach der Hündin aus und tätschelte ihren Kopf. „Pass gut auf Eleane auf, ja?“

Ich habe mich für dich entschieden.

Ungläubig riss Ginny die Augen auf. „Arti … Arti …“

Willst du mir folgen?

„Wie …?“

Öffne deine Fesseln. Du kannst es. Jetzt bist du so weit.

Die Hündin stupste mit der Nase gegen Ginnys Oberkörper. Dort, unter der Kleidung, befanden sich der Metallring und das Holzstück. Die Männer hatten sich nicht die Mühe gemacht, sie zu durchsuchen.

Sie holte die Gegenstände heraus, löste den Metallring von ihrer Kette. Nebeneinander auf der Handfläche sahen der Metallring und der Holzsplitter wie ein primitiver Schlüssel aus. Ginny schloss die Hand um die beiden Gegenstände. Als sie sie wieder öffnete, waren Metall und Holz zu einem Schlüssel verschmolzen.

„Mein Gott“, flüsterte Ginny.

Sie hatte einige Mühe mit der Fußfessel, aber schließlich sprang das Schloss auf. Den Schlüssel nahm sie wieder an sich.

„Arti …“ Ginny blickte sich nach der Hündin um und … erstarrte. Das Tier war fort, an seiner Stelle stand eine Frau. Langes schwarzes Haar, das grüne Gewand. Die Frau aus jener Nacht.

„Steh auf.“ Sie streckte ihr eine Hand entgegen.

Ginny ergriff sie und ließ sich auf die Füße ziehen. Ihre Beine schmerzten und sie hatte Schwierigkeiten mit den ersten Schritten, als sie der Frau – Arti – folgte.

Arti blieb stehen und deutete nach links. „Das Fass dort. Öffne es und verschütte den Inhalt."

„Was befindet sich darin?", flüsterte Ginny.

„Die Anmaßung deines Vaters. Eine von vielen."

Ginny gehorchte. Wenig später lagen die in Salzlake eingelegten Reste der Hirschkuh zu ihren Füßen. Arti hatte Dung auf das Fleisch geworfen. Niemand würde noch davon essen können.

Arti verwandelte sich wieder in eine Hündin. *Folge mir.*

Sie traten an Deck. Nebel lag auf dem Schiff, es war Nacht. Niemand bemerkte sie. Arti führte Ginny mittig nach Backbord.

Ginny blickte über die Reling. Der Nebel hatte sich an dieser Stelle etwas verzogen und machte die Sicht frei auf ein kleines Ruderboot. Es war aus schwarzem Holz. Ein Tau war an der Reling befestigt.

„Steig hinab. Meine Insel ist nicht weit."

Arti war wieder in ihrer menschlichen Gestalt.

Sie kletterten in das Ruderboot hinab. Ginny nahm die Ruder zur Hand und Arti setzte sich auf die schmale Heckbank. Mit wenigen Schlägen entfernten sie sich vom Bug des Schiffes.

Gleichmäßig stieß Ginny die Ruder ins Wasser und zog sie durch, wieder hinaus und von vorne. Die *Myzen* verschwand im Nebel, jeder Ruderschlag fühlte sich leichter an als der vorige. Weder ihr Vater noch Calch würden über ihr Schicksal entscheiden. Das Meer würde ihr nicht den Tod bringen.

„Das reicht fürs Erste", sagte Arti und Ginny stellte das Rudern ein. „Deine Fesseln sind gelöst."

Ginny nahm den Schlüssel in die Hand und ballte die Faust darum. Als sie sie wieder öffnete, waren der Metallring und das Totenholz wieder entzweit.

Sie sah über den Rand des Ruderboots in das dunkle Meer. Unter der Oberfläche erschien das Gesicht des Jungen, ein kleines Lächeln spielte in seinen Mundwinkeln. Sie wusste nicht, ob es Einbildung war. Sie ließ den Metallring ins Meer fallen. Langsam sank er hinab, verwandelte sich in etwas Lebendiges – und war verschwunden.

Auf der anderen Seite fand sie die Kerbe im Ruderboot. Das schwarze Holzstück fügte sich ein und verschmolz mit dem Boot. Alles war nun wieder an seinem Platz. So, wie sie an ihren Platz sein würde. Ihrem angestammten Platz in der Welt.

Arti hatte sie schweigend beobachtet und wandte sich nun um, dem Schiff zu. Sie legte den Handballen ans Kinn, die Finger von ihrem Gesicht weisend. Ihre Lippen bildeten eine runde Öffnung und sie stieß kräftig den Atem aus. Der Nebel riss auseinander und floh in alle Richtungen. Die Segel der *Myzen* blähten sich. Das Schiff krängte, als es sich in Bewegung setzte. Fort von ihnen.

„Ich werde dir eine gute Lehrmeisterin sein." Arti hatte sich wieder zu Ginny gedreht und suchte ihren Blick. „Und du mir eine gute Schülerin."

„Was werde ich lernen?"

„Dich nicht mehr zu fürchten." Ein Lächeln stahl sich auf Artis Gesicht. „Und die Köpfe derer abzuschlagen, die es dich wieder lehren wollen."

Die *Myzen* war nicht mehr als ein Schemen im abziehenden Nebel. Die Schiffsglocke ertönte. Vier Doppelschläge, weit über die See hörbar. Acht Glasen. Wachwechsel.

Geboren 1983, aufgewachsen in der Nähe von Bremen lebt **Christian Künne** heute in Osnabrück. Seit 2007 veröffentlicht er Kurzgeschichten in Magazinen und Anthologien. Seine die schriftstellerischen Ausflüge reichen von Krimi, Experimentellem, Fantasy, Science-Fiction und Horror. Die Fantastik ist aber in der Mehrheit. Twitter @chrkuenne

Die Umlaufbahnen der Skan

Rafaela Creydt

Zwischen den Sternen muss man in Kurven denken. Masse krümmt den Raum, auf Atmosphären hüpft ein Drachenschiff wie ein Kiesel über Wasser. Deshalb war der Geist der Runenmeister-Navigatoren so verbogen. Und der eines Hetmann war es besser auch, wenn sein erstes Schiff nicht sein letztes sein sollte.

Aki Roterrock strich um das Drachenschiff aus schwarzem Metall wie eine Katze um den Sahnetopf. Seit drei Jahren hatte er die Oberfläche von Mani II nicht mehr verlassen.

„Eine Schönheit hast du da." Was ihm damals, mit einundsechzig, einer gesplitterten Schulter und Arthrose in der Hüfte, vernünftig erschien, ließ heute seine Gelenke vor Langeweile schmerzen.

„Vier Flügel?" In diese Frage steckte er gerade genug Zweifel, um den frischgebackenen Hetmann ein wenig aus dem Gleichgewicht zu bringen.

„Vier reichen aus. Oder nicht?" Thorbjörn Asbjörnson war mehr als dreißig Jahre jünger als Aki und im besten Alter für sein erstes Schiff.

„Sicher", versicherte Aki schnell. „Vier sind gut. Wie heißt sie denn?"

„Skidbladnir."

Skidbladnir. So hieß das Schiff des Gottes Frey. Das beste Schiff, das je gebaut worden war. Manchmal glaubte Aki, dass jedes zweite Drachenschiff so hieß. Er fing Lovis

Langbeins Blick auf. Sie stand ein Stück hinter Aki und Thorbjörn, eine Hand auf der Axt an ihrem Gürtel, und gönnte ihm genau das grinsende Augendrehen, das Aki mühsam zurückhielt.

„Ein guter Name."

Thorbjörn deutete auf die ausgeklappte Frachtrampe, den einzigen Zugang des langestreckten Schiffs. Am anderen Ende reflektierte das Cockpitfenster die Abendsonne. Die Skidbladnir glich einer frisch geschlüpften Libelle, wie sie auf dem Felsplateau über dem Strand ihre glitzernden Flügel trocknete.

„Willst du an Bord?"

Aki leckte sich die Lippen. Dann lachte er. „Ich bin dir viel zu teuer, Thorbjörn."

„Was?"

Thorbjörn – jung, groß, dunkelhaarig, breitschultrig, in prächtigen Kleidern mit Pelzbesatz – legte den Kopf schräg. Trotz des Baus eines nagelneuen Schiffs reihten sich noch goldene Reifen an seinen Armen. „Was meinst du denn damit?"

Lovis schaute demonstrativ zur Seite. Aki schrumpfte in sich zusammen. Seine Hüfte schmerzte plötzlich wieder. Das Knie ebenfalls.

„Was? Womit?"

„Ich wollte dir das Cockpit zeigen, Aki", erklärte Thorbjörn nachsichtig und ein wenig lauter als nötig. „Und den Langraum."

„Na, dann lass sehen." Aki hätte ihm seine Nachsichtigkeit am liebsten quer in den Hintern geschoben, aber er wedelte nur mit dem Arm und hieß das Bild von einem Hetmann vorgehen. Lovis Langbein konnte sich zusätzlich noch den Beinamen Steingesicht verdienen, während sie ihnen in einigen Schritt Abstand folgte.

Das Innere war dunkel, roch noch nicht nach Schweiß, alter Suppe und nasser Wolle, sondern nach frischen Schweißnähten und Dichtschmiere.

„Was hast du denn gedacht?", fragte Thorbjörn.

„Hmmm?" Aki tat, als wüsste er nicht, wovon die Rede war. Ein schönes Schiff. Der Frachtraum war groß, der Langraum klein, mit Kojen an den Seiten und einer Tafel mit Platz für zehn plus den Stuhl des Hetmanns vor Kopf. Die Kojen waren alle noch leer. Wer mitfuhr, würde seine Kiste und sein Bettzeug am Tag der Abfahrt mitbringen.

„Wer kommt denn mit?", fragte Aki.

„Lovis Langbein. Natürlich." Thorbjörn strahlte und deutete in ihre Richtung.

Sie lehnte an einer der Kojen, ein halbes Lächeln an niemand Besonderen gerichtet. Lovis Langbein wollte die Galaxie sehen. Die ganze. Auf keinem Schiff hielt es sie lange, sie fuhr immer auf dem, das sie noch weiter fortbrachte. Als ihre Zöpfe noch seitlich abstanden und sie sich in dem Rigg verheddert hatte, waren sie und Aki zusammen gefahren. Jetzt war sie zwei Köpfe größer und ihre Zöpfe hingen handgelenkdick bis zu ihren Hüften. Aki strich sich über die Glatze. „Natürlich."

Thorbjörn stieg durch das Cockpitschott. „Sven Hildurson. Kennst du den?"

Aki kletterte ihm hinterher. „Dreiviertelverrückt wie alle Runenmeister. Aber es gibt schlechtere."

Thorbjörn passte in diesen Raum. Es war bereits seiner, obwohl die Seile der Riggs vor den Ruderbänken noch quietschten und im Hlidskjalf noch nie ein Navigator festgeschnallt worden war. Ihrer beider Blick blieb an dieser menschenförmigen Mulde in der Rückwand des Cockpits hängen.

„Aber traust du ihm?", fragte Thorbjörn.

„Ich traue keinem Runenmeister."

Nur ein Runenmeister-Navigator fand den Weg durch den Hyperraum. Für dieses Wissen opferten sie eines ihrer Augen und noch mehr. Den ungefilterten Blick in den Hyperraum ertrug kein Mensch. Die Götter wohnten dort – und die Riesen.

„Aber Sven hat noch kein Schiff verloren." Aki machte eine Pause. „Ich würde mit ihm fahren."

Thorbjörn ignorierte seine Einschätzung und trat zwischen den Riggs und Ruderbänken zum Cockpitfenster.

„Wie geht's deiner Familie?"

Hinter dem großen Fenster türmte sich die Siedlung die felsigen Hänge zum Fjell, wo auch Akis Hof lag. Schnee gleißte auf den höheren Lagen.

„Sigrid hütet unsere Schätze und unseren Hof, sodass für mich nichts zu tun bleibt", erklärte er. „Elfhild zieht in einer Woche auf der Gulbringa hinaus und Haralds Ältester ..."

„Und Ragnar?", unterbrach ihn Thorbjörn. Aki und Sigrid hatten vier Kinder, und von denen zehn Enkel.

„Ragnar ... hat sich letztes Jahr zwei Finger weggeschmort."

„Aber er ist immer noch System-Tech, oder?"

„Natürlich. Er kann nichts anderes."

„Aber er hat ein Kreuz wie ein Ochse und einen Schlag wie ein Hydraulikhammer."

„Hmm."

Thorbjörn und Lovis tauschten einen Blick. „Einen wie Ragnar könnte ich gut gebrauchen."

Aki wiegte den Kopf. „Ragnar hat zwar ein Schwertleben gewählt, kein Schlüsselleben, aber in die Große Schwärze hat es ihn nie gezogen. Der Junge klebt am Boden. Mach dir keine Hoffnungen, Thorbjörn."

„Wir haben alle Träume, Aki." Thorbjörn grinste. „Ragnar und ich sind noch in einem Alter, in dem wir sie uns erfüllen können."

Aki starrte ihn an. „Möge Hel an deinen Eiern nagen."

„Meine wird sie nicht bekommen, Aki." Thorbjörn stand im Cockpit seines Drachenschiffes. „Ich werde nicht im Bett sterben."

Vor dem steilen Pfad zu seinem Hof ließ Aki sich von Lovis fest in den Arm nehmen.

„Das ist Ragnar?", fragte sie mit einem Nicken in Richtung Tor.

Aki kniff die Augen zusammen. „Isser."

Sein Enkel saß auf der Bank neben dem Eingang und fummelte an etwas herum. Erst als Aki zu ihm heraufgestiegen und sich neben ihn gesetzt hatte, erkannte er das Ding.

„Was willst du mit Elfhilds altem Schild?"

Ragnar hatte die Deckplatte in der Mitte der Innenseite abgenommen und prüfte die Kontakte dahinter. Den Mund hatte er voller Schrauben, die er nun in die hohle Hand spukte. „Da ist nur die Sicherung im Feldregler durchgebrannt. Hab ich gleich."

Elfhild hatte sich längst einen neuen Schild besorgt, aber es war wohl nicht schlecht, Ersatz bei der Hand zu haben. Aki streckte die steifen Beine von sich und schaute hinunter zum Strand.

Zumindest versuchte er das. Sein Blick klebte am schwarzen geschwungenen Leib der Skidbladnir. Thorbjörn hatte nicht widerstehen können und ihm zum Abschied gezeigt, wie geschmeidig sich der Rumpf krümmen ließ. Mit einer guten Rudergang würde dieses Schiff durch Atmosphären, Stürme und Flüssigkeiten tauchen wie ein Fisch durch Wasser. Wie von selbst wurde Akis Blick von dort nach oben gezogen, wo hinter dem Rosa und Violett des Abendhimmels Ginungagap wartete, der schwarze Abgrund zwischen den Welten, wo die Schöpfung begann. Dort hatte Aki gelebt.

Scheppernd landete der große Rundschild auf den Steinen vor Ragnars Füßen. „Fretr Dunga!" Sein Enkel rieb sich die Hand mit den beiden fehlenden Fingern.

Aki lehnte sich zurück. „Die Dwerga machen Prothesen, besser als das Zeug aus dem Alten Reich."

Ragnar trat den Schild ein paar Schritte fort. „Ich komme zurecht." Er hob beide Hände und verglich sie miteinander. „Und Dwergawerk kann ich mir nicht leisten."

Schweigend sammelte er die Schrauben zusammen und schenkte dann zwei Becher aus dem Krug Bier ein.

„Die Heizsteine im Haus sind neu eingestellt“, sagte er. „Brauchen jetzt vierzehn Prozent weniger Energie.“ Er war knapp zwanzig, aber die halblangen blonden Haare wurden bereits schütter und zogen sich von der Stirn zurück.

„Hmm.“ Aki nahm einen Schluck. „Da freue ich mich aber.“

„Deine Begeisterung bedeutet mir viel.“ Sarkasmus konnte der Junge gut. Einen Moment schauten Enkel und Großvater gemeinsam zu, wie der Abend über den Himmel floss und die Sterne freispülte.

„Von wem hattest du dich da gerade verabschiedet?“

„Hmmm?“ Aki schielte nach unten zum Weg. „Lovis Langbein?“

Wo war die eigentlich inzwischen?

„Ach die.“ Ragnar klang verdrossen.

„Die hat auf Lindis einmal den Wall gehalten, als ihr Nebenmann gefallen war.“ Den Anblick würde Aki so schnell nicht vergessen. Das ganze Gesicht der Kleinen über dem Schild war blutverschmiert, sie hatte die Zähne gebleckt wie ein wildes Tier. Ohne Luft zum Schreien, hatte einfach nur gedrückt und gehalten. Aki neben ihr. Die Felder ihrer Schilder waren miteinander verschmolzen, stärkten sich gegenseitig. „Wie alt war sie da erst?“, sinnierte er.

„Noch keine fünfzehn. Hast du gelegentlich erzählt.“

Zufrieden trank Aki. „Die kann sich Dwergawerk leisten.“

„Jaja.“

Aki strich über die goldenen Reifen an seinen Armen. „Eine Schande, dass dein Handwerk dir nicht mehr einbringt.“

Reifen, die Anerkennung seiner Hetleute aus fünfzig Jahren zwischen den Sternen und im Schildwall, hatten den Hof bezahlt und seine Familie durch die Winter gebracht.

„Eine Schande, dass mein Großvater ein Geizkragen ist“, sagte Ragnar.

„Kein Schwert der Skan bittet um etwas“, grummelte Aki.

„Dann nehme ich mir jetzt ein Bier, Aki?“ Lovis Langbein stand vor ihnen. Sie konnte ziemlich unauffällig sein, wenn sie wollte. Wenn sie nicht mehr wollte, verschluckte sich selbst ein Mann von siebzig Jahren.

Aki hustete und winkte nachlässig. Lovis tat etwas, das für seine müden Augen zu schnell ging, aber am Ende saß Ragnar nicht mehr auf der Bank, sondern auf dem Boden, und Lovis hielt seinen Becher in der Hand. Nicht ein Tropfen war verschüttet.

„Du bist Thorolf?“ Lovis trank.

„Ich bin Ragnar. Mein Bruder Thorolf hat den Schlüssel gewählt.“

„Ja, deshalb dachte ich ... Du hast wirklich das Schwert gewählt?“

„Ich bin System-Techniker.“ Ragnar stand auf. Er überragte sie um einen halben Kopf.

„Das ist ja beeindruckend.“ Lovis konnte das sagen und zu jemandem aufblicken, ohne dabei im Geringsten beeindruckt zu wirken. „Die Skalden singen sicher viele Lieder über deine Heizungen.“

„Und über dich singen sie welche?

Lovis warf Aki einen Blick zu, als wagte sie nicht zu fragen, ob Ragnar vielleicht ein wenig langsam sei.

„Hat es dir auch das Hirn weggeschmort?“, fragte Aki. „Die Lieder über Lovis Langbein auf dem Weg zum Rand des Universums singe sogar ich.“

Sie spielte mit den Pinseln ihrer Zöpfe.

„Ich weiß“, zischte Ragnar. „Und wenn ich Lovis die Hammelbeine noch länger ziehe ...“ Er holte aus und zielte auf ihr Kinn. „Was wird es dann für Lieder geben?“

Mit einem halben Schritt um Ragnar herum wich Lovis aus. „Das wird nicht passieren, Ragnar Sys-Tech.“ Sie stieß Ragnar in den Rücken.

„Krummbein!“ Ragnar stolperte, fing sich, fuhr herum und rammte Lovis seine Schulter in den Bauch. Sie nahm den Schwung mit, ließ sich nach hinten fallen und schlang dabei die Arme um Ragnar. Zusammen gingen sie zu Boden.

Die Prügelei lockte Akis gesamten Hausstand nach draußen und die Nachbarn noch dazu, als die beiden den steilen Pfad zum Strand hinunterpolterten, ohne voneinander abzulassen.

Am Ende spuckte Lovis Blut in die Flechten auf den Felsen, aber es stammte größtenteils aus Ragnars Ohrläppchen.

Ragnar selbst lag auf dem Rücken und starrte in die ersten Sterne, während seine Familie, Freunde und Nachbarn über ihn lachten und Lovis hochleben ließen.

Aki hatte beinahe Mitleid, als sein Enkel sich schwankend hochkämpfte und „Nochmal, Krummbein!" brüllte.

„Nicht heute, Heizungsmäuschen."

Ragnar nahm die Schultern zurück. „Dann eben morgen."

Sie strich sich die Zöpfe auf den Rücken runzelte die Stirn über den Schmutz, der jetzt in ihnen hing. „Morgen wasche ich mein Haar."

„Dann nenn deinen Tag!"

„In einer Woche." Ihr Blick blieb an der Skidbladnir hängen, die jetzt, gebogen im Abendlicht, einem düsterglänzenden Drachen glich. „Ach nein, in einer Woche bin ich schon mit Thorbjörn Asbjörnson auf Fahrt zwischen den Sternen." Sie hatte sich schon dem Schiff zugewandt, da drehte sie sich noch einmal um. „Und du putzt dann Solarpanele, Ragnar Heizmaus."

Lovis musste ihren Hetmann wecken, als Ragnar am nächsten Morgen auftauchte. Jord hing groß am Himmel und die Sonne schob sich gerade erst an ihr vorbei, als die beiden sich im Hof gegenüberstanden. Thorbjörn war kein

Frühaufsteher und Ragnar sah nicht so aus, als hätte er überhaupt geschlafen. Sein Gesicht war verquollen und schillerte inzwischen blau und Purpur.

„Wer hat dich denn bloß so zugerichtet?" Thorbjörn heuchelte Besorgnis, so übertrieben, dass es stechen musste. Ragnar ignorierte die Frage.

„Ich komme mit, Thorbjörn." Seine Lippe war geschwollen, aber er hatte den Satz geübt und nuschelte fast gar nicht.

Thorbjörn gähnte. „Und wenn ich dich nicht mehr will?"

Ragnar richtete sich auf. Auf dem Rücken trug er einen zerkratzten Schild und auf der Schulter eine schlichte Piezo-Axt.

„Vorgestern wolltest du mich noch."

Da hatte Ragnar die ausgefallenen Tageslichtlampen in Thorbjörns Halle ausgetauscht. Sie waren ein wenig ins Plaudern gekommen, hatten getrunken und gelacht, aber am Ende hatte Ragnar abgelehnt.

„Vielleicht würde ich lieber den Sieger haben?"

Zwei Augenpaare richteten sich wie beiläufig auf Lovis. Ebenso beiläufig schaute sie zur Halle zurück und überlegte, was es zum Frühstück geben mochte. Das hier mussten die beiden ohne Hilfe klären.

„Die ist kein System-Tech", erklärte Ragnar.

Lovis zuckte gelangweilt mit den Achseln. Grütze? Oder Fladen?

„Stimmt." Thorbjörn nickte.

„Also?" Ragnar nahm die Axt von der Schulter und stützte sich mit der heilen Hand darauf.

Ihr Atem hing als weiße Wölkchen zwischen ihnen.

„Du bist dabei, Ragnar Elfhildson." Thorbjörn streckte die Hand aus, Reifen glänzten an seinen Armen. „Schlag ein."

Ragnar wollte sie schon ergreifen, hielt dann aber inne.

Grütze? Solche wichtigen Überlegungen sorgten dafür, dass Geheimnisse gewahrt blieben, die sich sonst im Mundwinkel oder den Augen ablesen ließen. Lovis konnte im Zweikampf stehen und ihre Strümpfe zählen.

„Du machst heute ein gutes Geschäft", sagte Ragnar, die Hand noch immer ausgestreckt. „Du bekommst zwei zum Preis von einem."

„Hmmm?" Thorbjörn gähnte noch einmal und fuhr sich durch die ungekämmten Haare.

„Ragnar Elfhildson und Aki Roterrock."

„Das ist ein gutes Geschäft?" Thorbjörn strich sich durch den Bart, verbarg seinen Mund hinter den breiten Fingern.

„Wenn du nicht willst, gut. Dann bleibe ich hier. Und Aki auch." Ragnar wandte sich zum Gehen.

Thorbjörn sah zu Lovis.

Fladen wären gut. Grütze ähnelte viel zu sehr dem täglichen Pamps an Bord, wenn sie erst wieder unterwegs waren.

Thorbjörn seufzte und nickte dann. „Gut! Ragnar! Sehr gut!" Er lachte. „Du und Aki Roterrock sind mir auf der Skidbladnir willkommen. Zusammen werden wir große Beute machen, Ruhm ernten und Handel treiben!"

Als Ragnar vom Hof humpelte, zog Thorbjörn einen Armreifen ab und reichte ihn wortlos Lovis.

Sie schob den Reifen über ihr Handgelenk. „Ich hätte gern Fladen zum Frühstück."

„Dann sag das den Schlüssel-Leuten in der Küche."

In jeder Nacht musste Aki mindestens dreimal zum Abort. Nach dem dritten Mal blieb er meistens einfach wach. Er hatte mitbekommen, wie Ragnar kurz vor Dämmerung aus dem Haus gestapft war, aber das musste der Junge ja nicht wissen. Deshalb schaute Aki kaum von seiner Grütze auf, als sein Enkel sich so mühsam neben ihn setzte, als wäre ihr Alter vertauscht.

„Ich fahre mit Thorbjörn."

„Ach, jetzt plötzlich?"

„Und du kommst mit."

Aki schob sich einen Löffel Grütze in den Mund.

„Warum sollte ich?"

„Warum nicht?“

Aki füllte den nächsten Löffel und zeigte ihn Ragnar.

„Siehst du das? Da sind frische Erdbeeren drin. Im Frühling. Wo kommen die her?“, fragte er und beantwortete seine Frage gleich selbst. „Aus meinem Gewächshaus. Das ich mit meinen Schätzen bezahlt habe, damit es mir und meiner Familie gut geht. Ich muss nicht mehr in die Kälte hinaus. Ich habe hier alles, was ich brauche.“

Er stopfte sich den Löffel in den Mund. „Mmmm!“

In Wahrheit schmeckten Erdbeeren so früh im Jahr nie nach Erdbeeren.

„Und Ruhm?“, fragte Ragnar mit verschlagenem Gesicht.

Aki schnaubte. „Ich bin Aki Roterrock. Ich habe meinen Ruhm.“

„Ja, ich glaube, du könntest sogar Lovis Langbein besiegen.“

„Ich kenne dreißig Jahre mehr Tricks als Lovis.“ Aki lachte bitter. „Aber wenn sie mich einmal zu fassen kriegt, zerbricht sie mich wie Anmachholz.“

„Dann bring es mir bei, Großvater.“

Das schmeckte schon eher nach Erdbeeren. „Hmmm?“

„Deine Tricks und mein Kreuz - damit zeige ich Lovis, dass sie besser niemanden aus unserer Familie verhöhnen sollte.“

„Hmm. Und dafür soll ich meine Erdbeeren und meine Sigrid verlassen und mich wieder in einem Strumpf aus Metallfolie quer durch die Große Schwärze zerren lassen?“

„Warum nicht?“

Aki schwieg einen Moment, genoss den Moment, lachte dann und hieb seinem Enkel auf den Rücken. „Warum nicht!“

Vier Tage später trug Lovis Langbein drei neue goldene Reifen an ihren Armen, während sie ihre Truhe unter einer Koje im Langraum der Skidbladnir verstaute.

Der erste stammte von ihrem Hetmann, weil Aki Roterrock auf der Skidbladnir anheuerte, ohne zu feilschen oder Bedingungen zu stellen. Ohne zu ahnen, dass Thorbjörn – ein junger Hetmann auf seinem ersten Schiff – auf ein Schwert nicht verzichten wollte, das alles schon einmal gesehen und überlebt hatte. Kein Hetmann kann zulassen, dass sich eines seiner Schwerter für unentbehrlich hält.

Und einen Sys-Tech mit einem Kreuz wie ein Ochse gab es noch obendrauf.

Der zweite Reifen stammte von Aki Roterrock. Einem von Lovis' ältesten Freunden, der es satthatte, seiner Schlüssel-Frau im Weg zu stehen, und den es wieder hinaus in die Große Schwärze zog. Aki musste jemanden überzeugen, dass er noch nützlich war. Gemeinsam hatten sie beschlossen, dass Ragnar der Richtige für diese Erkenntnis war. Außerdem fand Aki ohnehin, dass der Junge endlich den Hintern hochbekommen musste.

Der dritte schließlich stammte von Ragnar Elfhildson, weil sie ihm einen Grund verschafft hatte, Aki mitzunehmen. Einen anderen als „Ich weiß, dass du die Sterne vermisst und nicht im Bett sterben willst. Ich will dir helfen." Oder noch schlimmer: „Das Universum ist riesig und ich bin neugierig, aber ich habe keine Ahnung, wie ich dort zurechtkommen soll. Deshalb hätte ich dich gern dabei, Opa."

Nichts davon hatte Ragnar gesagt. Natürlich nicht. Nicht direkt.

Kein Schwert der Skan bittet um etwas. Zwischen den Sternen muss man in Kurven denken. In Kurven und goldenen Reifen.

Rafaela Creydt wurde 1982 unweit Göttingens geboren. Nach Abitur und der Erkenntnis, dass nicht jeder zum Theoretiker geboren ist, fand sie im Studium der Landschaftsarchitektur genau die richtige Mischung aus Kreativität und Wirklichkeit.

Sie hat in drei Bundesländern gewohnt, interessiert sich für viel zu vieles von Rollenspiel bis Architekturgeschichte, und lebt als Landschaftsarchitektin in Nürnberg.

www.Rafaela-Creydt.com

Twitter: @RCreydt

https://www.facebook.com/RafaelaCreydtAutorin

Am Meer

Karin Jacob

Allein auf dem Felsen
das Meer brüllt mich an
und bringt mir doch innere Ruhe

Den Blick in die Weite
Gedanken so frei
drei Möwen am Himmel

In Ewigkeit sitzend
Wird es immer so sein
Nur die Wellen zernagen den Stein

Ist er einst verschwunden
bin ich immer noch hier
Eins mit dem gewaltigen Meer

Glossar

Acht Glasen: Achtmaliges Wenden des Halbstundenglases begleitet von acht Schlägen der Schiffsglocke (siehe Glasen). Zeigt Beginn und Ende einer Wache auf dem Schiff an. Wird ebenfalls bei bestimmten Anlässen geschlagen, beispielsweiser einer Seebestattung. Dient daher auch als Symbol zwischen dem Übergang von Leben zu Tod.

Kommt vor in: „Acht Glasen" von Christian Künne

Achterdeck, das: Erhöhtes Deck im hinteren Bereich eines Schiffs.

Bugspriet, der: Ein über den Schiffsrumpf beziehungsweise den Vordersteven hinausragendes Rundholz. Ragt über das Galion und gegebenenfalls einer Galionsfigur oberhalb hinaus.

Galionsfigur, die: Eine meist aus Holz geschnitzte Figur am Bug eines Segelschiffes. Sie ist am Galion unterhalb des Bugspriets angebracht und soll das Schiff vor Unglück bewahren.

Glasen, das: Akustisches Signal zum Anzeigen der Wachzeiten mittels Schlagen der Schiffsglocke. Der Begriff leitet sich vom Umdrehen des gläsernen Stundenglases her, das vor der Einführung von Chronometern zur Zeitmessung genutzt wurde. Die Zahl der Schläge gibt das Ablaufen und Umdrehen des Halbstundenglases wieder, gezählt von acht bis acht entsprechend der üblichen Wache von vier Stunden.

Fliegender Holländer, der: Sagenhafter Kapitän, der bei einer Kap Horn Umsegelung versehentlich einen Albatros tötete. Nun ist er verdammt, anstelle des Albatros bis zum jüngsten Tag auf dem Meer zu segeln. Es ist unklar, ob der Begriff „Fliegender Holländer“ konkret den Kapitän oder das Schiff meint. Die Segel des Schiffes sind blutrot.

Kommt vor in: „Rote Segel“ von Karla Frida Sommer

Hängekoje, die: Eine meist mit Seilen an der Decke oder an Balken befestigte und aus Holz gefertigte Schlafstätte auf einem Schiff, die meist von Offizieren und dem Kapitän genutzt wurde. Bietet etwas mehr Komfort als beispielsweise eine Hängematte.

Kajüte, die: Allgemeine Bezeichnung für einen Aufenthalts- oder Schlafraum auf einem Schiff.

Medusa, die: Griechische Mythengestalt. Sie diente im Tempel der Athene und war wunderschön. Als sie sich Poseidon verweigert vergewaltigt er sie auf dem Altar. Athene sieht die beiden und verflucht Medusa wegen der Entweihung ihres Tempels. Fortan muss sie mit Schlangenhaaren, langer Zunge und glühenden Augen, die Männer in Stein verwandeln, leben. Wegen der schlangenartigen Bewegungen ihrer Tentakel werden auch Quallen Medusen genannt.

Inspiration zu: „Medusennächte“ von Melanie Schneider

Myzen: Dichterischer Name der altgriechischen Stadt Mykene, Namensgeberin der mykenischen Kultur.

Oberdeck, das: Allgemeine Bezeichnung für den oberen, durchgängigen Abschluss des Schiffsinnern oder des Frachtinnenraums, der Luft und Wetter ausgesetzt ist. Auch als Hauptdeck oder kurz Deck bezeichnet.

Reling, die: Eine Art Geländer, das die oberen Decks zu den Seeseiten hin begrenzt und abschließt. Eine feste Reling wird auch als Schanzkleid bezeichnet. Sie dient als Schutz, damit die Besatzung eines Schiffes nicht so leicht über Bord gehen kann.

Schiffsglocke, die: Glocke auf einem Schiff zum akustischen Anzeigen der Zeit und des Wachrhythmus (siehe Glasen) sowie zum Warnen bei Nebel oder anderen Ereignissen. Bei der Anzeige der Wache wird der Glockenschlag halbstündig durchgeführt, wobei ein Einzelschlag eine halbe und ein Doppelschlag eine volle Stunde ankündigt.

Seemannssonntag, der: Für gewöhnlich der Donnerstag einer Woche, bei dem die Seemänner Näh- und andere Ausbesserungsarbeiten erledigten. Zudem wurde eine bessere Mahlzeit als an den anderen Tagen gereicht.

Sirene, die: Ein Mischwesen aus Frau und Fisch. Sie hat den Oberkörper einer Frau, der ab dem Rumpf in einen Fischschwanz übergeht. Ihr Lebensraum ist das Meer. Angeblich lockt sie mit ihrem betörenden Gesang Männer an, um sie zu töten.

Kommt vor in:»Sirenenlied« von Karin Jacob

Skidbladnir: Schiff aus der nordischen Mythologie. Die Zwerge bauten es in einem Wettstreit für die Asen. Es ist groß genug, um die Götter zu transportieren und lässt sich so klein zusammenwickeln, dass es in einen Beutel passt. Im selben Wettstreit wurde auch Draupnir geschmiedet, Odins Ring, von dem in jeder neunten Nacht acht neue Ringe abtropfen.

Die Tradition Ringe / Reifen als Belohnung zu verteilen ist eher für den angelsächsischen Bereich belegt (Beowulf). Allerdings teilen sich Nordleute und Angelsachsen einige Wurzeln.

Kommt vor in: „Die Umlaufbahn der Skan“ von Rafaela Creydt

Smutje, der: Bezeichnung für den Schiffskoch. Auf früheren Segelschiffen meist ein altgedienter Seemann, der die eigentlichen Seemannstätigkeiten nicht mehr voll ausüben konnte.

Slip die: eine Rampe über die Boote ins Wasser rutschen oder Netze und andere Dinge aus dem Meer gezogen werden

SS Ourang Medan, die: (indon. für Mann/Person aus Medan) vermutlich ein Dampfschiff, dessen Besatzung in den 1940er Jahren auf offener See starb. Bis heute ist nicht klar, ob es sich dabei um einen realen Vorfall oder vielmehr um Seemannsgarn handelt. Nachforschungen haben kein Schiff dieses Namens in den Schiffsregistern zu Tage gefördert und auch ein Wrack wurde nicht gefunden. Der Zwischenfall inspirierte zahlreiche Legenden und Verschwörungstheorien.
Inspiration zu: „Atme die Dunkelheit“ von Elea Brandt

SV: Kurz für Sailing Vessel. Schiffsnamenpräfix, das die Art des Schiffes und dessen Verwendung beschreibt.

Takelage, die: Begriff für die feststehenden Masten und das die Masten haltende Tauwerk sowie die Elemente zum Bedienen der Segel. Auch als Rigg bezeichnet.

Tötung des heiligen Hirsches, die: Sage aus der griechischen Mythologie, eingebettet in die Geschichte um den trojanischen Krieg. Agamemnon, König von Mykene, tötet in einem heiligen Hain einen Hirsch und rühmt sich, ein besserer Jäger als die Götter zu sein. Auf der Überfahrt nach Troja bestraft Artemis, Göttin der Jagd, Agamemnon und seine Truppe mit einer Windstille. Agamemnons Seher Kalchas weissagt, dass der König seine älteste Tochter Iphigenie opfern muss für eine Weiterfahrt. In einer Variante überlebt Iphigenie und Artemis entrückt sie nach Tauris, um dort als Priesterin zu dienen.

Inspiration zu „Acht Glasen“ von Christian Künne

Verschwinden der Leuchtturmwärter von Eilean Mòr, das: Drei Leuchtturmwärter befanden sich im Dezember 1900 auf der schottischen Insel Eilean Mòr (Äußere Hebriden). Als das Versorgungsschiff - aufgrund eines Sturms mit einigen Tagen Verzögerung - Ende Dezember auf Eilean Mòr anlegte, stellten die Ankommenden fest, dass die Männer verschwunden waren. Es gab keinerlei Hinweise darauf, was vorgefallen sein könnte. Die Leuchtturmwärter wurden nie wieder gesehen, auch ihre Leichen fand man nicht.

Inspiration zu: „Der einsamste Ort der Welt“ von Nina C. Hasse

Vordersteven, der: Nach oben und vorn (vorm Bug) gezogene Verlängerung des Kiels. Der Vordersteven bildet den vorderen Abschluss des Schiffsrumpfs.

Inhaltswarnungen

CN

Tod (explizit), Ertrinken, Sexualität, Vergewaltigung (angedeutet), körperliche Gewalt, Blut, klaustrophobische Umstände.

Zeitfracht Medien GmbH
Ferdinand-Jühlke-Straße 7,
99095 - DE, Erfurt
produktsicherheit@zeitfracht.de

FSC
www.fsc.org
MIX
Papier | Fördert gute Waldnutzung
FSC® C083411